Candies from Heaven

天堂來的糖果

來自以色列家族的21道佐餐故事

Gil Hovav｜著　Noam Nadav｜繪　朱崇旻｜譯

獻給丹尼

THIS BOOK IS FOR DANNY

CONTENTS

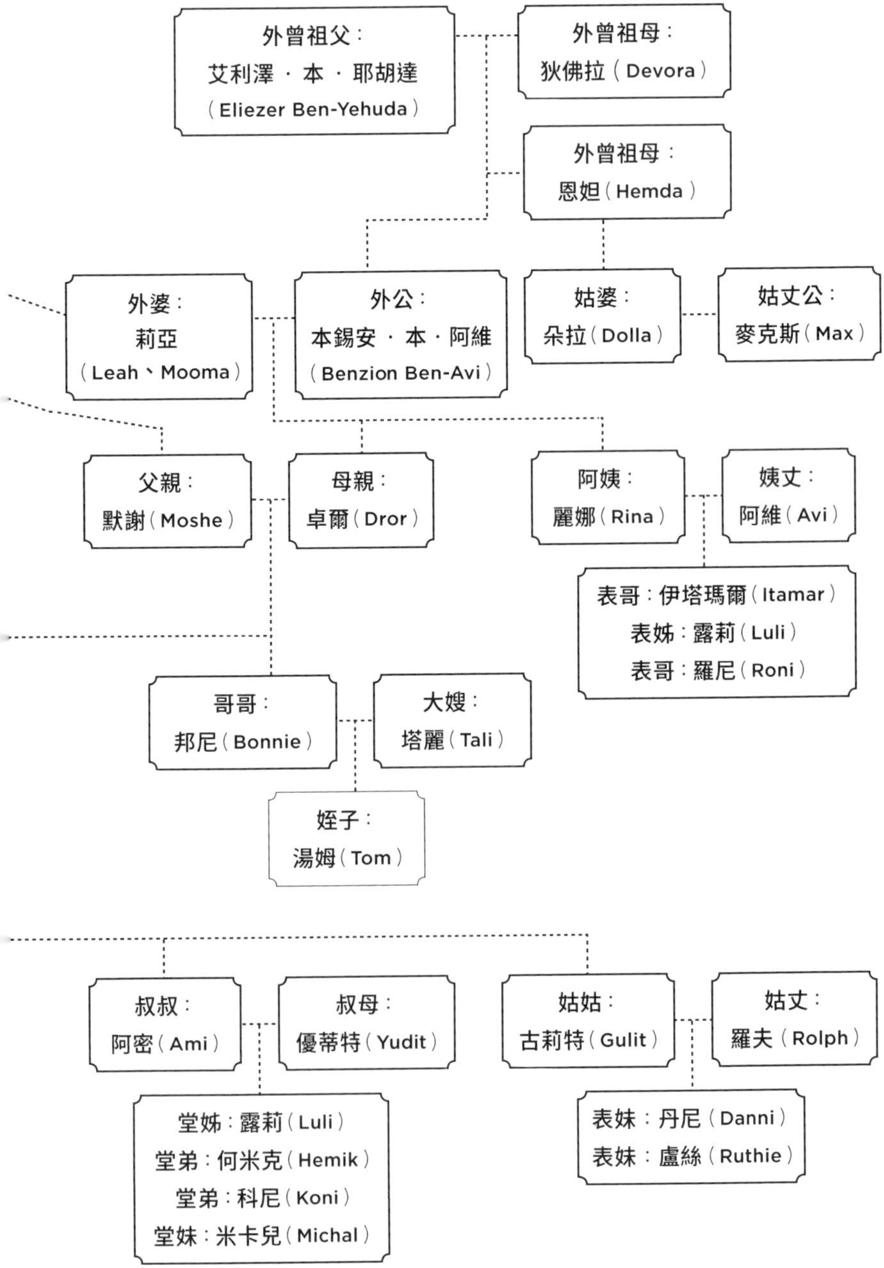
外曾祖父：艾利澤・本・耶胡達（Eliezer Ben-Yehuda）
外曾祖母：狄佛拉（Devora）
外曾祖母：恩妲（Hemda）
外婆：莉亞（Leah、Mooma）
外公：本錫安・本・阿維（Benzion Ben-Avi）
姑婆：朵拉（Dolla）
姑丈公：麥克斯（Max）
父親：默謝（Moshe）
母親：卓爾（Dror）
阿姨：麗娜（Rina）
姨丈：阿維（Avi）
表哥：伊塔瑪爾（Itamar）
表姊：露莉（Luli）
表哥：羅尼（Roni）
哥哥：邦尼（Bonnie）
大嫂：塔麗（Tali）
姪子：湯姆（Tom）
叔叔：阿密（Ami）
叔母：優蒂特（Yudit）
姑姑：古莉特（Gulit）
姑丈：羅夫（Rolph）
堂姊：露莉（Luli）
堂弟：何米克（Hemik）
堂弟：科尼（Koni）
堂妹：米卡兒（Michal）
表妹：丹尼（Danni）
表妹：盧絲（Ruthie）

Family Tree

人物關係圖

祖母：瑪札爾．霍特（Mazal Hoter）

祖父：查姆．瑪伯布（Chaim Mahboub）

姨婆：波拉（Pearla）

姑姑：埃莉薛娃（Elisheva）

姑丈：挪亞（Noah）

表哥：茲維卡（Zvika）

姑姑：如瑪（Reumah）

姑丈：大衛（David）

表哥：伊坦（Eitan）
表姊：羅尼（Ronit）
表妹：塔瑪（Tamar）

主角：吉爾（Gil）

姑姑：哈達莎（Hadassah）

姑丈：阿里克（Arik）

表姊：達芙娜（Daphna）
表弟：阿隆（Alon）

姑姑：查娃（Chava）

姑丈：阿默斯（Amos）

表哥：烏迪（Udi）
表姊：塔米（Tami）
表弟：安農（Amnon）
表弟：以太（Itai）

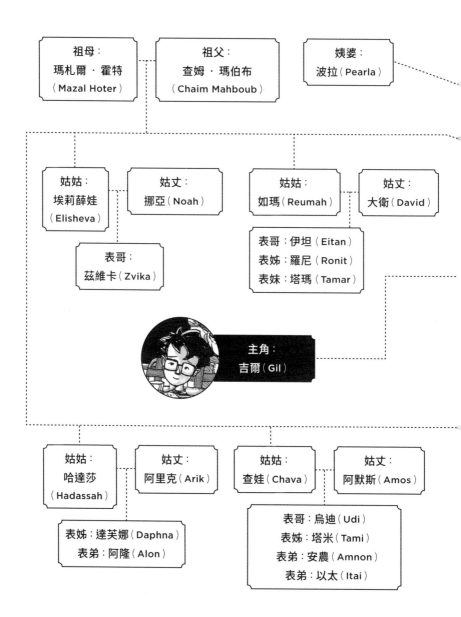

【作者序】

我的表姊達芙娜（Daphna）是查姆（Chaim）祖父和瑪札爾（Mazal）祖母的長孫女，她小時候和瑞維維恩（Revivim）吉布茨[1]裡其他的小孩一樣，非常愛吃糞金龜。一九五〇年代，城市都很難買到糖果了，在內蓋夫沙漠裡的吉布茨，糖果更如鳳毛麟角，所以孩子們自己找到了替代品。

我們家人常說起一則故事：以色列前總理果爾達·梅爾（Golda Meir）的孫女小時候住在瑞維維恩，有一次果爾達去看她，對孫女說：「我要送妳一件禮物。」

「是什麼禮物？」孫女問。

果爾達說：「妳猜猜看。」

「給我一點提示嘛。」孫女說。

於是果爾達告訴她：「這個東西是黑色的，而且有腳。」

「是金龜子！」孫女歡呼。

「不對，是書桌！」果爾達驚恐地說。

我不知道這個故事是真是假，但我知道達芙娜表姊對糞金龜情有獨鍾，只要是被她看到的金龜子，都別想逃過被吞下肚的命運。吉布茨裡的人早就見怪不怪，只有一個人對達芙娜的行爲感到不滿，那個人正是兒童園的園長，也是達芙娜的母親。所有人都叫達芙娜的母親哈達莎（Hadassah），只有我父親和哈達莎其他的兄弟姊妹稱她爲「哥薩克人」[2]，她也的確像極了哥薩克人。

論血統，她是耶路撒冷的葉門裔猶太人，但她的心性與俄羅斯大草原的戰鬥民族無異，從以前到現在都笑口常開、愛對人頤指氣使、行事果斷、天性樂觀，而且沒有任何人能阻止她做她想做的事。查娃（Chava）姑姑常將自己姊姊比喻成「沙爾奇亞」（Sharqiya）——午後從戈蘭高地吹向加利利海的熾熱東風，能使平靜的湖泊化爲波濤洶湧的海洋。

哥薩克人看見兒童園裡的幼童每天花好幾個小時抓糞金龜，就連親生女兒也天天吃蟲，她心裡非常不高興。「堂堂《妥拉》（Torah）抄寫員和一個正經女性的孫女，」她經常對女兒、對全世界罵道。「竟然在吃那種東西?!戴維・本・古里安（Ben-Gurion）[3]帶領我們

來到內蓋夫，是爲了讓妳吃蟲的嗎？喂，阿里克（Arik）！」哥薩克人戳戳丈夫。「你快想想辦法啊！」

但阿里克並沒有想辦法，他這個人幾乎隨時都面帶微笑，是個溫和的人，除了擅長舞蹈之外，據哥薩克人的說法他還是個「性感猛男」。哥薩克人曾驕傲地說：「我跟不少猛男談過戀愛，可是阿里克是其中最特別的一個。」也許他特別的地方是那雙閃亮的綠眼睛，即使是看著當時個子矮小、個性煩人的我——一對老夫老妻生下的鬥雞眼兒子——那雙眼睛還是那麼溫暖，充滿了關愛。當然，這只是阿里克姑丈其中一個特別之處，哥薩克人還說：「他是迦密山一對葉克[4]夫妻的獨生子。我這是嫁給了王

子，你們懂嗎？我們一群女孩子都想倒追他，那時候我已經有男朋友了，可是最後追到他的人是我。是我，布卡里姆社區[5]的哈達莎．瑪伯布（Hadassah Mahboub），追到了獨生子阿里克。」

話雖如此，阿里克還是沒有想辦法阻止孩子吃糞金龜。首先我必須說，阿里克一直有著農學魂（後來又多了景觀設計魂），他向來親近自然，在他看來，把糞金龜當食物沒什麼問題。而且他是獨生子，是王子，怎麼會浪費時間做這種芝麻綠豆般的小事？最後一點，也是最重要的一點：他根本就不在吉布茨裡。我前面也說過，阿里克姑丈很會跳舞，常被派去世界各地的民族舞蹈節代表以色列演出，在人人生活粗陋的一九五〇年代，出國表演是莫大的榮耀。「那我呢，」哥薩克人說。「他把我丟在這片沙漠裡，要我自己照顧這個愛吃蟲的孩子。」

於是，哈達莎姑姑陷入葉門裔哥薩克人極少見的情緒——憂傷——她不知該如何是好。瑞維維恩吉布茨四周是沙漠，附近什麼都沒有，就算它有濃濃的錫安主義色彩，也無法改變它地處荒郊野外的事實。阿里克王子去捷克斯洛伐克參加民族舞蹈節了，哈達莎姑姑負責照料的小孩，全都在布卡里姆社區《妥拉》抄寫員——查姆．瑪伯布——的長孫女帶領下，忙著在哈達莎姑姑眼皮下抓糞金龜吃。當時正值擀節時期的巔峰，哈達莎姑姑手邊一塊糖果也沒有，沒辦法說服那群野孩子或達芙娜戒掉噁心的壞習慣。在她眼中，未

來一片黑暗，現在也沒好到哪裡去。

這時候，就輪到哥薩克人和我父親的弟弟——人稱「艾拉特警長」的阿密（Ami）叔叔——出場了。以色列攻下烏姆拉希拉希（Umm Rashrash）[6]之後不久，阿密叔叔的上司就指派他去管理那個區域，叔叔同時獲得管理權、幾千英畝沙漠荒地的控制權，還有一架派珀（Piper）飛機。「想當年，我可是個有飛機的男人。」阿密叔叔總是懷念地說。「我還配了兩個駕駛員，其中一個是很討厭的葉克人，我很受不了那傢伙。另外一個是吉布茨來的，他人很好，我們一見面就像熟人一樣聊了起來。」

「有一天，瑞維維恩那邊的人用雙向無線電跟我說，我姊姊哈達莎最近心情不好。我聽了覺得很擔心，哥薩克人哪有可能心情不好?!我不能讓這種事發生，更不能讓這種事繼續下去，所以我叫那個吉布茨駕駛員過來，跟他說我的派珀已經飛了一萬公里，該去貝爾謝巴保養了。他說我們上星期就保養過了，可是我不管，我知道隔天就會輪到那個葉克討厭鬼的班，再拖下去我接下來兩個星期都沒機會搭飛機出去了，所以我努力說服吉布茨駕駛員照我說的去做。」

二十分鐘後，在接近正午的炎炎夏日，瑞維維恩吉布茨的住民聽見逐漸逼近的飛機引擎聲，飛機頑固地飛在吉布茨上空，越飛越低。吉布茨居民全都從小屋跑出來看，他們擔心是埃及派來的轟炸機——當時以色列獨立戰爭（War of Independence）才剛結束不久，人們對戰爭與轟炸機記憶猶新。這時候，一個站在食堂外面的人大喊：「是我們的飛機！是警長的派珀！快叫

哈達莎出來啊！」

「那時候我告訴駕駛員，」阿密叔叔說。「去貝爾謝巴的路上先繞去瑞維維恩。駕駛員聽了有點緊張，他說：『去瑞維維恩？那裡沒有飛航跑道啊！』我把哥薩克人的事情告訴他，他聽我說完之後就笑了，然後他告訴我：『我想辦法。』那傢伙眞是好人！我還記得他讓飛機飛得越來越低，那時候我一直跟他說：『再低一點，我沒看到哈達莎，再低一點！』然後，正當我以爲瑞維維恩的桉樹要刮到飛機底部的時候，我看到哈達莎在下面的路上，朝我們跑過來。我一隻手伸進背包，拿出一包糖果——我以前是軍官嘛，當然有很多糖果。」

「駕駛員讓飛機飛得更靠近地面，近到我可以清楚看見吉布茨居民的臉，他們每個人都一臉驚訝。我告訴自己：『阿密啊阿密，等你到貝爾謝巴，你麻煩就大了。』可是我知道現在這不重要，我從飛機上探出頭，像瘋子一樣大叫：『哈達莎！哈達莎！這是給達芙娜的糖果！哈達莎，別難過！叫她分給大家吃！』說完，我把整包糖果往下丟，結果包裝在半空中破掉，瑞維維恩下起了糖果雨。」

「小吉利，你明白嗎？」阿密叔叔總是能把往事包裝成錫安主義的寓言故事。「當一個以色列國防軍（Israel Defense Forces）軍人，代表的是什麼？當一個警長，代表的是什麼？是安全嗎？是責任嗎？是私用派珀飛機？一大群仰慕你的女孩子？是榮耀嗎？這些當然都對，但最重要的是，你要當一個人——你不能讓自己的姊姊傷心難過。」

這本書獻給我父母以及和他們同輩的親人，這群英雄爲我建造了家園與國家，給了我幸福、溫暖與關愛。雖然我們以前過得苦，但在我的記憶中，他們總是笑著、唱著歌，他們告訴我，等我長大該入伍時，我們國家就不會需要軍隊了。

我寫這本書，是送給親愛的埃莉薛娃（Elisheva）姑姑，雖然她作爲老師總是沉著一張臉，卻曾陪我在耶路撒冷的拉美德黑街（Lamed Heh Street）斜坡上跑跑跳跳、踩水坑；還有親愛的如瑪（Reumah）姑姑，是她告訴我，一個愛看書的人永遠不會感到寂寞；還有擅長運動的大衛（David）姑丈，他曾偷偷告訴我，其實會不會打籃球並不重要，但要是我把他這句話說出去，他死都不會承認是他說的；還有哈達莎姑姑，她總是想盡辦法要把我和哥哥這兩個瘦巴巴的耶路撒冷孩子，拉拔成正常、快樂的哥薩克人；還有阿里克姑丈，我小時候笨手笨腳的，沒有人想和我踢足球，每次我被排擠，姑丈都會牽著我的手走到花園，用水芹菜的花當作食材陪我「野餐」；還有查娃姑姑，她邊洗碗邊用全世界最清脆美妙的聲音唱歌時，我覺得就算洗碗槽裡堆了四十個葉門裔猶太人的逾越節晚餐餐盤，能站在這裡也是全世界最棒、最幸運的事了；還有阿默斯（Amos）姑丈，他看到八歲的我因爲不會游泳而傷心時，一臉難過地偷偷安慰我說，其實他女兒塔米（Tami）這麼會游泳，是因爲她是查娃姑姑和加利利海裡一隻海豚的小孩；還有茱拉（Geula）阿姨，她特地從美國打長途電話給我，教我怎麼做葉門的「佛特」（ftut）雜燴鍋；還有我父母、祖母、外婆與麗娜（Rina）阿姨，每當氣溫超過攝氏三十度，阿姨心情一好就會像大猩猩似地跳來跳去，剝下自己與我們其他人身上的衣服；還有麗娜阿姨的丈夫——阿維（Avi）姨丈——他幫我們買了腳踏車，每個星期六帶我們去游泳池，還帶我們去看耶路撒冷比達足球隊的比賽，雖然我們最後都沒有當上運動員，他也沒有氣餒。

　　這本書獻給以上所有人，這些人扶養一個瘦巴巴、鬥雞眼的耶路撒冷男孩長大，雖然沒有人想邀男孩踢足球，這些人也深信他是最耀眼的太陽、是偉大的國王——就算不是國王，也是高貴的小王子。到了今天，即使生活不愉快，即使事情顯得毫無希望，多虧了這些人，男孩打從心底知道，再過不久就會有一架派珀飛機開過來，撒下來自天堂的糖果雨。

譯註：

1 吉布茨（Kibbutz），以色列一種集體社區，過去以農業生產為主，現在多從事工業與高科技產業。

2 哥薩克（Cossack），是東歐大草原的遊牧民族，以驍勇善戰與精湛的騎術著稱。

3 戴維．本．古里安（David Ben-Gurion），是以色列第一位總理。

4 葉克（Yekke），指德裔猶太人。

5 布卡里姆社區（Bukharim Quarter），是耶路撒冷的一處貧窮社區。

6 烏姆拉希拉希（Umm Rashrash），艾拉特的阿拉伯舊稱。

【錫安廣場的音樂會】

我們從不丟棄麵包或鞋子，因爲總會有人需要這些東西，這是我從我的姆瑪（Mooma）——我外婆——那學到的道理。姆瑪每星期都會帶我出門，讓我學著實踐這份精神：通常在星期四下午一點以前，管家愛伊莎（Aisha）在廁所換衣服準備回家時，姆瑪會對我說：「我們今天進城買點東西吧，你去看看你母親衣櫃裡有沒有能送給窮人的鞋子。」

這時候，我會仔細檢視父母衣櫃裡所有的鞋子。我母親的鞋子從來沒有少於二十四雙，姆瑪替她淘汰舊鞋時從不手軟，她（準確地）猜測，只要我們拿的是買回來超過六個月的「舊」鞋，我母親根本就不會發現鞋子不見了。我挑了一雙鞋子，下一步就是把鞋子擦得烏亮（「難道要把沒擦過的鞋子送給乞丐嗎？」姆瑪咄咄逼人地問。「那我們的臉還往哪裡擺?!」），然後小心將兩隻鞋綁在一起，而不是用袋子或盒子裝起來。我把鞋子拿到廚房時，姆瑪已經換上最好的衣服——紫色套裝、簡單大方的珍珠項鍊、頭上包了印有艾菲爾鐵塔、大笨鐘與蒙娜麗莎圖案的絲巾——帶上噴了4711古龍水、裝了一點零錢與幾捆衛生紙的皮革包包，準備進城去。

「把你母親的鞋放在門口。」姆瑪命令我。「把你的髒手洗乾淨，然後去準備麵包。」姆瑪正忙著幫愛伊莎準備食物（一顆番茄、兩條黃瓜、一顆雞蛋、一杯優格，以及四分之一塊新鮮蛋糕），這是她的例行公事，等等愛伊莎會將這些食物帶回家。

姆瑪一面準備食物，一面望向廚房洗碗槽，確認我有乖乖洗手。「下面的櫃子有清潔用的鋼絲絨和清潔粉。」她站在櫥櫃前對我大吼。「你剛剛只有沖水，別以爲我不知道，快給我回去把手洗乾淨！眞是的，你母親怎麼會讓你們兩個野孩子像納瓦里人（Nawaris）[7]一樣？」姆瑪說完，打從心底哀嘆了一聲，我知道她老早就想把我和我哥哥邦尼（Bonnie）抓去用肥皀和洗衣精煮成湯了。

我把手洗乾淨之後，還得伸出雙手讓姆瑪檢查，她先是聞了聞，檢查指甲有沒有污垢，接著檢查手心。她終於覺得我夠乾淨，有資格幫乞丐準備和包裝麵包了。（「世界之主沒有給他們財

富，可是這不代表祂要那些人吃你這個髒小孩給的麵包！」）

我負責切兩片昨天沒吃完的麵包，那兩片是晚點餵鳥用的，剩下的部分用烤盤紙和兩條橡皮筋捆起來。「庫迪洛[8]啊，用刀子的時候千萬要小心，要是你不幸受傷，我一定會當場倒斃。」姆瑪滿意地看著櫥櫃上爲愛伊莎擺得整整齊齊的食材，以及擺在門口，準備送給窮人的包裹，她的視線落到我身上時，立刻又變得不滿意了。「你還傻傻站在這裡做什麼?!像個沒事去參加婚禮的盜墓賊一樣！」她罵道。「怎麼還沒梳頭髮？快去廁所梳頭啊！你母親要是有點腦子，早就把你的頭髮剪下來做床墊塡料了。」

姆瑪說得沒錯，世界之主給了我全世界最醜

的頭髮，它有點像葉門人的鬈髮，可是質地非常粗硬，介於鋼絲絨和玻璃纖維之間，梳子梳斷了還會掉進我的頭髮拿不出來。如果只是這樣也沒什麼，不過我小時候堅持要把頭髮留長，我滿懷可悲的信念，相信頭髮再長一兩公分我就會變得和克里夫・李察（Cliff Richard）[9]一樣帥，害姆瑪天天爲此煩惱。（「你那頭亂髮給城裡人看到了，他們會怎麼想?!你看起來就跟野人沒兩樣！」）我十八歲開始禿頭，包括我自己在內的全家人都鬆了口氣。「我哥哥年輕的時候就全禿了。」姆瑪安慰我，接著又愉快地說：「等你全禿，我就能像滑鐵盧戰後的歐洲，開始好好生活了。」

我洗了手、梳了頭髮，心情不由得雀躍了起來，我和姆瑪走下樓，朝屋外的垃圾桶走去。姆瑪叫我從欄杆上的爬藤摘一朵茉莉花回來（「烏姆利[10]啊，欄杆上沒有種茉莉花的家，就不能算是一個家。你以後建造自己的家，千萬要記住我說的話。」），她則小心翼翼將鞋子和麵包放在垃圾桶旁邊的石牆上，她擺的位置很顯眼，這樣窮人才知道有東西可以拿。

我一直很想躲在樹叢裡，等窮人來拿東西，但姆瑪絕不可能讓我做這種事。「庫迪洛，你要記住，窮人在拿東西的時候你絕對不可以看他。」她告訴我。「除非你給他錢，這時候你要看著他的眼睛，說『謝謝』。」

「爲什麼要說謝謝？」我驚訝地問。「是我給他錢耶！」

「不准頂嘴！」姆瑪罵道。「你父母是怎麼教的，你怎麼整天問一堆問題?!你問了這麼多，有學到什麼嗎？沒有對不對？那就把嘴巴閉好，聽我說話。等等我們經過錫安廣場，我會給你五毛里拉，你拿去給坐在樹下的乞丐，給他以後要說謝謝，聽懂沒有？這是我們的做法。」

我們在哈德哈伊夫利街（HaGdud Ha'Ivri Street）與哈帕爾瑪赫街（HaPalmach Street）的路口等十五號公車，姆瑪繼續教我施捨的種種禮儀，我假裝專心聽，邊聽邊點頭，但實際上我很認眞在向世界之主禱告，祈禱等下過來的不是平常那種木頭座椅、破破爛爛的公車，而是那種有藍色塑膠椅的豪華觀光公車。有時候，世界之主會實現我的願望。埃格德公司（Egged）有幾輛觀光公車，司機偶爾會善心大發，停下來載我們。

但通常出現在公車站的會是破破爛爛公車，每次看到這種車，我都覺得它會在車站嚥下最後一口氣，然後再也不動了。車門「砰」一聲重重開啓，司機看到姆瑪通常會高興地和她打招呼。「本．阿維（Ben-Avi）夫人！」他高呼道。「能載到您是我的榮幸！唉呀，這位是您的孫女嗎？」

「孫子。」姆瑪通常會不高興地回答，說完又補充一句：「他大概是腦子進水了，他覺得頭髮長得像野草一樣，別人就會以爲他是克利斯．李察。」

「是克里夫．李察！」我糾正道，但是沒有人聽我說話。司機忙著罵車上一位乘客，那個人坐在後門邊的座位，也是車上最好、空間最大的座位。「喂！坐門口的，快起來，你去坐最後面那個座位！小子，我叫你起來，你聽不懂嗎！快讓座給本·阿維夫人和她孫女啊！」

於是我們在擦得亮晶晶的座椅上坐下，搭到耶路撒冷鬧區的瑪彥斯杜（Maayan Stub）百貨公司，我會在姆瑪幫自己買束腹和襯裙時，想盡辦法討好店裡年老的女銷售員，希望她們心情一好就給我幾顆糖。我們搭了很久的車，座位再怎麼好還是不舒服，我一直覺得椅背又硬，形狀又尷尬，而且我的小短腿踩不到地板，所以我每次坐車都扭來扭去。

一路上，姆瑪毫不留情地教育我，一刻也沒停過。「啊丟[11]！」她高呼。「你就不能好好坐正嗎？你再不坐好，就會被司機丟出去！坐正啊，快點，坐正！背部挺直！你以爲這裡是你房間嗎？你難道沒有脊椎嗎？你怎麼一直像爬蟲動物一樣扭來扭去?!」

最後，姆瑪只好無奈地摟著我，用手臂撐起我的身體。我把臉埋在她的外套裡，鼻腔充滿了4711古龍水的香味，聽她又一次敘說錫安廣場樹下那個乞丐的故事。

「他以前不是乞丐，」姆瑪開始說故事。「他以前是強盜，常常和其他六個強盜一起坐在錫安廣場，搶本錫安（Benzion）的錢。」

「那妳還要我給他五毛里拉?!」

「庫迪，乖乖聽我說話，等我說完你就會明白了。本錫安不懂得理財，他以前在哈索雷街（HaSolel Street）的報社上班，每個星期領了薪水經過錫安廣場，就會看到七個擦鞋工坐在那裡。『本．阿維先生！』他們都這樣叫他。『本．阿維先生，不來擦擦鞋嗎？安息日快到了，我們都沒錢買魚。』我這樣說，你應該知道他們是怎麼搶本錫安的錢了吧？他們知道本錫安剛領到薪水，所以就在廣場上等他。你知道本錫安這時候做了什麼嗎？」

「他做了什麼？」

「你怎麼又插嘴！就不能安靜聽我說故事嗎?!我告訴你，他這時後就會請第一個擦鞋工幫他擦鞋，結束後付他錢。這時候，第二個擦鞋工就會說：『本．阿維先生！安息日快到了，我的小孩沒麵包吃！』你知道本錫安這時候做了什麼嗎？」

「他做了什麼？」

「庫迪！」姆瑪斥責道。「別插嘴！我告訴你，這時候本錫安走過去，讓第二個擦鞋工幫他擦鞋，然後他又讓第三個、第四個、第五個、第六個、第七個人擦鞋，全耶路撒冷再也找不到更閃亮的鞋子，本錫安口袋裡的錢也用光了。」

「可是我不懂，他爲什麼要擦七次鞋？」我不耐煩地問。

「我也這樣問過本錫安。」姆瑪說。「你知道他怎麼回答我嗎？」

「他怎麼回答？」

姆瑪瞪了我一眼，很明顯是說：我再插嘴一次，她就會親手把我丟下車，不用勞煩司機了。她坐得直挺挺的，模仿她最愛的本錫安外公說話——我知道她很愛本錫安外公，爲了他，她甘願放棄財富、顯赫的家世與優渥的生活。「他說：『親愛的，我怎麼可以拒絕他們呢？他們爲我演奏了全世界最美妙的音樂，比貝多芬、莫札特和其他音樂家的樂曲都要動人。』」

「『什麼音樂？』我又問他。『他們是擦鞋工，怎麼會演奏音樂！』本錫安告訴我：『沒錯，他們會演奏音樂。親愛的，妳還是不懂嗎？他們是窮人，平常沒有人想搭理他們，沒有人想聽他們說話，可是每個擦鞋工的工具盒裡除了刷子、鞋油和破布以外，還有一個小鈴鐺，每次他們擦完鞋就會搖搖鈴鐺，說：『先生，您現在欠我一點錢。』聽到鈴鐺的聲音，看到他們眼睛裡的快樂，妳會覺得他們在說：『我是用工作換報酬，不是乞討。』我願意爲了這美妙的音樂讓他們幫我擦鞋，擦一次又一次又一次。』」

「我聽本錫安這麼說，就知道他這星期的薪水都沒了。我想到當初我站在花棚下準備結婚，我母親對我說：『小莉亞[12]，現在反悔還來得及。』但現在已經來不及了，我只能去找我姊姊波拉（Pearla），跟她要兩隻雞翅回來給妳母親和她妹妹吃。好了，說這麼多故事眞是浪費時間，你去跟司機說我們等等在錫安廣場下車，記得抓緊扶手，要是你摔倒了我肯定會當場倒斃。」

我只能丟臉地走到車頭找司機（丟臉是因爲我很想拉那條掛在天花板的繩子響下車鈴，但是我個子太矮，怎麼都拉不到），請司機在錫安廣場停車，然後聽他第N次說：「小可愛，我知道了。妳跟本．阿維夫人說，我哪天當上埃格德公司的老闆，一定讓她終生免費搭車！」

下車前，姆瑪打開手提包，將五毛里拉硬幣放在我手裡。到鋪了一層灰塵的小廣場上，她把我推向樹下的乞丐，對我說：「來，庫迪，把錢

拿給他，然後要有禮貌地說謝謝。」

「妳爲什麼不自己把錢給他？」我問道。

姆瑪告訴我：「他已經搶了我夠多錢了。」

「那我們爲什麼還要給他錢？」

「庫迪啊，」姆瑪說。「你心裡難道一點慈悲也沒有嗎？本錫安去世以後，廣場上的音樂家都沒工作了。現在哪有人要擦鞋子？我們現在生活在新世界裡，小孩從來不梳頭，大人從來不擦鞋，沒有人找擦鞋工擦鞋，也沒有人聽他們搖鈴鐺。強盜都去別的地方演奏了，有些人去墓地要錢，有些人去公車總站乞討，只剩這個人坐在樹下，而且最讓人心碎的是，他現在連鈴鐺都沒有了。」

「庫迪洛，我們不可以殘忍待人。你要永遠記住：就算我死了，你長大變成很成功、很重要的大人，你遇到別人也要第一個上去打招呼，特別是對那些生活簡單的人打招呼，他們更需要你的問候。還有，你在路上看到乞丐，一定要給錢，懂嗎？庫迪洛，我不准你不給錢，我不准！好了，別拖拖拉拉，快把錢拿給那個人，然後跟他道謝。」

我照姆瑪說的去做，心裡卻覺得五毛里拉這麼多錢，應該拿去阿拉斯加咖啡店（Alaska）買冰淇淋，或去卡普斯基（Kapulsky）買罌粟籽蛋糕，或是買油炸鷹嘴豆餅，或是買錫安廣場附近才買得到的加爾寇（Galkor）檸檬冰棒，一次買兩支。但是這次外出，姆瑪只打算花五毛里拉，我們把五毛里拉用來聽音樂會了，更何況，我要是斗膽請她幫我買油炸鷹嘴豆餅，她肯定會嫌惡地顫抖著說：「你母親沒教過你嗎？只有狗才會在街上吃東西！」

於是，我們聽了五毛里拉的音樂會，那之後姆瑪的包包就像上了鎖似的。我只能吃瑪彥斯杜百貨那些女銷售員給的糖果，聽她們告訴姆瑪：這個小孫女眞是討人喜歡，可惜個子矮了一點。

傍晚回到家，姆瑪快速幫我們做了摩洛哥式酸辣雞肉配飯，這是從前本錫安外公在廣場上聽音樂會時，她用波拉姨婆給的雞翅做的晚餐，現在我們不缺錢了，姆瑪改用雞胸肉做這道簡單又不費時的料理。等醬料煮滾的同時，姆瑪叫我用辛塔班（Syntabon）肥皂洗手。「拜託你把臉也洗一洗。眞是的，你母親怎麼都沒叫你洗臉？我可不想邊看著你這張髒臉邊吃飯。」

手和臉都洗乾淨後，我身上都是洗衣用肥皂的味道，我回到廚房，在貼了黃色塑膠皮的餐桌旁坐下，等著吃今天的窮人晚餐。姆瑪今天還沒罵夠。「你怎麼像個王子一樣坐在那邊，你跟我解釋一下好嗎？」站在爐火前的姆瑪轉身問我，身體擋住了那鍋雞肉，顯然在我充分說明之前，不會有任何食物上桌。

「我用辛塔班洗手跟洗臉了，妳聞聞看就知道了。」我回答。「我們不是要吃飯嗎？」

「你還沒拿麵包去餵陽臺上的小鳥，我們怎麼能吃飯?!」

我慚愧地開始做被我遺忘的例行工作：我拿出麵包盒裡放了比較久的幾塊麵包，稍微沾溼後弄碎，小心撒在廚房陽臺的石欄杆上。等我回到廚房，姆瑪已經將食物擺上餐桌，她揮手要我坐下。姆瑪幫我盛滿滿一盤白飯，又在旁邊放了幾塊浸在酸辣醬裡的雞肉，然後，開飯前她親吻我的頭，扳著手指重複她的三條規則：「庫迪洛，你要記住你今天學到的事情：在僕人吃過飯之前，你不能吃飯。在窮人和乞丐吃過飯之前，你不能吃飯。在陽臺上的小鳥吃過飯之前，你不能吃飯！」

即使到了今天，我還是儘量遵從姆瑪的教誨，每次從麵包盒拿出放很久的麵包塊，我就會滿懷敬愛與感激地回想到錫安廣場的音樂會，以及姆瑪送給窮人與小鳥的麵包。有時候，我還會想到過去那個坐在黃色餐桌邊的快樂男孩，他深信世界很完美——管家有蛋糕吃、窮人有鞋子穿、乞丐有五毛里拉、鳥兒有麵包吃，而我呢，我有我的姆瑪。

譯註：

7 納瓦里人（Nawaris），泛指阿拉伯吉普賽人，是被多數人瞧不起的群體。

8 庫迪洛（Kudilo），這是拉迪諾語一種表示親暱的稱呼，意思類似「甜心」。

9 克里夫．李察（Cliff Richard），是英國流行歌手和音樂家，自1958年活躍至今。

10 烏姆利（Oomri），阿拉伯語的「我的生命」，意同「親愛的」。

11 啊丟（Adio），是拉迪諾語「我的老天」之意。

12 小莉亞（Leutshah），是外婆名字「莉烏莎」的暱稱。

RECIPE

01

摩洛哥式紅辣椒檸檬水煮雞

如果你用雞胸肉（去骨、去皮，不用敲扁），煮出來會有點乾，但沒關係，這道菜本來就是這樣。如果你喜歡吃多汁的雞肉，可以改用雞翅或雞腿，但要煮久一點。

材料

1杯雞肉高湯（也可用雞湯粉）
1顆檸檬的汁液
1小匙鹽
1大匙甜紅辣椒粉
1/2小匙辣紅辣椒粉
2大匙番茄糊
2塊雞胸肉（切成兩指寬的數塊）
搭配食用煮熟的米飯

做法

1. 將雞肉以外的所有材料放入鍋子，充分攪拌並煮至沸騰。
2. 將雞肉塊放入鍋中，攪拌並煮至再次沸騰。
3. 將火調小，蓋鍋燜煮20分鐘。
4. 搭配米飯上菜。

【布卡里姆社區的實況轉播】

「你把我們家族的故事寫進書裡，是很好沒錯。」有一天，如瑪姑姑鼓勵我說，結果上一句話剛講完，她又接著說：「可惜你寫得亂七八糟。」我並沒有因此生氣，因爲如瑪姑姑向來固執，她對每件事都有她的堅持——「特別是寫在書上的文字。」她常說，因爲這在她心目中特別重要。在她看來，我的書裡若是出現不夠精確的細節，而且我又堅持要出版，她當然該好好抱怨一番。

「你寫說，」如瑪姑姑繼續說。「我們當時從布卡里姆社區的公寓（更準確地說，是我們以前住的小角落）逃到院子裡的廚房和廁所，阿拉伯人沒道理朝我們開槍。」

「是啊，」我不以爲意。「如果你們住的房子圍著中間共用的院子、廚房和廁所，像牆壁或圍牆一樣，那阿拉伯人要怎麼狙擊你們？」

「唉，小吉利，小吉利啊。」如瑪姑姑邊嘆氣邊拍拍我光禿禿的頭，我小時候還有頭髮，她也是這樣拍我的。「你什麼都不懂啊。」在軍隊與狙擊這方面，如瑪姑姑確實懂的比我多，她過去可是英勇的哈加拿[13]戰士，現在比爾亞（Birya）的博物館裡還有她的照片，照片中的如瑪姑姑趴在地上緊抓著岩石。固執的如瑪姑姑（也有人叫她「比驢子還頑固的如瑪」），過去有好幾個月都不肯和埃莉薛娃姑姑說話，因爲如瑪姑姑和我父親加入了哈加拿，埃莉薛娃姑姑則是加入伊爾貢[14]。（在以色列建國以前，哈加拿與伊爾貢兩個準軍事組織處競爭狀態。）最後，是瑪札爾祖母化解了家庭糾紛，她經常偷偷煮兩桶糨糊，「一桶給埃莉薛娃，一桶給如瑪和默謝（Moshe）」。祖母告訴我，這麼一來，「就有足夠的糨糊給埃莉薛娃去貼伊爾貢的反哈加拿海報，也有足夠的糨糊給如瑪和默謝貼哈加拿的反伊爾貢海報。而且最重要的是，孩子們都不吵架了。」

在如瑪姑姑心中，她在哈加拿服役的那段時間是「純潔、簡單的美好歲月」。她生孩子之後發了誓，堅持只讓嬰兒穿棕色或黑色衣服，原因是：「其他顏色太花俏又不必要，我實在受不了。」女兒長大後，姑姑成天批評她們品味太差。「我不懂，卡其色哪裡不好了？」她抱怨道。「這麼漂亮，這麼耐穿的顏色，哪裡錯了？我每次都跟女兒說：『妳們只准穿棕色、黑色和卡其色的衣服！』」

這些都不是重點，重點是，我還是認為敵軍不可能朝四面是石建築的院子開槍，所以我壯著膽子和如瑪姑姑爭辯。「他們不可能狙擊你們。」我厚臉皮對可怕的姑姑說：「如瑪姑姑，妳應該是記錯了。妳以前在帕爾瑪赫[15]有很多英雄事蹟，可是這件事真的太誇張了。」

「是哈加拿好嗎。」如瑪姑姑說。我發現自己太超過了，如瑪姑姑馬上要發火，我們所有人——包括她自己——都稱這種怒火叫「如瑪病」。沒想到這次她沒有生氣，反而務實地決定教育教育我這個姪子。「我不知道你還記不記得，你姪子湯姆（Tom）下個月就滿十三歲了，你哥哥和他太太邀請全家人去耶路撒冷參加成人禮。你也去吧，典禮結束後我們繞去布卡里姆社區，我會證明我說的沒有錯。」

數週後，一群奇怪的葉門裔和半葉門裔猶太人，走在耶路撒冷的街道上，從拉榮飯店（Laromme Hotel）出發前往布卡里姆社區。我們臉上都是喝了酒的紅暈，身上是三角酥餅的碎屑，一行人像巡迴演出的馬戲團一樣，浩浩蕩蕩地走在路上。（如瑪姑姑完全不考慮搭計程車，在她心中，一九五〇年代的撙節時期一直都沒結束。）如瑪姑姑的葉克丈夫——大衛姑丈——走在最前頭，手裡拿著從成人禮會場偷來的超大黃瓜，那根黃瓜不久前還是蔬果擺飾藝術品的一部分。

「你的大衛姑丈，」母親曾告訴我。「是世界之主用來折磨如瑪的考驗。大衛超愛她，只要事情跟如瑪有關，他就會變得瘋瘋癲癲的，害你姑姑如瑪病發作。」問題在於，大衛姑丈對如瑪姑姑示愛的方式就是把她搞瘋，每次他使出各種千奇百怪的小招式，如瑪姑姑就會崩潰。「而且，」母親又說，「你姑丈跟我們其他人不一樣，他不怕如瑪——我這樣說，你應該就明白這個問題有多棘手了。」

舉例而言，有一次我們到他們位在溫蓋特體育學院（Wingate Institute）的家共進逾越節晚餐，餐後，大衛姑丈用投影機將他們全家去北部玩的照片秀給我們看。就在這時，如瑪姑姑穿著比基尼側躺的照片投影在整面牆上，姑姑的身材一直維持得很好，有時和嚴肅的性格和卡其色衣裝不太一致。大衛姑丈驕傲地讓投影機停在這張照片，大聲說：「你們看看我太太！」

「大衛！」在廚房裡的如瑪姑姑怒吼。「還不快跳到下一張！」

大衛姑丈沒有讓步。「你們看，」他對我們（但主要是對自己太太）說，「太美了，美得沉魚落雁啊。」

「大衛，」如瑪姑姑罵道。「現在馬上把投影機關掉！」

「她跟碧姬．芭杜[16]一樣美，」大衛姑丈不住口地誇讚。「而且她是我的太太！」

時間回到現在，大衛姑丈走在隊伍最前頭，握著偷來的黃瓜，一蹦一跳地走在太太前面兩三公尺。我們沒有一個人明白姑丈這麼做的用意，就在我們摸不著頭緒時，一個路人來不及逃到馬路對面的人行道，被大衛姑丈逮到了。「先生你好！」姑丈拉住路人的翻領開始路邊訪談，手中的黃瓜剛好充當麥克風。「你知道走在我後面這位女士是什麼人嗎？」

「大衛，別鬧了！」如瑪姑姑警告他。姑丈已經自顧自地說起來了：「這是如瑪．埃爾達（Reumah Eldar）！沒錯，是播報廣播新聞的如瑪．埃爾達！是幫大家用電話報時的如瑪．埃爾達！」他說著說著，又對那名驚嚇不已的路人說：「我是她先生喔，你是不是很驚訝？我竟然跟會說話的時鐘結婚了！這就是爲什麼我從不遲到。要不要請她幫你報時？」

「大衛，你再這樣試試看。」如瑪姑姑用威脅語氣說。大衛姑丈無視太太，勇敢的舉動令我們其他人汗毛直豎。「其實播新聞之前還有報時的

『嗶嗶』聲不是她發出來的，」姑丈謙虛地告訴路人。「那是預先錄好的聲音。」

「我怎麼也想不通，我當初到底爲什麼要嫁給這傢伙？」如瑪姑姑氣呼呼地說。「和他在一起，我只會頭痛！」但其實她很懂——她都快笑出來了。

「我們誠摯地邀請你一同走去布卡里姆社區，」大衛姑丈對那個可憐的路人說。「我們正要去看他們在院子裡朝我太太開槍。」

路人聽到這裡就受不了了，他轉身逃命，惹得我笑倒在路邊。如瑪姑姑居高臨下看著我，凶巴巴地說：「小吉利，還不快起來？多丟臉啊！大衛，你現在把那根黃瓜給我！小吉利，不准笑！你再笑，你再滾來滾去，我就眞的

要生氣了！」大衛姑丈湊到我身邊，黃瓜舉在姑姑搆不到的地方，故意在我耳邊用不大不小剛剛好的音量說：「你趕快裝死，假裝自己是屍體，說不定她聞一聞就會自己離開了。」

一行人浩浩蕩蕩地走進布卡里姆社區，這是如瑪姑姑教育我們的機會。「你看那邊，」她對我說。「那是布卡里姆社區。你看到對面的山丘沒有？那是謝喀賈拉（Sheikh Jarrah），是阿拉伯社區！他們是從山丘上往下看，朝我們的院子開槍，懂了嗎？」

結果大衛姑丈毀了今天的教育之旅，他硬要拿著黃瓜麥克風「實況轉播」現在發生的一切，彷彿他和家人一樣是廣播員。「各位觀眾朋友大家好，我們現在在布卡里姆社區，」他對著

巨大黃瓜說得津津有味。「以色列廣播局（Israel Radio）的資深廣播員如瑪．埃爾達，聲稱有人從謝喀賈拉的方向朝她射擊！」

「大衛，這是我給你的最後一次警告，聽到沒有！」如瑪說完，又繼續對我們說：「你們看看院子……」就在這時，她意外地被哥薩克人打斷了。

哈達莎姑姑穿了一身傳統服飾去參加湯姆的成人禮，她穿了一件馬斯奇[17]上衣，戴了一條琥珀項鍊，項鍊是十九世紀晚期阿拉伯半島流行的款式，當時我們的家族還沒離開葉門。她一如往常地展現出葉門裔猶太人的特質，邊開心地輕笑，邊一再感謝上帝賜予我們這一切，感謝上帝讓我們插上老鷹的翅膀飛到耶路撒冷，感謝上帝在不久的將來派救世主下凡，感謝上帝給瑪伯布家族這麼美好的生活。「是我們的院子！」哈達莎姑姑一面說，一面踏進院子。「是我們的院子！感謝主！感謝祢帶我回到這個地方！」

「哈達莎！」如瑪姑姑激動得全身發抖。「拜託，夠了沒！妳可不可以……」然而話還沒說完又被打斷了，這次插嘴的是查娃姑姑。「哇，太不可思議了。」查娃姑姑驚嘆道。「我們的院子！怎麼會變得這麼破爛！我還記得有一次埃莉薛娃剛洗完院子，有整整兩個小時，她都不准我們和鄰居去踩外面的石頭！她還像英國人一樣規定門禁時間，我都快氣死了！」

「這是父親的圍牆！」哈達莎姑姑喊道。「他以前都在這裡鋪一小塊地毯，跟幾個朋友坐在一起寫《妥拉》卷軸！小吉利，你知道嗎，葉門裔《妥拉》抄寫員都不把羊皮紙放在桌上，他們都把紙放在大腿上寫字。」

「小吉利不知道的事情可多了。」如瑪姑姑插嘴說。從她的表情看來，要是現在有人站在謝喀賈拉的山丘上朝我們開槍，她會非常高興。「可是我要說的是……」

「有差嗎？」哈達莎姑姑又打斷她。「小吉利知不知道，有什麼差別？重點是上帝帶他回到了這個地方，而且他現在在學習新知！我們又回到了這片樂土，這個院子！主啊，感謝祢！」姑姑重複說了好幾次，我敢發誓，她甚至跳起了葉門舞蹈。

「哈達莎，妳安靜聽姊姊說話。」如瑪姑姑試著讓她安靜下來，卻又被查娃姑姑打斷了。「什麼樂土？你知道嗎，哥薩克人以前根本是獨裁暴君！有一次我帶朋友回家——好吧，我也不曉得那算不算一個『家』，我們那時候根本是住在一個小小的房間和小角落裡，公用廚房和廁所都在院子裡，而且我們七個小孩再加上父母總共九個人，全都睡在同一個房間。總之，放學後我帶朋友回家，我們坐在摺起來放在牆邊的床墊上聊天，這時候你的哈達莎姑姑走進來，她對我的朋友超沒禮貌的。你知道哥薩克人對我朋友說了什麼嗎？她說：『看到那扇門沒有？看到門把沒有？我給妳十秒，等我數完妳給我出現在門的另外一邊，看著外面的門把！』唉，我們在院子裡也過了不少辛苦的日子……」

「我只記得好的回憶！」哥薩克人說。她沒有動怒，也沒有停止跳舞。「我還記得以前母親會把小茄子和黃瓜放在窗臺的小罐子裡醃漬。我們有時候還會幫父親把西瓜從市場一路滾回家，以

前我們都把西瓜放在床底下，等到逾越節才拿出來。」

「我還記得埃莉薛娃總是逼我和古莉特（Gulit）睡午覺，她要我們下午兩點到四點乖乖躺在床上，」查娃姑姑皺著眉頭說。「這是她在里哈維亞社區（Rehavia）教葉克小孩時學來的。可是我們又不是里哈維亞社區的葉克小孩，我們是布卡里姆社區的葉門裔小孩耶！爲什麼非得白天睡覺不可？我每次都和古莉特躲在被子裡，祈禱飛機趕快來。」

「飛機？」我驚訝地問。「哪來的飛機？」

「我們一直希望有一天會有飛機降落在布卡里姆社區，把埃莉薛娃抓走，這樣我們就不用按照她那些比納粹黨還討厭的規定睡午覺了。」查娃姑姑回答。「我躲在被子裡祈禱飛機趕快來，趕快帶著埃莉薛娃飛走，古莉特還說她希望飛機飛到一半就爆炸。」

「沒錯，各位親愛的聽眾，沒錯！」大衛姑丈打斷我們的對話，繼續拿著黃瓜麥克風將「新聞」轉播給全世界聽。「一個葉門裔家庭回到老家，正在重溫槍林彈雨中的童年回憶！」

「大衛！你再說我就給你好看！」如瑪姑姑努力掌控事態，才剛對大衛姑丈說完又轉向兩個妹妹，說：「還有妳們兩個，給我聽好了……」

這時候，廣播員大衛再一次打斷她。「不可思議！」他尖叫道，手中的黃瓜掉在地上。「太不可思議了——如瑪妳看，就是這扇窗戶！就是這個窗簾！是妳家的窗戶！我以前追妳的時候，每次來妳家就會在這扇窗戶下尿尿！」

如瑪姑姑終於受夠了，她一把抓住忙著跳舞

的哥薩克人，一把揪住滿懷怨氣的查娃姑姑，高聲說：「夠了！你們都夠了！你們嘰嘰喳喳講了十分鐘，都沒聽我說話！這不是我們家的院子！這只是捷徑而已！院子是在另外一邊，要經過史匹哲學院（Spitzer School）才會到好嗎！」

「禿鷹，禿鷹，這邊是老鷹。」大衛姑丈倒地不起，抓著突然從麥克風變成軍用對講機的黃瓜小聲說。「會說話的時鐘出錯了——再重複一次，會說話的時鐘出錯了。快叫謝喀賈拉那邊停火！」

譯註：

13 哈加拿（Haganah），希伯來文的「防衛」，指英屬巴勒斯坦託管地時期的猶太人準軍事組織。

14 伊爾貢（Irgun），希伯來文的「組織」，指活躍於一九三一到一九四八年間的祕密錫安主義軍事恐怖組織。

15 帕爾瑪赫（Palmach），源自哈加拿，是以色列國軍的前身。

16 碧姬．芭杜（Brigitte Bardot），法國電影女星，一九五二年演出的《穿比基尼的姑娘》，使得比基尼開始流行。

17 馬斯奇（Maskit），是國有公司，專門設計傳統樣式的女裝。

RECIPE

02

醃黃瓜

最重要的步驟是選黃瓜，請務必挑又小又硬的黃瓜，不要買溫室種出來的超大黃瓜，那種裡頭都有空氣，不夠密。記住了，要買就買跟葉門裔猶太人一樣又瘦又結實的黃瓜。

材料

1大匙完整的黑胡椒粒
適量剝皮蒜頭（每瓣都先切對半）
數條新鮮黃瓜（先用水清洗）
數條新鮮辣椒（先切成兩半）
適量新鮮蒔蘿、1大匙芥末籽
適量水、適量鹽

做法

1. 將一大匙胡椒粒和幾塊切半的蒜頭放在乾淨罐子底部，將黃瓜塞入罐子，直到塞不下為止。塞入更多切半的蒜頭與辣椒（除非罐子容量很大，否則一罐最多放兩塊切半的辣椒）。
2. 罐子塞滿後，將一小把蒔蘿塞在黃瓜上方，往下擠壓。撒下黑胡椒粒與一大匙芥末籽。
3. 每杯水加入滿滿一大匙鹽，製成鹽水，將鹽水倒入罐子到幾乎滿溢，然後密封罐子。將罐子擺在窗臺，下面墊一個盤子（有時候會有鹽水漏出來），放置數天，罐中的水完全混濁即可食用。密封的罐子可以在室溫保存長達一個月。開罐後冷藏保存。
4. 如果罐子裡的水開始冒泡、漏出，你可以打開蓋子（水都冒泡了，記得小心！），加入更多鹽水。有人說不應該醃漬到一半打開加水，但我祖母實際測試過，沒問題的。

【如何中斷耶路撒冷比達足球隊的比賽】

一個仲夏星期三的早上十一點，漫長、炎熱、慵懶的暑假在眼前、在身後、在我們四周，已經沒有人記得它是怎麼開始的了，也沒有人記得它什麼時候會終結。我們去遍所有的暑期日間營隊，吃了幾百支冰棒，做了各種雜工，到斯瑪達（Smadar）、榮恩（Ron）與歐里昂（Orion）幾間電影院看過所有的晨間電影，甚至特地花一個小時搭公車、轉車，去遠在基爾亞優維社區（Kiryat Yovel）的耶路撒冷柯諾阿（Kolnoa Jerusalem）看電影。

於是，社區裡所有閒閒沒事做的孩子都聚集在果園裡的足球場，忙著進行詭異的討價還價儀式，主要是邦尼和住在哈德哈伊夫利街的查姆，在大肆吹捧我的體育能力。換句話說，邦尼和查姆正在分兩隊踢足球，每次輪到一方選隊員，另一方就會不停誇我，說我跑得比鹿還快、比狐狸還狡猾、比貓頭鷹還有智慧、比野貓還靈活，他們還口口聲聲說我以後肯定會加入耶路撒冷比達足球隊的青少年球隊。

再換句話說，他們正毫無節制地吹牛，他們這樣做的原因很顯而易見，顯而易見到可以說是無禮——大家瘋狂說謊，是因爲我這個人笨手笨腳的。如果你是足球隊長，你一定希望另一隊的隊長是我：我比其他人小三歲（如果是狗的三歲換算成人類的歲數，這可是二十一年的差距，如果從小孩的角度來看，這可是整整三十歲的鴻溝），我個子小、一隻眼睛斜視、很愛哭，而且我痛恨足球。可是在這個炎熱的夏日，一個九歲男孩除了當哥哥的跟屁蟲，哀求體能好、手腳協調的哥哥讓他一起玩之外，還有什麼事可以做？

事實上，我的確有事可以做。這天是星期三，我完全可以和姆瑪待在家裡，招待亞爾[18]摺繃帶俱樂部的成員。每星期三，卡內曼（Kahneman）太太、護士（我不知道她叫什麼名字，反正大家都叫她「護士」）、雷夫（Lev）太太、阿如埃提（Arouetty）太太和其他幾個歡樂的寡婦，都會聚在我們家客廳摺疊大量的繃帶，「幫助前線那些可憐的軍人，還有幫助哈達莎醫院（Hadassah Hospital）」。愛伊莎對此感到頭痛不已，因爲客廳每次都會弄得亂七八糟，而且還有一堆碗盤要洗，但我從這些聚會學到一種漂亮的摺疊方法，幫助我在多年後輕鬆學會揉酵母麵糰做手撕麵包：先把右角摺進來，接著把左角摺進來，再輕輕沿著長邊往外滾。

摺繃帶的女士們都很優雅、聰明、幽默、有愛心，而且個性堅強，她們愛我、愛生命、愛她們過世的丈夫們，並痛恨遊手好閒的人。認識她們之後不久，我也被招入亞爾軍團，加入摺繃帶的行列。每次我要幫忙摺繃帶，姆瑪就會叫我用煤油洗手。（「天曉得你今天用那雙手碰過什麼髒東西，」她說。「你不要用辛塔班肥皂洗手，等要吃晚餐再用辛塔班，可是我不能讓你用髒手幫軍人摺繃帶。叫女僕用煤油幫你洗手，聽懂沒？」）除了這個有那麼點丟臉的步驟以外，和女士們一起摺繃帶是很溫馨、歡樂的經歷，過程中我吃到了不少美食，也聽到耶路撒冷最新的八卦。

我對摺繃帶俱樂部的愛，讓我在學期中的星期三經常「生病」，換來兩個小時的小確幸，不過暑假就不一樣了，在暑假，我更想加入邦尼的足球俱樂部。我們一群孩子總共大約十五人，每次都分成兩隊，隊長每次都是邦尼和查姆。有趣的是，我們兩支球隊都自稱「耶路撒冷比達足球隊」，因爲沒有人想自稱「工人隊」（Hapoel），那是共產分子的隊名。

球賽開始前是刺激的分隊儀式，其實這也早就流於形式了，因爲邦尼和查姆都有自己慣用的人選，唯一的不確定因素就是我。兩邊隊長和隊員都希望我加入敵隊，因此兩方通常會在耶路撒冷夏季熾白的天空下、果園的空地上，拚了命討價還價。

「我可以把茲維（Zeevi）讓給你，」邦尼開始利誘查姆。「他跟阿爾茨・本・亞可夫（Artzi Ben Yaakov）一樣，是超強的自由中衛。不過我把茲維給你，你就要把吉利選走——其實吉利最近踢得越來越好了，你選他也不吃虧。」「你選吉利啦，」查姆說。「他配了新眼鏡，剛好可以當守門員。你選他，我們比完這場我就請你吃冰棒。」

「你選吉利，」邦尼再接再厲。「我送你一個水龍頭開關。」

他們你來我往，可以爭上半個小時，說到激烈處，他們甚至會把我說成烏迪・盧波維茲（Udi Rubowitz）或喬治・貝斯特（George Best）那樣的高手。可是每次到了最後，兩個比達隊上場比賽，我還是一個人站在場外。「查姆，拜託啦，」

邦尼又試最後一次。「你不選他，我媽會宰了我。」

「我們比達隊不缺人，」查姆說。「不然他去工人隊好了。」結果，我又只能當裁判了。

這事實在太丟臉了——我也就是個九歲男孩，要怎麼當一個討人厭的裁判？而且其他小孩年紀都比我大、個子也比較高，他們在球場上跑來跑去我都追不上，我只能在沒有人的半邊球場來回跑，全力為早就過去的犯規和角球猛吹哨子。其實我還挺喜歡吹哨子的，可是等暑假過一半，所有人都被我煩到受不了，他們暴力地沒收哨子後，我只剩默默站在球場外旁觀這個選項。

某個星期二傍晚，姆瑪和我聊起未來，她從以前就一直擔心我和邦尼這種納瓦里野孩子長大後沒出息，所以她不時會問我們未來有什麼打算。邦尼的目標是當耶路撒冷比達足球隊隊長，或者去敘利亞當間諜（他打算看自己會先達成哪一個目標）。每次聽邦尼說起他的目標，姆瑪就開始罵我們父母不好好教小孩，對我母親滔滔不絕地列出我和哥哥的缺點：「他們都不學法文，也幾乎沒在上學，而且他們以後的目標是踢足球——卓爾（Dror），我跟妳講，妳再不想辦法，他們以後一個人會變成賭徒，另外一個只能去養馬。」

我小時候還眞不曉得長大要做什麼，比起邦尼天馬行空的計畫，我猶豫不決這件事更令姆瑪憂心。在她看來，比起錯誤的選擇，優柔寡斷的性格更糟糕。「瓦勒羅（Valero）那麼有錢，你知道我當初爲什麼沒嫁給他嗎？我告訴你，他每天早上要做什麼、晚上做什麼、怎麼起床出門上班、怎麼睡覺，全都要他母親幫他打點好。」姆瑪對我說。「庫迪洛啊，你不能變成瓦勒羅那樣的人，聽懂了沒？你沒有他那麼有錢，所以無論如何都要學著自己做決定。」

可是那個星期二晚上，我實在不知道以後該做什麼才好。姆瑪見我拿不定主意，決定儘量幫我找到未來的目標。「你要不要像本錫安，當個記者？」

「不要，」我說。「我們家已經有好幾個記者了，而且我的寫作課成績只有C。」

「還是你要像我去世的哥哥一樣，長大當個醫師？」

「不要，」我又說。「我討厭打針。說不定我可以跟爸爸一樣，去當廣播員？」

「天啊，不行！」姆瑪嫌惡地全身一抖。「世界之主已經把一個廣播員送到我身邊，一個就很夠了。那你要不要當律師——還是當法官？當法官更好。」

「我沒辦法當裁判[19]，」我淚眼汪汪地告訴姆瑪。「我跑得不夠快，而且我的哨子被搶走了。」

姆瑪憂心忡忡地看著我，顯然認爲這孩子傻了，她應該立刻取下掛在客廳牆上的「米利暗之手」[20]，把這個串著藍珠子的護身符掛在我的床上方。

「啊丟！」她稍微喘了口氣說。「法官要哨子做什麼？庫迪洛，你記錯了，法官用的是木槌，而且法官沒事也不會跑來跑去，有事情叫助理去做就好了。」我趕緊向她解釋踢足球的事情，姆瑪聽了很不高興。我說我不夠討人厭，沒辦法當足球裁判，她差點笑出來，但其他部分她聽在耳裡，只覺得我是在指控其他孩子欺負人。「你哥哥和那群野孩子整天在街上亂跑？還有踢足球？你哪裡不好了，他們爲什麼不讓你一起玩？他們會摺繃帶嗎?!」

「他們說我鬥雞眼，」我哀聲說。「還說我只能加入工人隊。」

「工人隊？？？」姆瑪驚恐地重複道——我們家族對共產分子的仇恨已經傳承了好幾代。「工人隊?!這話是誰說的?!是你哥哥嗎？現在馬上叫他過來！」

「不是邦尼，」我回答。「是別人說的。」雖然他不讓我一起踢球，我還是很喜歡我哥哥。

「是誰說的不重要，」姆瑪不耐煩地打斷我。「重點是，你要知道，那個人根本是胡說八道。你聽好了，明天你不要跟你那個壞哥哥去果園，你陪我在家裡摺繃帶。我們這邊可是狀況危急，軍隊裡的士兵在前線打仗，有越多人幫忙摺繃帶越好，就算是你這個髒鬼也要來幫忙。庫迪洛，亞爾需要你。」

然而當時的我是個蠢小孩，我並不明白姆瑪的用心，於是在隔天晴朗的早晨，我一如往常地跑去果園，繼續當個沒有口哨也沒有人理會、沒有任何尊嚴可言的裁判。足球賽不停進行下去，比達隊打敗了比達隊，比達隊敗給了比達隊，大家專心致志地進攻、射門，似乎沒有人注意到場邊發生的事，只有近視最深的裁判看到一群七十多歲的老太太穿過梅夫約朗街（Mevo Yoram Street）六號與八號的院子，朝果園走來。老太太們拄著拐杖，小心翼翼地跨過被踩爛的鐵絲網圍籬，從梅夫約朗街八號的院子走到果園，在想像中的球場邊界散開（之所以是想像中的球場，是因爲地上並沒有畫線）。姆瑪一聲令下，老太太們直接中斷了球賽。

八個摺繃帶俱樂部的亞爾義工衝到球場上，每個人手裡舉著炒菜鍋與湯杓，不然就是鍋子和鍋蓋。她們用力敲打廚具，大叫：「以色列，加油！以色列，加油！」大家不得不中止球賽，邦尼和其他「納瓦里人」目瞪口呆地盯著那群老太太。

「姆瑪，妳們來這裡做什麼啊？」邦尼震驚地問，但亞爾義工們沒有回答，她們接著很有節奏地高喊：「馬、卡、比！馬、卡、比！[21]」

「姆瑪，妳們害我們不能比賽了啦。」邦尼氣呼呼地抱怨，可是啦啦隊說什麼也不讓步。阿如埃提太太的鋁製拐杖可以攤開來變成三腳凳，她把凳子架在空地正中間，舒舒服服地坐下來。卡內曼太太撐開蕾絲陽傘，大剌剌地走到球門區。我們的管家愛伊莎也來了，她雖然比較晚到，出場方式卻極具戲劇效果：她沉著臉、氣喘如牛地抱著大型中東鼓（darbuka drum）走來，她打鼓的同時，亞爾義工們紛紛敲打各自的鍋子。

「喂，快走開啦！」查姆對護士大叫。護士根本沒被嚇到，她高舉有著銀色握把的雕木拐杖，對查姆嘶聲說：「小心點啊，小鬼，老娘可是職業護士！」

那天天氣實在太熱，在場所有人——比賽中斷的兩支比達足球隊、摺繃帶俱樂部和討人厭裁判——都想早點了事。一場簡短又激烈的協商會議過後，亞爾義工們同意退到一旁，讓法官（裁判）大人指揮兩隊重新開始比賽，但前提是裁判必須拿到哨子，因爲「歐洲那些上得了檯面的足球聯盟，都會給裁判哨子」。查姆從口袋裡掏出哨子，交還給我，我立刻把哨子塞進嘴巴，開心地像百靈鳥一樣狂吹哨，接下來十分鐘哨音一秒也沒停過。

「納瓦里人」們可以接受哨音，但他們不能接受摺繃帶俱樂部坐在有樹蔭的石頭上，繼續敲鍋子、打鼓、大叫「以色列，加油！以色列，加油！」，甚至朝球場撒米。十分鐘後，球賽再度中斷，身心俱疲的納瓦里野孩子大步走向「看臺」。

「妳們到底想怎樣？」查姆像個貨眞價實的足球選手，問得毫不客氣。「快說啊。」

「你說我們嗎？」姆瑪擺出無辜的表情。「我們沒有要怎樣啊，如果你們去洗澡，我們當然會很開心，但除此之外我們沒有什麼特別的要求。」

「那妳們幹嘛一直吵？」查姆又問。「妳們都吵到我們不能打球了。」

「沒禮貌！我們哪裡吵了！」姆瑪義正詞嚴地說。「我們是在幫忙喊加油。」

「妳們在幫誰加油啊？」查姆問道。「我們是比達隊，他們也是比達隊，妳們幹嘛說『以色列，加油』？」

「小流氓啊，這是因爲，」卡內曼太太露出勝利的微笑，大聲說。「我們是來幫裁判加油的。」

譯註：

18 亞爾（Ya`al），希伯來文「病患幫手」的簡稱，組織裡的義工常在以色列各地的醫院服務病人。

19 法官和裁判在希伯來語都是「修菲特」（shofet）。

20 米利暗之手（hamsa），西亞與北非常見的手掌形護身符，穆斯林稱之為「法蒂瑪之手」，基督教徒稱之為「瑪麗之手」，猶太人則稱之為「米利暗之手」。米利暗是先知摩西的姊姊。

21 馬卡比（Maccabi）隊也是比達隊的競爭對手。

RECIPE

03

玫瑰形罌粟籽麵包捲

做這種麵包捲，最講究麵糰的摺疊方法。很多人不敢用酵母麵糰，但其實這沒什麼好怕的，做麵糰的方法很簡單，而且可以用食物攪切機去做。摺疊的方法也很簡單——你去問問亞爾的義工，每個人都會這麼說。

材料

麵糰：

2杯麵粉（擀麵糰和塑形所需的少許麵粉另計）

1大匙乾酵母

1杯高脂鮮奶油

1/4杯糖、1/2杯牛奶、1顆蛋

2大匙植物油（非橄欖油）

內餡：

1杯牛奶

4大匙奶油

1/2杯楓糖漿（或蜂蜜）

1/4杯糖

2 1/2杯碎罌粟籽

1杯碎核桃

1/2杯葡萄乾

1大匙香草精

1顆蛋，外加1顆蛋的蛋白

2大匙融化的奶油（非必要）

RECIPE

03

玫瑰形罌粟籽麵包捲

做法

1. 製備麵糰：將所有麵糰原料放入有鋼刃的食物攪切機，攪切成質地均勻的麵糰。將麵糰移至撒了麵粉的工作桌，用手充分揉捏3分鐘（這一步很重要，不可以跳過！）。
2. 將植物油倒入大碗，將麵糰放進碗裡，讓植物油包覆麵糰表面（避免麵糰在發酵過程中變乾，表面形成硬殼）。用乾淨的布或保鮮膜蓋住碗，將碗靜置於溫暖處1小時，直到麵糰體積膨脹一倍。將碗放入冰箱冷藏至少3小時（也可冷藏到隔天）。
3. 冷藏麵糰的同時，開始製備餡料：將牛奶、奶油、楓糖漿與糖放入中型鍋子，煮至沸騰，並攪拌至糖粒溶解後關火。
4. 拌入罌粟籽、葡萄乾與核桃，待混合液稍微冷卻後，加入蛋汁與蛋白，充分攪拌。蓋鍋冷藏。
5. 將冷麵糰移至撒過麵粉的工作桌，擀成約0.6公分厚的25×50公分長方形。塗上厚厚一層罌粟籽餡料，長方形其中三邊——兩個短邊和離你比較遠的長邊——留2.5公分寬的邊線。
6. 將左右兩邊沒有餡料的短邊麵皮往內摺，再從有餡料的長邊往沒有餡料的長邊捲，做成又長又粗的麵包捲狀，「接縫」朝下。
7. 烤箱預熱至約180°C。將烤盤紙鋪在圓形烤盤底部與側邊，將麵包捲切成10或12個厚片，平放在烤盤上，想辦法把全部的麵糰都塞進烤盤（你可以先把麵糰排成一圈，再把最後兩塊塞到圓圈中間）。如果烤盤真的太小，可以再準備一張烤盤，把放不下的麵糰另外拿去烤。
8. 接著把2大匙融化的奶油塗在麵包表面再拿去烤。烤1小時。
9. 完成後，成品可以切成三角形，或撕開變成一朵朵「玫瑰」。

【失蹤的「傳家寶」】

早在十九世紀，葉門一個住在沙那某垃圾場外圍的男人一覺醒來，決定前往以色列地。那個葉門人是我的親戚，當然，他也是大衛王（King David）的子孫——每個葉門人都說自己的族譜放在葉門一間猶太教堂裡，他們聲稱族譜上寫得清清楚楚，他們是沙洛姆．沙巴茲（Shalom Shabazi）拉比[22]的親戚，再繼續往上追溯，你還會發現他們是大衛王的親戚。這些人也都表示，他們在阿拉伯半島流浪，前往錫安的路上，族譜不幸遺失了。

我們家族的人在葉門沒沒無聞，祖宗沒有受過高等教育，也沒有人當過金匠，老實說，我的葉門祖先過去是全世界最窮苦的人家之一。我們不太清楚瑪伯布家族的歷史，我父親只知道他曾祖父有個瞎了一隻眼睛的叔叔，生前是鐵匠。

抱歉，扯遠了。我們再回到十九世紀的某一天早晨，那個葉門男人收拾了自己的家當，帶著妻子（這是假設他只有一個妻子）或妻子們（這應該比較符合事實）和孩子們，開始沿著據說通往耶路撒冷的路，朝西北方走去——當然，他們都是用自己的腳走路。他們雖然有一隻驢子，但驢子馱的不是行李，而是這個家庭的父親，女眷都得扛著行李上路。

流浪了許久，我的祖先終於來到耶路撒冷，發現這地方和沙那一樣貧窮破敗，只不過沒有人在耶路撒冷的垃圾場迎接他們。一家人在希爾彎村（Silwan）住了下來，據說這是《聖經》中西羅亞池（Shiloach）的所在地。過了很多年，過了很多代，這個家族的人結婚生子、開枝散葉，但無論他們去到了什麼地方，他們都和一開始一樣貧窮。

家族的主要分支在耶路撒冷的吉瓦特沙爾社區（Givat Shaul）定居，因爲富魯民餅乾公司（Frumin Biscuit Company）在那附近，當時一窮二白的葉門裔猶太人常常撿工廠垃圾桶裡的碎餅乾回去吃。我的祖宗們並沒有過得不快樂，在那個時代幾乎所有人都窮得要命，而且葉門裔猶太人早就習慣除了碳水化合物之外沒有其他養分的飲食了——而且最重要的是，他們生活在以色列地。

查姆．瑪伯布祖父和瑪札爾．霍特（Mazal Hoter）祖母結婚後，住進了布卡里姆社區一間小小的房間與小角落，和鄰居共用院子裡的廁所與廚房。他們還是很窮，因爲我祖父雖然在比撒列藝術設計學院（Bezalel School of Arts and Crafts）讀過書，他（偶爾）當《妥拉》抄寫員賺的錢也不夠養太太和七個小孩。無可奈何的瑪札爾祖母和長女埃莉薛娃只好幫忙負擔家計。埃莉薛娃姑姑在里哈維亞社區一個有錢人家當保母，我祖母則是在吉姆奈西亞．里哈維亞高中（Gymnasia Rehavia）當清潔工，不久後，她就成了全國——全世界——少數精通意第緒語的葉門裔猶太人。

四十年後，當吉姆奈西亞．里哈維亞高中的校長表示我的數學成績太差，不讓我入校讀書時，我父親用力一敲桌子，大聲說：「這間學校的每一片瓷磚、每一塊石頭都是瑪札爾．瑪伯布親手擦過的。」校長震驚不已，立刻撤回前言讓我入學，一面道歉一面說：「不好意思，我不曉得你們是瑪札爾·瑪伯布的親人。」所以說，我能進那間高中不是因爲外曾祖父是艾利澤·本·耶胡達，不是因爲我父親是全國廣播電臺的高層，而是因爲我的族譜飄著漂白水的嗆鼻氣味。

抱歉，我又不小心離題了。我們回到一九六〇、一九七〇年代，瑪札爾與查姆·瑪伯布的七個兒女長大後成親了（對了，他們的結婚對象都是阿什肯納茲猶太人23，只有我父親跟兄弟姊妹不一樣），他們也都開始過好生活。沒有人致富，但七個兄弟姊妹都辛勤工作，用正當方法賺錢養家，他們也對自己的生活感到滿意。我父親、阿密叔叔

和古莉特姑姑住在耶路撒冷，埃莉薛娃姑姑住在洛杉磯，如瑪姑姑住在溫蓋特體育學院，不過她在耶路撒冷也有一棟房子（她說「我都去那邊躲老公。」），哈達莎姑姑——又稱「哥薩克人」——不時會搬家，她住過瑞維維恩、拉瑪塔因（Ramatayim）、雪菲爾、倫敦還有米格達（Migdal），查娃姑姑則是住在提比里亞，就在米格達附近。

故事說到這裡，也來到了經濟方面的轉捩點。雖然瑪伯布家族成員沒有致富（我們家族的姓氏後來改成希伯來文，從「瑪伯布」改成「霍華夫（Hovav）」），也沒有人立志賺大錢，但我們有個住在提比里亞的遠房親戚——關係遠到姆瑪會說：「我家祖母和你家祖母曾經在同一顆太陽下曬衣服。」——據說很有

錢。我們不確定和他究竟是什麼關係，不過大家都叫他沙洛姆·霍特（Shalom Hoter）叔叔；我們也從來沒見過他，因爲他在我父親小時候就去世了。這些都不重要，重點是──各位聽好了──這位「叔叔」在提比里亞下城有一間私用猶太教堂，就在舊墓園旁邊。

我之前也說了，我們其實都不認識沙洛姆·霍特叔叔，但我們都把他當成家族的一員，也對他的遺產有一股強烈的「親切感」。就算不知道確切的關係是什麼，我父親還是說：「霍特家的人就是霍特家的人，我們都是霍特家的子女。」每個人都幻想自己有個遠在美國的有錢親戚，而沙洛姆·霍特叔叔就是我們想像中的那個親戚，多年來，他的財富在我們的幻想世界不斷膨脹，墓地邊緣的猶太教堂變成了加利利海邊的私用海灘。到後來，我們甚至把這位去世的遠親稱作「擁有半個提比里亞的沙洛姆叔叔」。

問題是，沙洛姆·霍特叔叔再怎麼有錢，也早就死透了。家族裡所有人都知道，查娃姑姑是提比里亞市民，所以她手中握有其他住提比里亞的親戚的資料。她家裡有一個布滿灰塵的舊皮箱，裡頭是關於沙洛姆·霍特叔叔的所有文件（在如瑪姑姑想像中，皮箱裡裝著：「用土耳其文寫的地契，波利亞（Poria）所有土地都是沙洛姆·霍特叔叔的資產！」哈達莎姑姑則低調地補充：「我聽說土地註冊局（Land Registry）有他的紀錄，亞伯山（Mount Arbel）[24]就是記在他的

名下。」，不過查娃姑姑不喜歡聊這位逝去的沙洛姆．霍特叔叔，每次全家老小聚在查娃姑姑和阿默斯姑丈家吃逾越節晚餐，有人提起沙洛姆．霍特叔叔的皮箱，她就會生出各種藉口，說什麼也不把皮箱從倉庫取出來。她總是說：「裡頭也沒幾份文件，只有一個信封，信封裡裝什麼我也沒看過，而且現在是逾越節晚餐，我們爲什麼一定要去想一個老早就死了的叔叔？」

於是日子一年一年過去了，在我們心目中，沙洛姆．霍特叔叔的資產不停膨脹，已經有人說他在采法特有好幾棟房子、在提比里亞有一整面十字軍的石牆、在加利利海附近有農莊，甚至有人說耶路撒冷有好幾塊商用街區都是他的。我們有時候走在耶路撒冷市中心，我父親會在某一棟蓋得特別漂亮的建築前面停下腳步，對我說：「看到這棟房子沒？沙洛姆．霍特叔叔那種有錢人都喜歡買這樣的房子，說不定這眞的是他的，我們該找時間問問你查娃姑姑。」

我們都相信自己其實是羅斯柴爾德（Rothschild）或其他有錢家族的親戚，只有姆瑪聽到什麼地契、什麼土地註冊局的故事，不屑地說：「你那個黑皮膚父親跟你母親結婚的時候窮到幾乎沒錢請拉比主婚，他父親吃垃圾桶裡的餅乾長大，他母親是吉姆奈西亞．里哈維亞高中的清潔工。庫迪洛，你聽好了——他們家沒有錢，就算有也藏得太好了，你永遠找不到的。」

到最後，二十四歲的我走投無路（我當時是

比教堂裡的小老鼠還窮的窮學生，和過去住在沙那的祖宗有得比），我硬拉著父親陪我去提比里亞找查娃姑姑與神祕的皮箱，希望能得到遠房叔叔留下來的土地。查娃姑姑很樂意讓我們作客，但她一如往常竭力避開皮箱的話題。「我已經不記得我把它放在什麼地方了，」她說。「說不定放了這麼久，它已經爛掉了。」她又說，她家倉庫太危險了，只有瘋子才會想爬進去。我知道查娃姑姑不希望自己和我們幻滅，但貪念勝過了體貼，我顧不得什麼美好幻想了。於是，我們住在提比里亞的第二天，我趁查娃姑姑忙著準備茶點——茶水、果乾與堅果——時，偷偷溜進閣樓，提著髒髒的圓形皮革手提箱下樓，將它拿到父親面前。

查娃姑姑看到皮箱，瞬間面無血色。「那是沙洛姆．霍特叔叔的文件！」她驚呼。我父親補充一句：「還有采法特的房契和地契。」

「還有加利利海私人海灘。」我跟著說。

「還有波利亞山坡。」查娃姑姑被我們興奮的情緒傳染，也跟著說。

我父親伸出不住顫抖的雙手，打開皮箱，又打開皮箱裡的信封。我父親說話的聲音很好聽，即使是多年後的今天，我也還記得他唸出下面這段話的聲音：

死亡證明

亞可夫．阿佐埃羅斯（Yaakov Azuelos）與葉希爾．阿爾芬達里（Yehiel Alfendari）在此證實，我們清洗遺體時親眼看見已逝的沙洛姆．霍特札迪克[25]只有一顆睪丸。

「這是什麼意思？」我屏著一口氣，問驚呆了的父親和姑姑。「意思是，我們什麼也拿不到。」查娃姑姑說。「這份文件證明他不育，而且他沒有子女，如果他生前沒有寫遺書，那他死後全部財產就歸國家了。」我父親解釋道。

「好吧。」我說。「那我們只好繼續窮下去，反正都習慣了。你們在難過什麼？」

「對我來說，墓地旁邊的猶太教堂不是很重要，」我父親承認。「可是耶路撒冷的那幾棟房子就可惜了。」

「我煩惱的不是遺產，」查娃姑姑說。「我不高興是因爲我知道——小吉利，我非常肯定——你會把『一顆蛋』[26]的故事拿去寫進書裡，後面附茶葉蛋的食譜。」

「查娃姑姑啊！」我驚訝又心痛地看著她說。

「我在妳眼中真的是這樣的人嗎?!」

譯註：

22 拉比（Rabbi），意指「可以去請教的人」，是智者的象徵，通常是老師、學者、宗教主持。

23 阿什肯納茲猶太人（Ashkenazi Jew），源於中世紀德國萊茵蘭一帶的猶太人後裔。

24 亞伯山（Mount Arbel），波利亞和亞伯山都是提比里亞附近的山丘地區。

25 札迪克（Tzadik），指誠善正直的人。

26 希伯來文的「貝札（beytza）」可指蛋或睪丸。

RECIPE

04

猶太茶葉蛋

這種茶葉蛋的傳統做法，是把雞蛋和馬鈴薯豆子燉肉（cholent）或葉門麵包（kubana）一起放進鍋子裡煮，整鍋料理在烤箱裡放一夜，隔天拿出來的時候，雞蛋會變得很香並呈漂亮的褐色。以色列氣候炎熱，我們很少有機會煮馬鈴薯豆子燉肉，而且（很不幸）葉門裔以色列人很少，我們也很少吃到葉門麵包。所以，我現在要教你做比較簡單的「假猶太茶葉蛋」。

材料

3個茶包
1小匙鹽
數顆蛋
水

做法

1. 鍋中裝滿水，加鹽，然後放入雞蛋。將茶包掛在鍋子邊緣，讓茶葉浸在水裡，但別讓茶包掉進去。
2. 煮至沸騰，將火調小後蓋鍋。湯水呈深褐色時，棄置茶包。
3. 繼續用小火燜煮至少5小時（可以的話煮8小時，甚至10小時）。
4. 剝去蛋殼，將蛋切成兩半後上菜。

【蝴蝶與刮痕】

「別說是你做的，聽懂沒？我們就說是麗娜打破的！」母親看著被我打破的菸灰缸，叫我答應將責任推給她妹妹。她一面用掃把和畚箕盡可能湮滅證據，一面加油添醋地告訴我，如果姆瑪發現是我弄壞有伊莉莎白二世頭像的陶瓷菸灰缸，我一定沒有好下場。「小吉利，眞是的，你到底是怎麼回事？」她說。「你就不能小心一點嗎？我跟你說過多少次了，沒事不要把容易壞掉的東西拿起來玩！這還不是阿維從隨便哪間飯店偷來的菸灰缸，這是麗娜在倫敦一間紀念品店摸走的，它很有紀念價值！」

我嚇都嚇死了，說不出話來。在我們家，摔破或損壞物品被視爲重罪，因爲這表示你「不明白錢財的重要性」，也證明你是個比犀牛還粗魯、笨手笨腳的人。姆瑪不允許家裡人破壞物品，她覺得我們經過客廳書架那排珍貴物品時，應該踮起腳尖、躡手躡腳地小心行走。客廳書架上擺著阿維姨丈從丹飯店（Dan Hotel）各家分店偷來的菸灰缸，還有幾尊看似象牙製的迷你石膏像，有大衛像、摩西像與其他米開朗基羅（Michaelangelo）作品，還有我父親在國外買的木雕印度廟宇模型，還有一張裱了貝殼框的小照片，照片中是個看上去有點哀傷的女孩。

我花了超過五年的時間——對小時候的我來說已經是大半輩子了——向姆瑪證明我夠成熟、夠負責任，有資格幫那些寶貝擦灰塵。我八歲生日時，終於正式獲得擦灰塵的工作，還拿到一條

專門用來擦灰塵的橘色抹布。現在，我看著碎成好幾塊，躺在畚箕裡和我對望的伊莉莎白女王，覺得自己的職位不保了。

這次和以往一樣，是麗娜阿姨救了我。麗娜阿姨在家中有特權，就連姆瑪也不願惹她生氣，每次有人打破東西——也許是杯子、菸灰缸、盤子，甚至是窗戶——我們就馬上去告訴姆瑪，犯人是麗娜阿姨。姆瑪總是會低哼著說：「那個馬塔德拉[27]總有一天會把整棟屋子弄垮。卓爾我告訴妳，我們再不把雕像藏好，那些雕像會全部被她摔碎。」

姆瑪抱怨歸抱怨，卻不敢對麗娜阿姨大小聲。有一次邦尼打破盤子，我跑去告訴姆瑪：「麗娜阿姨又打破盤子了。」姆瑪氣沖沖地大步走到客廳，開始口若懸河地罵麗娜阿姨像個馬塔德拉一樣，根本沒想過賺錢、存錢有多不容易。當時麗娜阿姨悠閒地坐在椅子上織衣服，她正忙著數毛衣袖子的針數，沒空回應姆瑪。數完針數，將線圈鉤到正確的棒針上之後，她默默站起來走到書架前，取下一個沉重的玻璃菸灰缸（從阿卡迪亞飯店〔Accadia Hotel〕偷回來的紀念品），面不改色地把它丟出窗戶。

當時緊閉的窗戶，爲這則故事添了戲劇化的一筆，也讓姆瑪在心中下了定論：「我沒辦法用人話跟那個查帕處拉[28]溝通。」我們也學到了極爲重要的一堂課：不管出了什麼事情，怪到麗娜阿姨頭上就好。

邦尼到了舉行成人禮的年紀時，依照家族的傳統，我和他都收到了慶祝成人禮的禮物。在我們家，如果你哥哥過生日，你也能當壽星、收禮物，這是我們家的慣例，孩子都拿到禮物才不會彼此嫉妒或吵架。姆瑪給邦尼的成人禮禮物很特別，是有銀牌的粗手鍊，銀牌一面刻了他的名字，另一面刻的是「愛你的姆瑪」，我當然也收到了同樣的手鍊，只不過我的銀牌上刻了我自己的名字。我們兄弟倆驕傲地戴著手鍊到處跑，享受手鍊帶給我們的《希臘左巴》（*Zorba the Greek*）光環。我們很小心保管手鍊，儘量不刮傷或弄丟它們，邦尼踢了幾十場足球賽手鍊仍完好如初，至於我嘛，我的手鍊撐了兩個月就不行了。一道醜陋的刮痕從左到右劃過我的銀牌，看起來像是有人在銀牌上刻了「小吉利」結果後悔了，用一條醜醜的黑線把那幾個字劃掉。

手鍊畢竟是戴在我手上，我不可能把責任推給麗娜阿姨，只能去向姆瑪自首。我不擅長自首，因爲我的人生經驗（還有母親）告訴我，說謊比較安全。當我好不容易鼓起勇氣去找姆瑪時，好巧不巧選了最糟糕的時機，她正盯著酋瓦（chorva）鍋裡的米飯，等待米粒裂開變成蝴蝶形狀的奇妙瞬間。米粒在完全爆開之前會先裂成相連的兩半，形狀像蝴蝶，所以我小時候都叫酋瓦湯「蝴蝶湯」。

米粒變蝴蝶的奇妙瞬間非常短暫，比「杏仁蛋白糊濃稠度恰到好處的瞬間」[29]還難抓準，我把手鍊被刮傷的噩耗告訴姆瑪時，她正焦慮地等米粒開花。我之前也說了，我這個人就是呆頭呆腦、笨手笨腳的。

「怎麼會刮傷?!」姆瑪大吼一聲，緊緊抓住我左手手腕上刮傷的手鍊，簡直像警察抓著準備終身監禁的罪犯。「到底是怎麼搞的?!我跟你說過多少次了，叫你不要戴著手鍊去街上玩，你怎麼都不聽?!」

「我只是想把達斯卡（Daskal）家汽車輪胎的氣嘴蓋轉下來，結果達斯卡先生突然過來，我要趕快跑走，站起來的時候手鍊就被車子的擋泥板刮到了。」

「你怎麼又去偷車輪上的髒東西？」姆瑪吼得更大聲了。「你母親都沒跟你說過，你再這樣下去以後會被抓去坐牢嗎？」

「不是我自己要偷的，是羅尼（Roni）叫我偷的。他要收集氣嘴蓋，每次我給他五個蓋子，他就會送我一支冰棒。」

「夠了，不要每次發生什麼事就怪別人、怪全世界。你看看你，麗娜愛把東西弄壞，羅尼愛偷東西，那你呢？長膿瘡下地獄去吧[30]，你看看你都幹了什麼好事！酓瓦湯的米粒都完全爆開了，唉，世界之主啊！」

「我只是想跟妳說對不起而已，」我邊說邊努力克制不住顫抖的下唇。「我不是故意的……」說到這裡，淚水終於潰堤了。

「唉呀，乖，庫迪洛，好了好了。」姆瑪關了煮湯的火，用手巾擦乾雙手。「你已經害我心碎，別再哭了。好了，明天叫你母親幫你把手錶拿去給銀器匠修理，修好就沒事了。」

「可是修不好了。」我哭著說。「刮痕很深。」

「修不好就算了，你就繼續戴著它。有時候事情就是這樣，手錶刮壞了我們也沒辦法。」

「可是我不乖！」我崩潰地說。「邦尼的手錶都沒事，只有我的刮壞了！它壞掉了！永遠、永遠修不好了！」

這種時候姆瑪通常會讓我們難過一陣子，她認為我們和麗娜阿姨不一樣——我們不像她那樣，不僅拒絕認錯，還搞破壞報復回去——至少我們傷心一小段時間就能學到教訓。但是這次，我為手錶上的刮痕哭得肝腸寸斷，姆瑪被我嚇了一跳，她應該是覺得我已經學到教訓，是時候教我更深的道理了。「烏姆利，好了，別哭了。」她說。「來，跟我去客廳，我給你看一樣東西。」

我們走到客廳，姆瑪從架上拿下那張裱了貝殼相框的照片，我嚇得嗚咽一聲，我以為她把我領到書架前，是為了禁止我擦灰塵。我當時真的很怕她沒收我那條心愛的橘色抹布。「庫迪洛，你知道這張照片裡的女孩子是誰嗎？」姆瑪問我。我承認，我不知道那個人是誰。

「這是我的女兒。」聽姆瑪這麼說，我才發現外婆也哭了起來。

「是我母親嗎？」

「不是。」

「是麗娜阿姨嗎？」

「也不是。庫迪洛我告訴你，這是另外一個女兒。你母親出生前，我和本錫安生了第一個女兒，她是在貝爾福宣言（Balfour Declaration）那一天出生，所以我們幫她取了『卓爾』這個名字。」[31]

「那她現在在哪裡？」

「烏姆利，她已經去世了。她在你母親出生前就死了，她是我們的第一個卓爾，你母親是第二個卓爾。」

「她是怎麼死的？」

「這就是我要跟你講的故事。來，我們坐在走廊的沙發，我講故事給你聽——可是你要先答應我，你不會再哭了。」

我答應了。現在似乎輪到姆瑪哭了，我很少看到她掉眼淚，驚訝到說不出話來，也忘了自己剛才在哭什麼。我也不是沒看過家人哭泣，麗娜阿姨每看完一集《合家歡》（*Family Affair*）都要哭一次，不管那一集發生了好事還是壞事你都會看到她在電視前掉眼淚，我母親每次聽合唱音樂都會泣不成聲。那姆瑪呢？我從來沒看過姆瑪哭，看到她坐在走廊的沙發上哭泣，我赫然發現，鯨魚其實很怕水。

「她是我們的長女，」姆瑪一面輕撫我的頭，一面開始說故事。「生了她以後，我發誓要讓她過女王般的生活。我們那時候很窮，但是我爲她縫了最好的衣服，連床單也是我自己縫的。貝爾福首相答應要給我們的國家自由，所以我們給她取了『卓爾』這個名字，她出生那一天，本錫安對我說：『莉亞，妳以後就知道了，她長大一定會當上第一個希伯來女總理！』本錫安真的很愛幻想些有的沒的。」

「從我生下她那一天開始，我就一刻也不想離開她，可是本錫安是很重要的錫安主義者，常常爲了國家到世界各地辦事，有時候我不能不陪他出國。他有時候會參加那種一定要帶太太出席的代表大會，別國國王、王子、親王的太太都會露面，我不能不去——就算我不是爲了本錫安去，也得爲以色列地暫時離開女兒。」

「有一次，本錫安要去日內瓦參加這樣的大會，我不得不跟著去。卓爾不希望我們遠行，我們跟她一再保證阿媽和阿爸——她都叫我們『阿媽』和『阿爸』——會買很多禮物回來給她，我們拜託我姊姊波拉幫忙照顧她，就這樣出國了。那次代表大會是在一間豪華飯店舉行，我還記得它叫貝里維飯店（Belle Vue Hotel），『貝里維』在法文是美景的意思，你站在房間陽臺可以眺望美麗的遠景。那間飯店的地毯又厚又軟，用餐時餐廳總管還會來你桌邊，一再強調他們的餐刀非常鈍，表示他們的肉嫩到根本不用切。」

「我剛剛也說了，我們那時候沒什麼錢，不

過本錫安看上去就像個高貴的王子，他長得很高，梳了帥氣的龐帕多髮型，性子又火熱。我陪他參加活動的時候，通常都穿簡單的米茲拉希裙裝，幾乎不戴首飾，只戴波拉在卓爾出生那天送我的珍珠飾針。每次我想到女兒，覺得傷心難過，我就會摸摸飾針，想一想她。」

「過了幾天，有一天我早上醒來發現飾針不見了，我問本錫安，他說他沒動過我的首飾。我在飯店裡到處找飾針，卻怎麼也找不到，飯店員工還幫我找過沙發、陽臺和地毯，最後還是沒找到。我焦慮得坐立難安。隔天我們離開日內瓦，搭火車去君士坦丁堡，再從那裡搭船回雅法。我回到耶路撒冷才聽到噩耗：卓爾被蒼蠅咬到，已經死了。」

「其實他們還沒告訴我，我就已經知道了——飾針不見的時候，我就知道了。我含著眼淚搭車去君士坦丁堡的時候，我就知道了。我走到家門口，看到波拉的眼睛，我就知道了。我沒有參加喪禮。喪禮隔天，他們來我家，把卓爾的東西全拿走了，波拉邊哭邊打包跟卓爾有關的一切。他們把箱子搬走，然後一切都結束了，我的女兒像是從來沒出生過一樣，就這樣沒了。」[32]

「庫迪洛，請你原諒我，我剛才不應該爲手鍊刮壞的事生氣，害你嚇到。庫迪洛啊，這不重要，這些東西都不重要。來，我給你看一個祕密。」

說到這裡，姆瑪伸手從連身裙的衣領下拉出一條纖細的金項鍊，上頭掛著滿是刮痕的黃金小掛墜。「我一直把這個掛墜放在心臟旁邊。」她說。「這是我今天要告訴你的祕密。」

「裡面有第一個卓爾的照片嗎？」我問她。

「沒有。庫迪洛，我不是說了嗎？他們把所有跟她有關的東西都拿走了，書架上那張照片是我好幾年以後在本錫安的一堆雜物裡找到的。第一個卓爾去世的時候，這個掛墜跟現在一樣，裡面什麼照片也沒放。可是啊，她還活著的時候，她還是小嬰兒的時候，我常常把她抱起來聞她的味道。卓爾看到掛在我脖子上的掛墜，就會用牙齒咬，咬出好多齒痕——你看，這些刮痕都是她用乳齒咬出來的。」

「我當時很生氣，怪她毀了我的金項鍊，可是庫迪洛，現在我女兒走了，只留下這些刮痕。庫迪洛，別哭，我哭就夠了。你要記得你今天學到的教訓：手鍊刮壞不重要，你是我們家的小花兒，**你**不要受傷才最重要，最重要的是世界之主會好好照顧你。手鍊刮壞、菸灰缸打破，這都沒關係，因為到最後留下來的也只有刮痕和碎片。」

註釋：

27 馬塔德拉（Mataderra），意指粗魯、不文雅的女人。

28 查帕處拉（Chapachula），拉迪諾語，指沒用的女人。

29 Punto di massapan，杏仁蛋白糊很難煮到剛剛好的濃稠度，濃稠度恰到好處的瞬間眨眼即逝。

30 Leandra con pinta，拉迪諾語一種咒罵。

31 英國在貝爾福宣言中承認猶太人有權在巴勒斯坦建立「民族之家」，卓爾（dror）是希伯來文的「自由」。

32 由於過去兒童早夭的情況較常見，孩子去世時家中所有和孩子有關的物品會被移除，希望父母能再次從頭開始。

RECIPE

05

酋瓦

「酋瓦」是湯的意思，羅馬尼亞語是「ciorb 」，阿拉伯語是「shurba」，還有另外幾種語言都有類似的字詞。在我們家，酋瓦專指加了米飯的酸甜番茄湯，加米的原因有兩個，一是讓湯喝起來更有飽足感，二是因爲米飯會釋出澱粉，讓湯變得更濃稠。請記得，做酋瓦一定要用長米，這種米才會在火候足夠時裂開，變成漂亮的蝴蝶形狀。

材料

1/4杯橄欖油
2顆洋蔥（需切小丁）
數顆熟透的番茄（或約800克的碎番茄）
2大匙番茄糊
10杯水
1根紅蘿蔔（削皮後切絲）
1/3杯長白米
1/2杯切碎的香芹
適量鹽與黑胡椒粉
適量新鮮檸檬汁與糖

RECIPE

05

酋瓦

做法

1. 在湯鍋中加熱橄欖油，將洋蔥炒香。
2. 如果你用的是新鮮番茄，將它切半後用刨絲器刨碎（棄置番茄皮）。將刨碎的新鮮番茄（或罐裝碎番茄）也放入湯鍋，加入番茄糊、鹽、黑胡椒與水，攪拌後煮至沸騰。
3. 加入米、紅蘿蔔與香芹，攪拌。調整至小火，蓋鍋煮至米粒裂開，變成蝴蝶形狀。
4. 關火後試喝，依番茄的酸度決定要加入檸檬汁還是糖。

注意：不要加入超過1/3杯的米，1/3杯一開始看起來只有一點點，但它會邊煮邊膨脹，加太多就會變成一整鍋的粥。

【將烤全雞一分為五的方法】

春天，一個安息日早晨，食物的香味與以色列B廣播網（Reshet Bet）當週新聞統整的聲音從家家戶戶窗戶飄出來。穿著襯衣的男人、滿頭髮捲的女人與舒舒服服曬太陽的貓，紛紛出現在每一家的陽臺。果園裡的足球場上，邦尼一個人練習射門，他把球踢出去之後跑到空空蕩蕩的球門區後面撿球，又回到罰球點重複剛才的動作。我們聽說達菲（Daphi）跟尼茲（Nitzi）的父親認識耶路撒冷足球隊上的人，既然邦尼的夢想是被人找去比達青少年球隊，他總是會在達菲和尼茲父親有可能穿著襯衣站在他家陽臺，俯瞰果園空地的時候，在空地上展現球技。所以，在這個安息日早晨，邦尼當然要在球場上練習射門。

至於我呢，世界上不可能有人邀請我加入比達青少年球隊，所以我不用練球，我的安息日任務是找各種藉口（我爸直截了當地告訴我，說謊也沒關係）不讓我媽進家門。這麼做的目的，是讓我爸偷溜進飄著雞湯香味的廚房。

只要是對我的童年有那麼點認知的人，就會覺得前面那句話荒謬到了極點：一，我們家從來不喝雞湯，二，我母親的廚藝實在不怎麼樣，沒有人會想溜進廚房偷東西吃，三，我強烈懷疑父親根本不曉得廚房在哪裡。

話雖如此，我還是要告訴你，我說的事可是千眞萬確。我父親一早把我拉下床，從我手裡搶走滿是摺痕的《愛的教育》（*Cuore*）[33]，對我說：「眞是的，小吉利，同一本書你到底要看幾次才夠？你怎麼不出門曬曬太陽？」

我才剛隨著書中的安利柯從亞平寧山脈旅行到安地斯山脈，不想理會我父親。「爸爸，」我對他說。「我很忙耶，你看，我在看一本沒有注音符號的書[34]。」

「可是小吉利啊，」我父親又說（我沒說「哀求」已經很客氣了）。「春天都來了，太陽這麼大，植物應該都覺得很渴。你要不要裝一壺水，跟你媽媽出去幫植物澆水？」

「植物不會渴，她沒那麼天真，我也沒那麼笨，我們都知道你只是想把我們趕出門。」

「我告訴你一件事，你聽了一定會很驚訝。」我父親興高采烈地說。「她**真的**有那麼天真！我已經說服她去裝水了。現在，」他邊說邊搶走我的書，把它藏在背後，又看看他的天梭（Tissot）錶。「我給你不多不少剛好二十秒，你如果不能在二十秒內帶她出門，就再也別想看到這本書了。」從教育的角度而言，這種策略實在很糟糕，不過我們不能太嚴苛地評判一個餓瘋了的人（我後面會再補充說明）。

我、我母親、麗娜阿姨、露莉（Luli，麗娜阿姨的女兒）和小狗伊格魯（Igloo）聚集在屋外的樓梯間，給天竺葵澆水，大家開始認眞討論美容產品和我父親的種種缺點。我們在麗娜阿姨與阿維姨丈家樓梯口擺了幾張摺疊椅，坐在茉莉花叢旁，穿裙子的捲起裙襬，穿褲子的摺起褲管，我們開始熱烈討論「曬黑」這件事。

「你要是再像上次去游泳池一樣曬傷，」媽媽警告我。「我就不讓阿維帶你去游泳了。」

「唉呀，卓拉（Drora），別這樣大驚小怪的嘛。」麗娜阿姨幫我說話。「孩子們曬傷就曬傷，又不會怎麼樣？有時候我甚至覺得該把他們抓去烤一烤。」

「麗娜！」我母親斥責一聲，打斷越來越糟糕的話題。「他們上個安息日去游泳池游完泳回來，妳沒看到他們全身通紅的樣子嗎？那之後三天，我還得把優格塗在他們身上呢！」

「我很喜歡紅色，」麗娜阿姨心不在焉地說。

「妳也是啊，妳看看妳自己的褲子。」

我們都低頭，看看我母親捲到膝上的褲管。

我鼓起勇氣，發動攻擊：「妳看，妳也在曬太陽，爲什麼我跟邦尼不行曬黑？」

「可是現在才早上十點，而且我有塗防曬乳！」我母親罵道。「我哪像你們，中午十二點到下午四點去游泳池，還用核桃油把自己炸得紅通通的！」

「那爲什麼我們有曬傷，露莉就沒有？」我抱怨道。「她也有去游泳啊。」

「因爲人生並不公平。」麗娜阿姨若有所思地說。「卓拉啊，我覺得曬太陽這件事本身就很多餘，我們要太陽做什麼？就算不曬太陽，我們也可以曬黑啊。」

「唉，別再說這個了。」我母親說。「我沒耐心再聽妳說那個會發出紫光的機器。」

「妳有一天晚上不是穿泳衣坐在陽臺上照那臺機器的紫光嗎？費雪（Fisher）太太看到還嚇一大跳，打電話報警。」我提醒她。

「我不是說那個。我昨天去藥局買了美黑霜，塗在身上妳就會變成漂亮的摩卡色。你們看看我的腿。」麗娜阿姨邊說邊將裙襬撩得更高，讓我們看到她小腿上至少三種色調的古銅色皮膚。「我說眞的，這簡直跟約瑟芬．貝克[35]的膚色沒兩樣！」

「天啊！」我母親和露莉異口同聲驚呼。我母親問：「阿維看到妳的腿塗成這樣了嗎？」

「爲什麼要給阿維看？」麗娜阿姨詫異地問。「我曬黑是爲了自己，又不是爲了他。」

「他上次看到妳吃橘色素藥丸，全身變成紅蘿蔔，還以爲妳是特地爲他做的。」我母親說。「要是我弄成妳這樣被默謝看到……」

「他不會看到的，」我趁機插嘴，告發我父親。「他正在偷吃伊格魯的食物。」

「難怪你父親突然這麼關心天竺葵。」我母親氣呼呼地站起來，調整好長褲之後她改變了主意，又坐下來。她對我說：「小吉利，你回家跟你父親說，他要是敢碰那鍋給伊格魯的食物，就別怪我不客氣。小吉利！還有……」我正要走，她就抓住我的手臂。「你跟他說，我把雞脖子丟進鍋之前已經數過了，要是少了一塊，他自己的脖子就不保了。小吉利！還有……」我正要跑上樓，又被她叫住。「如果他怪你跟我打小報告，你就跟他說我從一開始就知道他想幹什麼了。還有！小吉利……」我在樓梯頂停下腳步，前面是通往我們家大門的走廊。「你的書被他藏在書桌最上層抽屜了。」最後，她轉向麗娜阿姨、露莉與伊格魯，對他們說：「我跟你們說，這老公眞是不得了，不但騙老婆，還把小孩的書藏起來——那還是沒有注音符號的書呢！」

我走進廚房時，父親正從鍋子裡撈出煮熟的雞脖子，準備放上餐盤（他已經在盤子上放了七塊醃黃瓜，黃瓜像軍人似地排得整整齊齊）。「住手！」我戲劇化地大叫。「媽媽已經看穿你的伎倆了！」

「她哪有看穿我的伎倆，」我父親抱怨道。「明明就是你告訴她的。」他早就餓昏了，現在聞到我母親撒在伊格魯食物上的香料，忍不住咬一口雞脖子，接著說：「是你出賣了我。我不管她會不會氣到血管爆開，反正我要吃雞脖子了，你去幫我開一罐啤酒。還有啊，你再也別想看到那本書了，你母親一定告訴你，那本書藏在書桌抽屜吧？我告訴你，她猜錯了。而且你也知道，伊格魯根本就不愛吃雞脖子，每次碗裡都剩一堆肉，你母親還一直說：『默謝，你這個沒心沒肺的法加安[36]，留點東西給狗吃啊！』」

我陪父親坐在餐桌前，見證他違反所有的誓約和禁令，還有反抗太太（而且我父親都讓我喝浮在啤酒表面的苦泡沫，不知道爲什麼，我小時候就是很愛喝那東西）。也許是飢餓給了他靈感，我父親說起了從前在布卡里姆社區長大的故事，他說他母親教大家在幾乎沒有資源的情況下生活。「我舉個例子，」父親沉醉在懷想中，對我說。「你看了一本沒有注音的書就那麼得意，我告訴你，你埃莉薛娃姑姑、如瑪姑姑和我還不到十歲，就會倒著讀書了。」

「倒著讀書？」我震驚地重複。「什麼是倒著讀書？」

「就是上下顛倒，ל（lamed）的尾巴朝下，ן（nun sofit）朝上。」

「爲什麼？」

「你想想看，我們家那麼窮，有七個小孩要看書，可是我們只有一張書桌、一盞煤油燈和一本書，所以我們把書和燈放在桌上，七個小孩圍成一圈看書。埃莉薛娃、如瑪跟我年紀比較大，我們倒著看書，哈達莎、阿密、查娃和古莉特年紀比較小，他們就用正常的方式看書。」

「好難過喔。」

「怎麼會？我們很幸福，很快樂，我們有一本書，還有兄弟姊妹陪在身邊，難道還缺了什麼嗎？我們以前沒那麼多東西可以吃，可是也從來沒挨餓過，」我父親苦澀又哀傷地說完，又小小聲補充一句：「哪像現在這麼慘。」

是時候說明我家裡的狀況了。我們家當然有得吃，其實我們並不窮，和別人比起來還算是比較富裕的家庭。我們家很少吃肉倒是真的，姆瑪平常都做素食，大多是她小時候從僕人那裡學來的摩洛哥和阿拉伯窮人料理。她嫁給身無分文的本錫安外公之後，當然沒錢買肉，家中不見肉食的蹤影，後來他們的經濟狀況改善了，姆瑪還是只有在特別的日子做肉丸，或在節慶時煮雞翅。

我母親和麗娜阿姨幾乎時時刻刻都在減肥，所以她們比較愛吃素菜。不知道爲什麼，水果在我們家人眼中算是奢侈品，我朋友的父母常常拿著克里曼丁紅橘和香蕉追著他們到處跑（我沒騙你），我父母卻很少買水果，買了也立刻藏起來，不給我們小孩吃。我母親每次看到我吃蘋果，就會用眼神告訴我：「小吉利，你今天已經吃**兩顆**蘋果了！」

多年後，我終於向我母親提出這個問題：水果富含維生素，爲什麼我們從小到大沒吃過幾顆水果？她毫不猶疑地回答：「水果很貴，我們就是因爲沒有買水果，才能存錢幫你們買房子。」我說，其實我們小時候吃了不少橘子，我母親就提醒我，我們家過去在內坦亞和阿什杜德有幾片橘園。我問她，買房子的錢該不會是賣了橘園得來的吧？我母親叫我少自作聰明。

總而言之，我們小時候像牧場裡的牲畜一

樣，主要吃蔬菜長大，母親只有在每週一次的安息日午餐做烤雞。她做的是某種炙烤全雞（做得不是很成功），我們一家五口分著吃——姆瑪吃四分之一、父親吃四分之一、邦尼吃四分之一、我吃四分之一，母親吃雞翅。我們吃到的肉就這樣，我和邦尼都沒意見，只有我父親吃素吃到崩潰，尤其是看到小狗伊格魯每天都有肉吃，他更不開心了。

「憑什麼那隻科列夫[37]可以吃肉，我就不行。」我父親總是怨聲連連。（伊格魯是母狗，他們還是叫牠「科列夫」，因爲在一九七〇年代的人心目中，耶路撒冷只有公狗和母貓兩種動物。）

「默謝，別斤斤計較了，」這時候，我母親會這樣回答他。「牠是狗，牠有吃肉的需求。」

「那我就沒有需求嗎？」我父親不高興地嘀咕。

「你沒有，」母親斷言道。「你只有要求。好了，請你們都安靜點，我很累了，我剛吃了兩顆安眠藥，你們讓我好好睡一覺。要是再有人拿肉的事情煩我，就別怪我不客氣了，聽懂沒？噓，都給我安靜！」說完，她就回房間去了。

沒有一隻牛哞叫，沒有一隻鳥啼叫[38]，萬籟俱寂……只有我父親小聲說：「壞人都睡覺去，他們休息，全世界就可以喘口氣了。」

前面說了這麼多，但說到底我母親堅持不煮葷菜的理由很簡單：她煮得不好吃。（這是我母親努力掩藏的祕密，我們全家人都很小心，不讓

她發現我們很久以前就知道她的祕密了——就像她比我父親大八歲的祕密一樣，我們絕口不提這件事。）她就是不會做菜，也不喜歡烹飪，即使在每週最豐盛的安息日午餐，餐桌上的主角也不是一分爲五的烤全雞，而是烤馬鈴薯。我母親每次都用上大量人造奶油，做出令人驚豔的烤馬鈴薯……可惜她做的肉食料理都很失敗。

所以，有一天我母親終於看在丈夫的份上，決定做燉肉時，她做出來的成品慘不忍睹。她把我和邦尼叫進廚房，用三層報紙包住鍋子裡的東西，把包裹交給我們，要我們發誓將包裹拿到離我們家很遠的梅夫約朗街十一號，丟在路邊的垃圾桶，而且還要我們不准對父親提起這件事。作爲回報，母親給了我們一人一里拉，對當時的我們來說，這是無比豐厚的報酬。我父親回家後，他嗅了嗅家中的空氣，問道：「妳又幫伊格魯煮肉啦？」

「什麼話呢，我是特地爲你煮的。」雖然燉肉搞砸了，母親還是希望能用今天的犧牲換得讚美。

「妳幫我煮了肉?!」父親又嘴饞又疑惑地問。「那我們可以吃了嗎？」

「不行。唉，默謝，別問了，今天發生了一場災難。那條狗撲在鍋子上，把一整鍋肉都吃光了。」

「什麼都不剩了？」我父親驚恐地問。

「連一塊肉也不剩。」母親回答。「那條狗……」

「把全部的肉都吃光了？」

「都吃光了。」

「妳煮的一整鍋肉？都吃光了？」

「連肉湯也喝得一滴不剩，我辛苦了一整天，」我母親痛苦地呻吟，簡直像釘在十字架上的耶穌。「結果一整鍋燉肉都被狗吃了。唉呀，默謝，眞是場災難。」

「牠把整鍋肉吃光了……」我父親同情地說。

「還眞是場災難。」說完，他笑了笑，搭著母親的肩膀說：「卓拉妳別難過，我們再買一隻狗就是了。」

譯註：

33 愛德蒙多．德．亞米契斯（Edmondo De Amicis）的小說，一九五〇與一九六〇年代在以色列十分流行。

34 希伯來文通常不加注音，只有童書會標希伯來注音符號。

35 約瑟芬．貝克（Josephine Baker），非裔美國藝人，以歌手和演員聞名，後成為法國公民，有「黑人維納斯」之稱。

36 法加安（Faja' an），阿拉伯語，意思是「貪吃鬼」。

37 科列夫（Kelev），希伯來語，「公狗」的意思。

38 根據猶太教聖典，摩西在西奈山獲得上帝所賜的十誡時，山上靜得沒有牛鳴或鳥啼聲。

RECIPE

06

烤馬鈴薯

我知道人造奶油已經退流行了，可是我跟你保證，這道菜用人造奶油比用奶油好吃。這種烤馬鈴薯出爐的時候外酥內軟，搭配任何一種肉都很合適，而且用人造奶油也符合猶太教教規。

材料

10大顆馬鈴薯
14大匙人造奶油（需切成10塊）

做法

1. 馬鈴薯削皮後放入沸騰的鹽水，煮至半熟（這時候應該能輕易用叉子刺入馬鈴薯，但中心還很硬，還不能吃）。記得別煮得太熟，免得馬鈴薯裂成數塊。
2. 將半熟的馬鈴薯瀝乾，置於可烘烤的盤子上，每顆馬鈴薯上放一塊人造奶油（人造奶油塊融化後滑落盤底也沒關係）。
3. 放入烤箱，用適中的溫度烤45分鐘，翻面後再烤45分鐘。
4. 趁熱上菜。

※ 建議食用方法：每個人將自己盤子上的烤馬鈴薯切成兩半，淋一點沙拉醬吃。

【葉門裔旱鴨子】

「今年，我們家會負責辦逾越節晚餐。」舒迪雅（Shudia）姑婆說出這句話時，哀傷的模樣簡直像看著七個兒子相繼被處死的漢娜[39]。她並沒有七個兒子，只有一個叫瑪格麗特（Margalit）的女兒，但光是這個女兒就讓姑婆頭痛不已。瑪格麗特嫁給了一個名叫阿夫沙洛姆．哥德華瑟（Avshalom Goldwasser）的沙文主義者，舒迪雅姑婆嫌他頭腦不靈光，有時候叫他「阿芙娜阿」[40]，有時候叫他「痔瘡」。瑪格麗特前前後後生了五個皮膚白皙、長了雀斑的女兒，舒迪雅姑婆對此感到萬分驚恐，她不能算是稱職的外婆，她甚至拒絕承認自己和女婿、五個外孫女的關係。「母親，妳常說我們是大衛王的直系子孫，可是老祖宗從沙那前來耶路撒冷的路上，那張原本放在猶太教堂的族譜不幸弄丟了。妳到底想怎樣？」瑪格麗特據理力爭，但舒迪雅姑婆聽不進去。

「我要妳告訴我，這件事跟那件事有什麼關係。」舒迪雅姑婆說。

「妳說大衛王是葉門人，可是《聖經》裡寫得清清楚楚，他有『紅髮和美麗的眼睛』。母親，妳聽到沒有？大衛王的頭髮是紅色的！」

「是啊。」舒迪雅姑婆同意道。「可是《聖經》這麼厚一本，從頭到尾都沒有人說大衛王像妳丈夫和女兒一樣，身上有斑點。」

再怎麼爭執也沒有用，逾越節逐漸逼近，舒迪雅姑婆和亞隆（Aron）姑丈公在賴阿南納的農莊彷彿蒙上了一層陰影。舒迪雅姑婆的心情越來越差，她開始想像瑪格麗特、有斑點的五個外孫女和痔瘡在餐桌旁坐下來，準備吃逾越節晚餐，然後以慈菈・哥德華瑟（Tzilla Goldwasser）——痔瘡的討人厭的母親——爲首的一大堆白皮膚親戚，全從吉夫阿塔伊姆大老遠來到農莊。舒迪雅姑婆一直覺得慈菈・哥德華瑟是瑪格麗特硬塞給她的親家母，在她眼中，痔瘡的母親宛如希臘神話中美狄亞送給情敵的毒嫁衣。

舒迪雅姑婆心想，如果當初以色列地的子民沒有離開埃及，如果摩西沒帶領我們來到這裡，我今天就不必餵飽那群毫無節制的波蘭人，也不用聽慈菈・哥德華瑟唸詩了。「亞倫[41]啊，請聽我說，」她誠懇無比地說。「每次痔瘡的母親讀

詩，我花園裡的羅勒都會枯萎。」

舒迪雅姑婆認爲在賴阿南納辦逾越節晚餐是大災難，但並不是每個人都這麼認爲，舉例來說，我母親雖然不怎麼開心，最終還是接受了這樣的安排。我母親不喜歡舒迪雅姑婆的丈夫——亞隆姑丈公——他是個年邁卻精力旺盛的葉門裔猶太人，沒事就找我母親聊天，講和《聖經》有關的謎語給她聽、讚美她，甚至對她眉目傳情。我父親覺得很好笑，不過我母親就是沒法忍受亞隆姑丈公整天對她擠眉弄眼和嘟嘴，擺出自以爲像范倫鐵諾（Valentino）的樣子。

還有，亞隆姑丈公不太會讚美人，他那些讚語聽起來比《聖經》還古老。有一次，他對我母親說，「妳像有旗子的軍隊一樣棒」，還有一次他

說「妳的鼻子就像黎巴嫩高塔」，有一回他直接握住我母親的手，小聲說：「親愛的卓拉，有沒有人對妳說過，妳的眼睛和牛眼睛一樣美？」

「眞是的，亞隆！請你別再這樣了。」母親抽出她的手，在套裝上抹了抹手。「你要不要臉啊！」

「怎麼會不要臉？」亞隆姑丈公邊嚼巧茶[42]邊愛慕地看著她，看樣子有點難過。

「你已經是有婦之夫了！」我母親試著向他解釋。亞隆姑丈公震驚不已，差點吞了他總是用左邊牙齒咀嚼的巧茶，他好不容易鎭定下來說：「有婦之夫又怎麼了？山羊被拴住就不能吃草嗎？」

我母親雖不喜歡亞隆姑丈公，但這次去賴阿南納吃逾越節晚餐，還是有一些好處，她沒辦法忽視（也不想忽視）這些好處。上帝對我母親降下了兩個恐怖的懲罰，我說的並不是我和邦尼，也不是她和我父親結婚之前的兩任前夫，而是逾越節和暑假。長達兩個月的暑假令她苦不堪言，有時候她甚至會忘了有痛苦的逾越節這回事，但到了尼散月[43]初，逾越節毫無預警地出現在月曆上，她也沒有事先幫我和邦尼安排日間營隊——這時候，她就知道，世界之主又要懲罰她了。

到了這種時候，她會迅速打電話給她認識的所有親友，看看有沒有人愚蠢到願意讓我和邦尼在逾越節假期住進他們家：「你們只收一個孩子也行，讓他住幾天就好了。」但除了查娃姑姑和偶爾會幫忙顧小孩的如瑪姑姑以外，其他人都很懶惰，甚至有人厚著臉皮，問他們能不能把自己家的孩子送來我們家。

因此，在賴阿南納辦逾越節晚餐，對我母親來說也有不少好處。她可以在晚宴後「不小心」把我和邦尼忘在舒迪雅姑婆家，甚至提前派我們兩個去賴阿南納「幫舒迪雅做準備」。我母親就是用這個藉口，騙了舒迪雅姑婆，也騙了她自己。

於是，在逾越節晚餐之前四天，我和邦尼已經在賴阿南納了，我們兩個野孩子成了舒迪雅姑婆家的苦力。邦尼力氣比我大，姑婆派他去清掃雞舍，還有拉緊雞舍四周的迷彩布——之所以用迷彩布，是因爲舒迪雅姑婆的軍用車被她藏在雞舍裡。（一九四八年英軍撤離時，她親自從英軍那裡偷了一輛車，那之後她只有在晚上才會開這輛車出去，而且她只開在泥土路上。當然，她沒有繳任何汽車相關的費用。）我個子小，在大人眼裡又是個體弱多病的小孩，所以我就待在廚房裡幫舒迪雅姑婆做菜。我用石杵和石臼將大量葫蘆巴[44]種子磨碎，每次姑婆咒罵慈菈和痔瘡，我都用力點頭表示同意。

「至少，」舒迪雅姑婆一面將更多葫蘆巴籽放入石臼，一面告訴我。「至少他們吃完這一餐，會聞起來更像葉門人！我告訴你，之前瑪格麗特跟我說，他們上次來我們家吃逾越節晚餐，阿芙娜阿身上的葫蘆巴味一直到七七節[45]才散掉。親愛的小吉利啊，繼續搗，用力搗，累了也沒關係。我們家經營小農莊，我們就算工作累了也沒有半點怨言——葉門人就是這樣，我們勤苦工作，從不張揚。你知道葉門人對困難的工作有什麼看法嗎？我們常說：眼睛怕了，手還是會繼續工作。孩子啊，別怕粗重的工作，你只要努力做事，那不管做什麼都會受到上帝的庇佑。你要學你舒迪雅姑婆，你看，我有這麼多活要幹，我有沒有抱怨？就算你把十幾隻暴躁的公牛綁在我舌尖，我也不會抱怨！」

「就算把吉夫阿塔伊姆來的十幾個親家人綁在妳舌尖，妳也不會抱怨，對不對？」我附和道。

「沒錯。他們統統去死吧！」

舒迪雅姑婆一直無法原諒上帝給了她慈菈·哥德華瑟這個親家母，她堅持稱慈菈爲「我的死對頭」。她實在不懂，她可是大衛王的後裔，是沙洛姆·沙巴茲拉比的後裔（可惜我們家族從沙那移民到耶路撒冷的路上，遺失了重要的族譜）——爲什麼她非得和波蘭裔養鵝人成爲親家?!眞是的，有時候她眞不曉得上帝腦袋在想什麼，爲什麼想得出這些鬼主意。

慈菈·哥德華瑟最嚴重的罪惡是，她缺乏正常人該有的禮貌，不知爲何，她認爲舒迪雅姑婆在她生命中該扮演管家或傭人一類的角色。「我不是在抱怨，」慈菈總是說。「我對上帝發誓，我不是在抱怨，畢竟我也不是什麼英國女王，我們哥德華瑟只不過是普通人家……但我還是覺得我家阿維值得更好的一個家。」她常用這句總結一連串的謾罵。

瑪格麗特和阿維想盡辦法幫兩位親家母聯絡感情，卻毫無成效，兩人之間的仇恨只像春天的羅勒，長得越來越快。逾越節晚餐那一年，他們甚至安排慈菈和舒迪雅姑婆一起到一間高級飯店過猶太新年，試圖強迫她們成爲朋友，結果當然是慘不忍睹。

「我本來想說沒什麼大不了的，」我被葫蘆巴粉嗆得咳嗽不止時，舒迪雅姑婆告訴我。「我們就住進飯店，過年的時候增肥一點，就這樣嘛。結果呢？我的死對頭怎麼可能讓我好好過年，她堅持要住五星級飯店——住在那間飯店裡的人都是什麼德行，眞是噁心死了！『他們是百萬富翁！』我的死對頭說。我告訴你，那些人不過是一群特拉維夫人，不是暴發戶就是沒用的傢伙。我們到了飯店，把行李放進房間——我住一間，我的死對頭住一間，瑪格麗特和阿芙娜阿住中間的房間——然後我突然看到她光著身體走出房間，頭上還頂著一瓶花！

「『不好意思，』我對她說。『這裡可是高檔飯店，妳怎麼不穿衣服就在走廊上走來走去！』我的死對頭笑著說：『我哪裡不穿衣服了，我這不是穿著泳衣嗎？』『那妳頭上的花瓶是怎麼回事？』我問她。她回答說：『這是泳帽，西方人游泳都穿泳衣和泳帽。』還西方人咧！胡說八道！吉夫阿塔伊姆跟賴阿南納比起來也算西方?!」

不久後，舒迪雅姑婆發現慈菈．哥德華瑟簡直是波蘭版馬克．史必茲[46]，而姑婆當然沒有加入這些水上活動，她是在耶路撒冷出生，後來搬到賴阿南納的葉門裔猶太人，這兩座城市都不是濱海城市，所以她對游泳這檔事的態度自然是恐懼與嫌惡。慈菈得知舒迪雅姑婆不會游泳時，幾乎是樂不可支。「妳一定要來學游泳，」她甜膩膩地對舒迪雅姑婆說。「這眞的很簡單，憑直覺動動身體就對了——你們葉門人不是做事都靠直覺嗎？游泳就像水裡的葉門步舞，很簡單的。」

舒迪雅姑婆最怕溺水了，怎麼可能去學游泳？慈菈開始大肆宣揚她晨泳的佳績與游泳對身體健康的種種好處。「今天早上，」度假第二天，她告訴舒迪雅姑婆。「我游了二十趟蛙式，蛙式對心臟和肺臟有益。」「今天早上，」隔天，她又說。「我游了蝶式。我一直覺得春天就該游蝶式。」「今天早上，」第四天在用餐區吃早餐時，她愉悅地說。「我游了海豚泳。我跟妳說，我游著游著就覺得自己和自然合而爲一了！」「今天早上，」又過了二十四小時，她繼續自說自話。「今天早上……」

「我倒想知道，有沒有『長毛象式』這種游法？」舒迪雅姑婆打斷她。

餘下的假期，兩位親家母之間只有厚重的沉默，瑪格麗特與痔瘡再怎麼努力也無法讓她們和好，打拉密數字牌（Rummikub）[47]沒有用，連音樂會也沒能緩和兩個人之間的關係，舒迪雅姑婆和她的死對頭從頭到尾都不理睬對方。只有在吃早餐時，慈菈才會透過瑪格麗特間接對舒迪雅姑婆說：「妳告訴她，現在學游泳不算太晚。妳跟她說，我每天一早醒來就游二十五趟，游完我感

覺自己有了新生命。」這時候，舒迪雅姑婆會指著天花板，對阿芙娜阿說：「你告訴上帝，別忘了把她舊的生命帶走。」

「舒迪雅姑婆，」我在葫蘆巴塵雲裡咳嗽著問。「妳爲什麼要待在飯店裡，讓慈莅欺負妳？」舒迪雅姑婆可不是那種願意默默受氣的人，而且她那麼小氣，怎麼會住五星級飯店？她和亞隆姑丈公吝嗇到了極致，俗話說「要讓葉門人拿出一里拉，比看到螞蟻的眼睛還難」，說的正是他們兩個。舒迪雅姑婆是出自耶路撒冷的旱鴨子，我實在無法想像她每天早上和死對頭一起吃早餐，任慈莅一再羞辱她。

「爲什麼？」舒迪雅姑婆笑了。「親愛的小吉利，因爲很好笑啊。她每次說到游泳，我就在心裡偷笑，這時候我也覺得自己有了新生命。」

「爲什麼好笑？」我又問。「是因爲她頭上有花瓶嗎？」

「那也很好笑，」舒迪雅姑婆闔上雙眼，愉快地回想那個畫面。「但最好笑的是飯店門口的告示：『各位貴賓，游泳池修繕中，本月不開放使用，敬請見諒。』」

譯註：

39 故事有多個版本，但除了人名之外大同小異：一位名叫漢娜的猶太人與七個兒子被某國王逮捕，國王要求他們吃豬肉，他們拒絕了。國王一一處死了七個兒子，漢娜仍拒絕違反教規，最後她也死了。

40 阿芙娜阿（Avna'al），耶路撒冷一間知名鞋店。舒迪雅姑婆認為阿夫沙洛姆的腦袋和鞋子一樣簡單。

41 亞倫（Aharon），先知摩西的兄長。

42 巧茶（qat），又名「阿拉伯茶」，葉子含有興奮物質——卡西酮，嚼碎食用後會有提神醒腦效果。

43 尼散月（Nisan），猶太教曆的一月，陽曆三月至四月間。

44 葫蘆巴（fenugreek），又稱雲香草，其種子是一種常見調味料。

45 七七節，意指逾越節的七週之後。

46 馬克．史必茲（Mark Spitz），美國游泳運動員。

47 拉密數字牌（Rummikub），一種需將數字湊組合的桌上遊戲，設計人為以色列人，有「以色列麻將」之稱。

RECIPE

07

葫蘆巴

只有葉門人愛吃葫蘆巴醬（至少，只有葉門人不怕葫蘆巴醬），葫蘆巴種子製成的醬料長得不好看，它又黏又滑，而且味道很重。根據葉門人的說法，葫蘆巴有清潔血液的功效，但其他人都說它會在你體內滯留好幾天，隨著汗水和尿液排出來，讓你「聞起來像葉門人」。印度人和伊拉克人也會使用葫蘆巴，他們主要用它來做安巴醬（amba），但葫蘆巴是我們葉門人用來對付所有親家母、婆婆、岳母和死對頭的祕密武器。

材料

2大匙葫蘆巴籽粉（在天然食品店或印度超市應該都買得到）
1/2小匙鹽
2大匙葉門綠辣醬
1/2杯冰水

做法

1. 將葫蘆巴籽粉放入玻璃碗，用約兩指深的水淹蓋，浸泡一整夜。
2. 棄置浸泡用的水，將浸溼的葫蘆巴籽粉倒入食物攪切機或攪拌機，加入鹽與葉門綠辣醬，攪拌的同時緩緩加入冰水。

※ 建議食用方法：搭配葉門麵包、皮塔（Pita）或湯食用，也可以塗在麵包或撒魯夫（葉門麵餅）上。

【耶路撒冷海灘】

「你哥哥腦子裡到底在想什麼?」母親一面翻閱邦尼的日記,一面抱怨。「日間夏令營要去海邊玩,他爲什麼可以寫這麼多頁?他什麼時候這麼愛去海邊玩了?那小子會游泳嗎?」

「他會啊!」我爲哥哥說話。「側泳和狗爬式他都會。」

「那些不算。」我母親說。「那是去游泳池用的泳式。」

「我要跟他講。」

「你要是把我偷看他日記的事情說出去,就別怪我不客氣。」母親警告我。她闔上筆記本,將它放回窗簾的摺縫。

她不用對我不客氣,我已經夠可憐了。她應該同情我,邦尼應該同情我,全世界都應該同情我,因爲那時正値暑假,我這個小時候運氣極差(現在也沒好到哪裡去)的傢伙得了痲疹,不能運動,不能參加日間夏令營,也不能參加邦尼最擅長的街頭戰爭。邦尼不必羨慕我,我卻打從骨子裡羨慕他,因爲我父母送他去知名的茲雷爾日間夏令營(Tzlel day camp),每個學員都會拿到人人渴望擁有的黃T恤,而且還可以去帕勒馬希姆海岸郊遊。每每想到自己只能在家裡羨慕哥哥,我就難過得要心碎了。

換作是平時,我父母一定會強迫邦尼帶我一起去玩,邦尼人太好了,好到像個傻子,所以他再怎麼不情願還是會帶我出去玩,他根本沒想過要拒絕。(特別是聽到母親那句:「你要是不聽話，就別怪我不客氣。」）這次，是我的麻疹救了他。

「媽媽說你不會游泳。」邦尼回家時，我幸災樂禍地告訴他。

「我明明就會！」邦尼氣呼呼地說。「我會三種游法！」

「你不是只會側泳和狗爬式嗎？」

「還有仰式好不好。」

「那你帶我去海邊玩的時候教我怎麼游，好不好？」

「你得了麻疹，不能去海邊玩。」

「那我就在日記裡寫說你不帶我去玩，等媽媽找到我的日記，你就別怪她不客氣。」

「很好。」邦尼笑嘻嘻地說，他暗暗感謝上帝讓我生得這麼笨。如果我直接向母親打小報告，邦尼就完蛋了，可是我把事情寫在日記裡，我母親過二十四小時才會看到邦尼欺負我，等到她找到被我藏起來的日記（我把日記藏在百葉窗的盒架上），邦尼早就到帕勒馬希姆海灘，誰也奈何不了他了。

果不其然，母親沒有及時看到我的日記，隔天早上邦尼像流浪的猶太人似地出門，他穿了茲雷爾夏令營的T恤，背著類似圓筒行李袋的大背包，裡頭裝了耶路撒冷孩子去海邊會用到的生存工具：梅子、水煮蛋、一大罐核桃油（我們天真地以爲核桃油有防曬效果，沒想到天氣太熱時它反而有「油炸」效果）、備用泳裝、兩條毛巾（一條是我們家的，一條是我們從亞實基倫的達貢飯店（Dagon Hotel）偷來的）、短袖上衣和短褲、長袖上衣和長褲、可以充氣的內胎，還有我們父母的六百一十三個警告，包括「記得坐在陽傘下」、「不准下水」、「就算要下水也只能去水淺的地方」、「注意附近有沒有救生員」、「你別忘了，你不會游泳」，還有「你要是溺死，就乾脆別回來了」。

早上七點三十分，邦尼、黃T恤與大背包走出家門，消失在街角後，我們一家人有些寂寞、有些鬱悶。我父親非常怕水，但他竭力掩飾這份恐懼。我母親很想把邦尼的日記找出來，看看他有沒有去深水處游泳的打算，但我父親在，她不方便讀邦尼的日記，所以她感到十分煩躁。而我，我又得在到處是山丘、乾燥得不得了的耶路撒冷，度過沒有海灘、沒有海水的一天。

這時，母親看到麗娜阿姨穿著一套新衣服出門上班，她終於受不了了。「那一定是阿維去史托克（Stock's）幫她買的新裙子。」她刻意大聲說出這句酸溜溜的話，這話表面上是對我說的，實際上卻像投石機發射出去的巨石，瞄準了躲在報紙後面的父親。「你的麗娜阿姨嫁了個好丈夫，」她繼續對我和躲在報紙後的父親說。「要阿維為麗娜摘下月亮，他也會開開心心地去做。」

她說得一點也沒錯，如果我沒記錯的話，阿維姨丈確實為麗娜阿姨做了不少瘋狂的事，但我想說的並不是阿維姨丈為麗娜阿姨摘月亮的故事，而是姆瑪為了我將大海帶到耶路撒冷的故事。

「唉呀，庫迪洛你別哭了，我的心都要碎了。」姆瑪懇求道。我父母出門工作後，家裡只剩我、姆瑪和愛伊莎，愛伊莎那天心情特別差（我的痲疹讓她心情更差了——不對，光是我的存在，就能讓她感到不愉快）。「就算你跟邦尼去了海邊，你也不會玩得很開心。你哥哥連游泳都不會，去海邊還有什麼好玩的？」

「他會游泳！」我哀聲說。「他會狗爬式！」

「啊丟！這是什麼時候出現的新泳式？」

「他還會仰式，還有側泳！」

「仰式……側泳……狗爬式。」姆瑪嘀咕。

「那個納瓦里野孩子什麼時候變成埃絲特．威廉斯[48]了，他怎麼都沒告訴我們？那他會游貓爬式嗎？」

「才沒有貓爬式這種東西咧。」我語無倫次地說。「可是有狗爬式，邦尼答應要教我的，可是他不肯帶我去海邊玩！」

「傻尤哈[49]，別人答應什麼你都信！你那個不聽話的哥哥愛騙人，你難道還不曉得？我對本錫安發誓，他根本就不會游泳，他那麼瘦怎麼游泳？一陣風吹來，他就被吹回岸邊了。」

「我想去海裡洗澡……」我哭哭啼啼地說。姆瑪聽了立刻接受挑戰，說：「洗澡！好主意！尊貴的法老王啊，你自己告訴我，你上次洗澡是什麼時候的事了？是上星期嗎？上上週？眞是的，你母親怎麼都沒意見。」

「我得了痲疹，不能洗澡。」我爲自己辯白。

「胡說什麼！以前波拉得了腦膜炎，還不是

照樣洗澡。」

「可是醫生說我可能會感冒！我不應該洗澡，妳也不應該洗澡。」

「唉呀，亞希多弗[50]，我不需要你的諫言。夠了，少說幾句話，快捲起袖子做家事，有些事情我一個人做不來，今天世界之主就是要你當我的小幫手。」

接下來，我差點淹沒在做不完的家事裡，自以為是地抱怨她給我太多粗活（「阿布拉莫夫醫生（Dr. Abramov）叫媽媽讓我休息耶！」），當時的我並不知道，姆瑪是故意想出各種雜事給我做，希望我能忘了不能去海邊的寂寞。

「庫迪洛，」她說。「來幫我晾衣服，我把衣服掛起來，你負責用曬衣夾把衣服夾起來。」

「烏姆利，」她又說。「我等下要煮姆加達拉，你拿那個綠色的碗，把褐色扁豆倒進去，仔細檢查豆子乾不乾淨。做完以後，你拿那個白色的碗，把米倒進去，檢查米乾不乾淨。」

又過了一小段時間，她告訴我：「小吉利，我沒辦法自己摺這麼多衣服，來，我摺大件的床單和毛巾，你來摺手帕。」

姆瑪就這樣讓我忙了好幾個小時，我忘了茲雷爾日間夏令營和地中海，也沒有和脾氣暴躁的愛伊莎起爭執。

到了中午，母親打電話回家關心我的狀況時，姆瑪告訴她：「妳的小跳蚤一刻也坐不住，動不動就像松鼠一樣跑來跑去，還要給我各種建議。真是的，卓爾，妳找的那個阿布拉莫夫醫師是不是有問題？這小子哪來的痲疹？哪來的發燒？他比野貓還髒，搞不好一個星期沒換內褲了，而且他這麼有精神，我都快被他搞死了，要是我們家有兩個僕人也都給他搞死了。」

到了下午，我已經完全不想再幫姆瑪做家事了。姆瑪把雞毛撢子塞給我，叫我去清家裡每一幅本錫安外公相片上的灰塵。

「我不要。」我對她說。「我快累死了。」

「庫迪洛，不可以這麼倔強。」姆瑪警告我。「本錫安會生氣。」

「我得了痲疹，而且我好累。」

「痲疹咧……你有痲疹才怪！你讓我想到一個人，你知道是誰嗎？」

「是誰？」我問道。我最愛聽姆瑪說故事，就算是用來教訓我的故事，我也聽得津津有味。

「從前有個普斯特瑪[51]，她丈夫和她結婚時不知道她有多懶惰，可是才剛結完婚，她隔天就不起床了。她丈夫問她：『妳要不要織布？』她說：『我不要。』丈夫又說：『那妳要不要打掃家裡？』她說：『我很累。』丈夫又問：『那妳要不要煮飯？』她說：『我不餓。』他們過了一整年這樣的生活──我連這算不算是像樣的生活都不曉得了。後來有一天，那個超級普斯特瑪早上醒來，在床上伸了個懶腰，對丈夫說：『我今天來縫衣服好了。』丈夫開心得不得了，立刻打開窗戶遮板，可是普斯特瑪沒有動。丈夫問她：『妳怎麼不起來？』她說：『房間太冷了。』丈夫立刻掏出錢包裡所有的紙鈔，丟進火爐裡當燃料。那個普斯特瑪又說：『沒有縫紉機，我要怎麼縫衣服？』於是丈夫跑到鬧區，賒帳幫她買了一臺縫紉機回來。她說：『房間裡這麼黑，你要我縫衣服縫到瞎掉嗎？』丈夫聽了就拆下房門，把木板拿來做火堆，然後他又問太太：『妳現在應該可以縫衣服了吧？妳怎麼還不動？』這時候，普斯特瑪說：『我不想縫衣服了。』」

「我想去海邊，」我又開始哭鬧。「我想跟狗狗一樣躺著游泳！」

姆瑪知道她別無選擇，只能改變世界的運作模式（沒錯，她有能力改變世界的運作模式，尤其是面對小孩哭鬧的時候）。「庫迪，」她說。「你拿雞毛撢子去我房間，清掉本錫安照片上的灰塵，我跟你保證，等你做完，大海就會在這裡了。」

「大海才不會來這裡！」我哭著說。「大海明明是在帕勒馬希姆！」她這個謊也說得太誇張了，我才不會再被她騙著。上星期，她給了我一公斤的米，要我檢查米乾不乾淨，然後她叫我在家裡找到我自己——她說：「你去仔細檢查每一面鏡子，看看你自己是不是在鏡子裡。」（母親在我的日記裡看到這一段，氣得七竅生煙。）

「我告訴你，」姆瑪凶神惡煞地宣稱。「大海就是會過來！」

「耶路撒冷才沒有海咧。」我堅持自己的主張。

「明明就有，」姆瑪也毫不退讓。「本錫安以前都在那片海裡游泳，你敢說本錫安是騙子?!」

姆瑪對我用上了殺手鐧：全家除了她以外，沒有人可以否定本錫安外公說的話，既然本錫安外公說耶路撒冷有海，那就有海。我別無選擇，

בנסיון

只能聽姆瑪的話去清相片與相框上的灰塵。

半個小時後，姆瑪的喊聲從陽臺傳來。「庫迪洛，你把上衣和褲子脫掉，穿內褲出來。大海在等你了！」

我興奮地迅速脫衣服，衝到客廳外的陽臺，發現姆瑪站在巨大的洗衣盆旁邊，愛伊莎則一面用摩洛哥阿拉伯語氣憤地詛咒命運——還有詛咒我——一面將一壺壺水倒入洗衣盆。我看到這一幕的時候非常驚訝，也非常失望。

「這哪是大海！」我哀聲說。「明明就是洗衣盆！」

「這是耶路撒冷的海灘，」姆瑪堅定地吼道。「是本錫安的大海。你快進海裡去，小心別溺水了。」

我乖乖踏進洗衣盆，坐了下來。愛伊莎將一壺又一壺熱水倒入冰涼的盆子，所以水相當溫暖，姆瑪將一瓢溫水倒在我身上，趁我在水裡幫我洗快澡。她用肥皀洗我的背時，注意到我的肩膀抖個不停。

「庫迪，我不是叫你別哭了嗎，別讓我心碎啊！」

「可是這不是大海，」我抽抽噎噎地說。「我想在海裡游泳。」

「你告訴我，這爲什麼不是大海。」姆瑪的語調透出狡猾，她像個經驗豐富的漁夫、老奸巨猾的商人或經驗老道的獵人，設下了陷阱，而我這個運氣極差的小男孩就這樣跳了進去。

「它不是藍色的，」我說。「帕勒馬希姆的海是藍色的，可是這個水沒有顏色。」

姆瑪快如閃電地用下巴示意愛伊莎，又說了

一句摩洛哥阿拉伯語。我還沒意識到發生什麼事，也來不及逃跑，愛伊莎就從圍裙口袋掏出一包藍色洗衣粉，迅速丟進水裡，洗衣盆裡的水立刻變成絢麗的藍寶石色。

「它現在是藍色大海了，」姆瑪朗聲說。「你可以盡情像狗一樣游泳。」她微笑著補充一句，然後下了最終定論：「而且你的內褲也順便洗乾淨了。」

譯註：

48 埃絲特．威廉斯（Esther Williams），美國游泳運動員，後改行為電影演員。

49 尤哈（Juha），阿拉伯民間故事中的傻子與小流氓。

50 亞希多弗（Ahitophel），聖經中大衛王的謀臣，此指奸佞的諫臣。

51 普斯特瑪（Pustema），指好吃懶做的女人。

RECIPE

08

姆加達拉（扁豆飯）

姆加達拉是很經典的配菜，孩子通常會把它當主餐吃。這道菜適合用長得比較醜的褐色扁豆，橘色的扁豆就留著煮湯用。別忘了加焦糖洋蔥，這樣扁豆飯才會有味道。

材料

米飯：

4大匙油、1杯長米（用水洗淨）

1杯褐色的扁豆、3杯沸水

適量鹽與黑胡椒粉

焦糖洋蔥：

1顆洋蔥（切成小丁）、3大匙油

做法

1. 將4大匙油放入大湯鍋加熱，再放入米與扁豆，翻炒到所有米粒與扁豆被油包裹。
2. 倒入沸水，加入鹽與胡椒，攪拌後煮至沸騰。
3. 蓋鍋，將火調小，慢煮至所有的水被吸收（約20分鐘）。很多人認爲煮米和豆子的過程中不能開鍋，但其實偶爾開鍋攪拌也沒關係。
4. 所有的水被吸收後（檢查鍋底有沒有殘餘的水分），關火、打開鍋蓋，將摺疊成兩層的擦手紙蓋在鍋子上，再蓋上鍋蓋。（這樣就能利用餘溫繼續燜煮，但鍋蓋上凝結的水珠不會滴下來。）
5. 與此同時，用3大匙油將洋蔥炒至完全呈褐色。
6. 將姆加達拉分配至數個盤子，撒上焦糖洋蔥後上菜。

【鍋子裡的貓頭鷹】

我們家在二樓，所以你沒辦法在外面待到很晚再偷溜回家，而且我父母總是告訴我們，太晚回家的話各種蜜蜂、蜘蛛、黃蜂和蠍子都會來攻擊你，非把你螫死不可。就算你僥倖逃過那些毒蟲，還是得面對太矮的樓梯扶手、太高的樓梯、太寬的街道和太陡的斜坡，一不小心就會摔死。在這樣的教育下，我們根本連想都沒想過要沿著排水管爬上樓，從陽臺偷溜進屋裡，但麗娜阿姨的兩個兒子——羅尼（Roni）和伊塔瑪爾（Itamar）就做過這種事，而且不只一次。如果我們忘記帶鑰匙出門，他們兄弟倆就會爬到隔壁費雪太太家，再像兩隻貓似地走在她家陽臺欄杆上，爬到我們家陽臺。我和邦尼就不行了，要是我們參加派對太晚回家，就只能睡在屋外被蜘蛛咬死，所以我們通常不會在派對待到太晚。簡而言之——拐彎抹角也沒有用——我們是遜到不行的兩兄弟。

所以每年到了篝火節，我們就會咒罵白天，咒罵夜晚，還有特別用力咒罵我們在梅夫約朗街六號二樓那間屋頂鋪了瓦片的公寓。我們從頭到腳沾滿了灰，聞起來像煙囪清潔工，我們母親肯定在門的另一側等我們，她肯定認爲我們晚兩個小時回家是因爲篝火派對發生意外，我們都被燒成灰燼了。我們也知道，等她發現我們還活著，我們就吃不完兜著走了——她會把我們抓進浴缸，用有松木味的肥皂刷洗我們全身，然後咒罵我們、咒罵她的人生，還有特別用力咒罵在隔壁房間睡覺的父親。這時候，世界之主會不知所措地看著發生在我們家裡的一切，祂也知道，祂惹我們母親生氣了。

唉，儘管如此，我們也沒辦法避開像衛兵一樣守在門口等我們的母親，兄弟倆像法國走向斷頭臺的波旁（Bourbon）王朝貴族，從院子的樓梯口爬上十九級階梯，來到家門口。我們爲誰先進家門——衝進槍林彈雨——這件事爭執不休。

邦尼告訴我，只要我先進去，他就給我一整條牛奶巧克力。我告訴他，只要他先進去，我就給他五毛里拉。邦尼試著用他從逾越節就一直藏在襪子櫃裡的半罐巧克力醬誘惑我（他之所以把巧克力醬藏起來，就是爲了在這種時候拿來當談判籌碼），但我堅決不接受。

「你比較大，」我對他說。「你先進去。」

「對啊，我比較大，」邦尼說。「你再不進去我就要揍你了。」

「誰要揍誰？再怎麼樣也是我揍你們吧！」母親打開家門，開始口若懸河地痛罵我們：「你們兩個！我已經受夠了！受——夠——了！你們兩個壞孩子！也不看看自己是什麼德行！怎麼搞得跟你們父親一樣黑？不是叫你們十點前回家嗎？你們知道現在幾點了嗎？已經半夜十二點半了！你們父親還去找警察，叫他們到處找你們兩個，你們知道嗎？」

「他才沒有出門，」我一開口就惹人火大。「車子還停在外面。」

「他坐公車去的。」我母親撒謊道。

「他才沒有坐公車。」邦尼大著膽子說。

「喔，是嗎？」母親問。「你怎麼知道？」

「晚上十二點以後就沒有公車了。」邦尼回答。

「而且爸爸不知道怎麼坐公車。」我跟著火上澆油。

其實我完全不必在篝火節的大篝火上澆油。我們髒兮兮的衣服很快被全部扒光，母親命令我們進滿是熱水和松木肥皂的浴缸裡洗澡，對我們而言這就是最殘酷的懲罰。（世界上只有三種酷刑比得過洗熱水澡：曼陀林課、死刑，還有最恐怖的命令：「現在給我去打掃房間，抽屜也要整理！」）

母親換了兩次洗澡水（水都被我們身上的灰給染黑了），邊幫我們刷身體邊有聲有色地描述枯死的柑橘樹、乾涸的小麥與凋萎的棉花，說：「都是你們浪費水，害植物都枯死了。」我和邦尼面對面坐在浴缸裡，洗澡水帶有松木肥皂的綠色，我們身上則是一團團泡沫，簡直像兩個飄在雲中的小天使。母親稍微冷靜下來了（我們看她隨時可能氣炸，決定乖乖讓她幫我們洗頭，讓她心情好一些），這時候全宇宙最擅長討好大人的小孩——我——知道現在是唱歌的大好時機，而我敏銳的感官告訴我，我應該唱下流版節慶歌謠，而且是有押韻的那種。

母親看著我，那年篝火節一天下來，她到了

這時候才露出滿意的神情。那年的逾越節假期剛開始，我拿著成績單回家，家人看到我的寫作評分是「接近優秀」，全都震驚不已。「什麼叫『接近優秀』？」我母親驚呼。「『接近優秀』到底是什麼意思？這孩子長大可是要當作家的！」

「他的寫作老師可不這麼想。」邦尼才剛說完，就被姆瑪狠狠捏了一下。

「勾瑟斯[52]，不准說你弟弟壞話！」她罵道。「那個老師懂什麼？她去過法國嗎？寫過書嗎？她有沒有像本錫安一樣，出版報紙？沒有？那她憑什麼對小吉利說三道四?!」

果不其然，困在浴缸裡的小男孩開始放聲高歌，唱到女生的內褲還有納瑟[53]放的臭屁，多有文學才華啊！隔天的家庭會議中，母親驕傲地將她的新發現告訴所有人。「我們都錯了，」她對我父親、麗娜阿姨和姆瑪說。「我們一直以爲小吉利長大會當作家，可是我們都錯了。你們聽好了，這孩子是當詩人的料——沒錯，就是詩人！你們沒聽到他押的韻，眞是太可惜了，他根本是巴亞利克[54]再世啊！」

我很努力向大人解釋，那些粗俗小詩不是我編的，他們卻聽不進去。邦尼酸溜溜地表示，那些歌眞的很猥褻，但這也沒影響大人們對我的看法。母親命令我當場爲全家人演唱，我唱完後，她燦笑著對大家說：「他能寫出這樣的新詩，以後一定會跟奈森・阿爾特曼[55]一樣出名！」

我父親說：「眞是天才！好棒的詩啊！他跟愛因斯坦一樣聰明！」

麗娜阿姨激動地用英語宣布：「這就是下一任美國總統！」

姆瑪終於發表反對意見，終結了這場會議：「編這種詩有什麼用？」

對我們來說，希伯來歌曲是快樂的精髓，我們一早醒來就會打開收音機，聽B廣播網的羚羊舞節目（*Zemer Zemer Lach*），睡前用本錫安外公從前和姆瑪住在美國時送給她的留聲機，聽一些軍隊的進行曲。我有時候會和露莉爲「誰是世界上最棒的樂團」爭論不休，她說是披頭四（Beatles），我堅稱是北國防軍樂隊（Northern Command Band），不過我們再怎麼樣也不會眞的吵起來，因爲所有人都知道我才是對的，「露莉只是到叛逆的年紀了」。

　　到了星期六，我們通常會去卡塔蒙社區（Katamon）的祖母家吃葉門麵包，母親總是對我們說：「邦尼、小吉利，別再玩留聲機了，唱片不會跑走的。我們當然要去祖母家囉，你們看看外頭天氣多好，你們知道爲什麼星期六早上天氣都這麼好嗎？」

　　「爲什麼？」我們異口同聲問，但其實這個問題有兩個答案，兩個答案我們都心知肚明。

　　「這表示世界之主在乎我們，」母親說。「祂很照顧我們，特地幫我們安排了好天氣。」

　　「這表示祂怕你們母親。」父親斗膽插嘴。「默謝！」我母親聽了立刻罵道，我這才發現，就算世界之主不怕她，我父親也怕她怕得要命。

　　前往祖母家的路上，我母親要我們猜每一棟房子的主題曲，她深信每一棟房子都有屬於自己的曲調，而且卡塔蒙社區那些粉紅色的房子都該搭配最美妙的音樂。有時候我們經過比較貧窮的人家，聽到屋子裡飄出來的安息日歌曲，母親會要求我們停下腳步把歌曲聽完，「因爲有文化素養的人才不會只聽半首歌就走」。我們邊聽，邊假裝沒看到她在哭。

　　我們從來沒問過爲什麼她聽到希伯來歌曲會哭，因爲：一，我母親動不動就哭，聽到合唱樂曲也哭、看了字很小的那種英文或法文小說也哭、看伊莉莎白·泰勒（Liz Taylor）的電影也哭。二，是她教了我們「藝術」這門學問最重要的規則，也是我直到今天還銘記在心的規則：好的藝術，主角永遠是你自己。

有一天晚上我因爲這條規則哭了起來，那時我生了病、發了燒，母親爲我唱詩人利亞．戈德堡（Lea Goldberg）的搖籃曲——〈給風信子的歌〉（Song for the Hyacinth）。

月亮每晚每晚注視著
花園裡的花朵
小小花園裡的
風信子
月亮每晚每晚注視著它

月亮告訴雲朵：
「送一滴水又一小滴水
讓我們小小花園裡的
風信子綻放」
月亮這麼告訴雲朵

雨滴敲響了我的窗扉
為花園裡的花朵歡聲歌唱
風信子心花怒放地
回應它
回應敲響我窗扉的大雨

明日我們將走到花園
看見花園裡的白色花朵
為紀念這朵風信子
我兒將高唱這首歌
為花園唱出無窮快樂

母親的歌聲並沒有讓我開心起來，因爲她自己也常忿忿不平地說：「世界之主眞是見不得人好，我最愛聽歌和唱歌，祂卻給了我這麼糟糕的嗓音。」不過那天晚上，我根本無暇生世界之主的氣，我那時候發燒、喉嚨痛、身體不舒服，而且我覺得自己被騙了。「妳騙我。」我沙啞地對母親抗議。

「我怎麼騙你了？」母親詫異地問。「我唱歌都會走音，這是眞的啊。」

「不是這個。妳不是說我是藝術的主角嗎？我才不是〈給風信子的歌〉的主角。」

「爲什麼？」

「因爲歌裡的男孩有一座花園，我沒有；他有一朵風信子，我沒有；他知道怎麼對花唱歌，我不會。」說到這裡，我已經泫然欲泣。

「小吉利啊，」母親摸摸我的頭說。「你不懂，你**是**這首歌的主角啊，世界上每一首歌的主角都是你這個小天使，你不知道嗎？〈給風信子的歌〉說的當然是你，只不過你不是歌裡的男孩，你是那朵風信子。」

祖母家中也總是充滿歌聲，查娃姑姑、哈達莎姑姑和如瑪姑姑都擁有清脆動人的歌喉，當祖母陪我在院子踢足球時，她們總是一面洗葉門麵包的盤子，一面面帶笑容、眼睛閃閃發亮地唱歌。大孩子通常不讓我加入他們的足球賽，所以祖母自願陪我在後院的倉庫旁踢球，而且她從不放水——現在回想，她比我更適合當自由中衛。

每次回想起那些悠遠的時日，想到世界之主爲我們安排的晴朗週六，想到卡塔蒙社區那些簡陋的房屋與美麗的房屋，想到祖母小小的家裡頭的大房間，我腦中會自動響起希伯來歌曲。我想，瑪札爾祖母所有的孩子——我那些姑姑和叔叔——心中也留有同樣的回憶。我一直很羨慕他們，他們關於瑪札爾祖母的回憶只有滿滿的愛，不摻任何一絲哀傷。

在我十一歲那年，祖母突然從我們生命中消失了，沒有人向我們解釋爲什麼，但我們也慢慢發覺眞相：祖母生病了，她住進耶路撒冷舊城牆另一邊的法國醫院，那是一間只有進沒有出的醫院，她再也不會回來了。我母親自從和第二任丈夫離婚就很受不了法國人，但她還是每天去醫院探望瑪札爾祖母。有一天我回到家，看到父親和阿密叔叔坐在主臥室裡小聲講電話，當時的他們，看起來像是兩個迷惘的孩子。我父親抬起頭，用疲倦的雙眼看著我說：「小吉利，我們家發生悲劇了。」

在我印象中，瑪札爾祖母是第一位過世的親人，我根本不曉得親人死去的時候該怎麼做才好。我看到父親和阿密叔叔忙得不可開交就沒有問他們，於是我默默轉身回房間，癱倒在床上，眼淚不自覺地流個不停。

還沒過幾秒，姆瑪就出現在我身邊，將我擁入懷抱。她帶我走到廚房，然後也許是一時混亂，也許是她心不在焉，也許她認爲這是最好的做法——她把我當個小男孩照顧，帶我重演我還是五歲小孩時，只屬於我們祖孫倆的小儀式。好幾年前，我才五歲大的時候，父母都値晚班，晚上由姆瑪照顧我和邦尼，每次我睡不著就會去她房間找她，姆瑪爲了我半夜爬起來做燕麥粥，不過她都叫這個「燕麥糊」。

每次她煮好了，燕麥糊還在鍋子裡冒泡，釋出肉桂與糖的甜香，我們就會舉行儀式。姆瑪拿湯匙挖一大匙果醬，動作俐落地將果醬甩到鍋子裡，我負責觀察燕麥糊表面的果醬，猜它是什麼動物的形狀。我們最喜歡貓頭鷹形狀，姆瑪認爲這表示我以後會很有智慧，我則傻傻地認爲貓頭鷹形狀的果醬最好吃。

「庫迪洛，別哭，別哭。」姆瑪對倒退了六年時間的十一歲男孩說。「別讓我心碎。來，我把果醬甩到鍋子裡，你看看這是什麼動物。」

可是鍋子裡沒有貓頭鷹，淚水怎麼也停不下來。「庫迪洛，」姆瑪說。「烏姆利啊，你聽我說，我做了一個很重大的決定——你可以哭。哭吧，庫迪洛，哭出來就好了。讓眼淚自己流下來，然後記住我現在答應你的事情：我發誓，從今天開始，我會連同你祖母的份一起愛你。」

譯註：

52 勾瑟斯（Gorsus），拉迪諾語的「混蛋」。

53 納瑟（Nasser），埃及前總統。

54 巴亞利克（Bialik），猶太詩人。

55 奈森．阿爾特曼（Nathan Alterman），猶太詩人。

RECIPE

09

燕麥糊

其實我們這裡說的就是最簡單的燕麥粥，不過做燕麥粥也有幾個小技巧，例如在適當的時機甩果醬、加入橙花水，喜歡的話你也可以加入椰絲。請注意一件事：如果要甩果醬，請務必用放置於室溫的果醬，不要用剛從冰箱拿出來，還很硬的果醬。

材料

1 1/2杯牛奶
2大匙糖
1小匙肉桂粉
5大匙燕麥片
2大匙果醬或楓糖漿
2大匙無加糖椰絲（非必要）
適量橙花水或玫瑰水（非必要）

做法

1. 將牛奶與糖放入小鍋子，煮至沸騰（小心別讓它溢鍋）。
2. 加入果醬以外的所有原料，小火煮2分鐘，持續攪拌。
3. 關火，將果醬甩在鍋中。
4. 看看鍋子裡有沒有貓頭鷹。

【愛與黑暗】

人們往往是在黑暗中得知重要的眞相，我們也是在一片漆黑中，發現父親其實是母親的第三任丈夫。我的生命經驗告訴我，其實在光線下你是看不到眞相的，你只會看到謊言和令你分心的事物，眞相只會在黑暗中悄悄溜出來。一切，在那個晚上開始。父親多年來投資了不少錢與期望在彩券上，沒想到他在那天晚上中獎了，他中的不是鉅額頭獎，而是一千里拉——剛好可以給家裡每個人買一件禮物，剩下的存進銀行。

我還記得他跳舞般大步走到樓下，抱著滿懷的包裹蹦蹦跳跳地上樓，對我們大聲宣布：「我贏了！」他給姆瑪買了一件雅緻巴黎（Chic Paris）的居家服，幫我買了直笛，幫邦尼買了地圖集，幫自己買了拉米（Lamy）鋼筆，也幫母親買了一枝裝在粉紅色皮革小盒子裡的鍍金克羅斯（Cross）鋼筆。除此之外，父親爲了讓我們一家人感覺像大富翁，還買了一樣奢侈品——這是當時的新發明，我們只在電視上看過這東西，家裡其實也不需要它，但光是把這東西擺在家中，我們就覺得自己的人生灑上了好萊塢星光——他買了一臺電熱水壺。

梅夫約朗街上根本沒有人有這種神奇的家電，就連比我們富有許多，平時開超大雪佛蘭（Chevelle）的麗娜阿姨和阿維姨丈，也是用芬詹（Finjan）咖啡壺燒水。我們看到電熱水壺這種像是衛星零件的家電，全都興奮不已，只有姆瑪一點也不興奮。「我不懂，妳老公買這個電器做什麼？」姆瑪看著我母親將電熱水壺的塑膠包裝摺得整整齊齊，以便以後拿來包糖果盒，她不解地抱怨道。「他又不是什麼咖啡專家，水是用火還是用電燒開的，眞的那麼重要嗎？」

「母親，妳怎麼會不懂？這是給我們全家用的啊！」我母親抗議。「妳也有在電視上看過電熱水壺吧？現代人都用這個泡咖啡。」

「胡說八道，光用電怎麼可能把水完全燒開？這玩意也許能把水加熱，可以拿來給以色列總工會（Histadrut）那些跟小偷沒兩樣的幹事泡茶，可是不能拿來泡咖啡。沒有火要怎麼泡咖啡？」

「用電和用火都一樣，」面對姆瑪對他和他的電熱水壺的言語攻擊，我父親竭力保持鎮定，擺出政治家的風度。「水煮滾了就是滾了，只要溫度到攝氏一百度，甚至稍微低一點，不管是用電還是用火都可以煮水。我來示範一次給你們看好了，我把插頭插上去，按下開關……」

父親按下開關的瞬間，我們聽見小小的「啵」一聲，整棟房子瞬間暗得伸手不見五指。我們沒學過電路學，但都大致明白剛才發生了什麼事：父親雖然中了彩券，這間公寓的電路系統還是和之前一樣老舊，廚房的保險絲負荷不了電熱水壺的用電量，直接燒斷了（我們家用的不是電磁鐵保險絲，而是陶瓷和細金屬絲做的保險絲，它藏在屋簷下的保險絲盒裡。）儘管四周一片漆黑，我還是清楚看見了姆瑪不耐煩的神情。「他把電熱水壺的插頭插進去，我們家就沒電了，妳的天才老公還會做什麼？他腦子裡還會迸出什麼瘋狂的點子？說不定他有一天會發明電動百葉窗呢。」

我們別無選擇，只能宣布全家進入緊急狀態，我和邦尼負責把黃色的廚房餐桌推到門廊，再把一張椅子擺在桌子上。父親小心翼翼地爬上餐桌，再爬上椅子，想辦法搆到屋簷下的保險絲盒，更換保險絲——前提是，他不能拉傷背部。前提是，我們爲應付緊急時刻特地藏在麵包盒裡的小手電筒，能提供充足的照明……不幸的是，它壞了。

「卓拉，妳要把椅子扶好。」父親一面哀求，一面踮起腳尖，想辦法打開保險絲盒的蓋子。

「默謝，站直，站直啊！」母親舉著點燃的蠟燭，對他說。「別做傻事，你要是又把自己的背給拉傷，就別怪我不客氣，我可不要花兩個星期餵你吃東西、幫你洗澡、像女僕一樣服侍你，讓你整天躺在床上看報紙。」

「我知道爲什麼手電筒不能用了！邦尼把電池拿去裝在他的錄音機裡了。」我在熊熊燃燒卻沒有照亮任何事物的大火上，用言語澆了一盆油。

「卓爾，」姆瑪說。「要不要喊麗娜一聲，叫她叫大伊塔瑪爾來換保險絲？」

「母親！」我母親瞪姆瑪一眼。

「就算他把保險絲盒打開了，又怎樣？他知道怎麼換保險絲嗎？葉門人怎麼會做電工？他傻站在這裡有什麼用？」

「他知道怎麼換保險絲！」邦尼開口爲自己一半的血統說話，然後用微微顫抖又竭力保持樂觀

的聲音說：「他把鐵絲換掉，電就會通了。」

「喔，現在連你也是電工專家啦。」姆瑪哀嘆一聲，完全沒被說服。

「母親，別這樣！」

我母親才剛說完，姆瑪就接著說：「妳上一任丈夫比他高得多。」

喔？

什麼？上一任丈夫?!

後來我跑去審問麗娜阿姨，她一開始毫無說服力地否認這件事，後來她終於放棄抵抗，我得知以下這些資訊：我母親多年來一直誤導我們，讓我們以爲她在和我的葉門裔父親結婚前都守身如玉，但其實在我父母結婚之前，母親有過兩任丈夫，第一任是個名叫孟羅（Monroe）的美國人。「他長得跟天神一樣帥。他不算是眞正的前夫，」麗娜阿姨說。「因爲你母親很受不了他，之所以和他結婚是因爲他唱歌非常好聽。他們兩個是在我們一家人住在美國的時候結婚的，結了婚以後你母親一直不想搬去和他住，後來我們全家搬來以色列，孟羅也跟著來，結果你母親拒絕見他，只讓他暫住在勒凡娜和哈利在內坦亞的家，過不久他就被你母親趕出國了。」

第二任丈夫是個法國考古學者，這個基督教徒（其實我們家也有幾個基督教徒）名叫瓊．佩羅（Jean Perrot）。「他也長得跟天神一樣帥，」麗娜阿姨告訴我。「他和你母親從前是耶路撒冷有名的俊男美女夫妻。他是基督教徒，所以你母親和他的結婚典禮辦在巴黎市政廳，你知道他們的結婚證人是誰嗎？竟然是歌伴合唱團[56]！可是後來你母親在廣播局認識了默謝，開始談戀愛，她花了整整七年才成功和瓊離婚，在勒凡娜家和你父親結婚。那天默謝的姊妹唱了幾首葉門歌曲，那眞是太好聽了！我現在想想，你母親好像很喜歡跟唱歌和結婚有關的東西，你有沒有注意到？啊，你別跟你母親說這些是我說的，要是被她知道，我們兩個就死定了。」

從那黑暗的夜晚開始，我花了一輩子收集跟我母親兩任前夫有關的零碎事蹟，同時默默守護她的名節——換句話說，我一直裝傻，假裝自己不知道父親已經是她的第三任丈夫。母親有法國護照，多虧了她，我和邦尼也有法國護照，但是她從來沒解釋過這三本護照是哪裡來的。每次她和姆瑪吵架吵得很激烈，她就會對姆瑪說（這時候我也在場）：「都是你，把我之前的兩個老公給嚇跑了。」姆瑪聽了就會回道：「可惜第三個我們趕也趕不走。」

我以爲自己收集到了很多重要的情報，卻不知道自己還懵懵懂懂，其實什麼都不曉得。我發覺這件事，是在很久很久之後，母親去世後又過了好幾年，有一天我在報紙上看到一則報導，寫說法國考古學家瓊．佩羅曾經和伊塔瑪爾．本．阿維的女兒結婚。我從小到大常被人問：你父親是葉門裔猶太人，膚色那麼黑，你怎麼長得這麼白？這時我看到佩羅的照片，看到他蚱蜢般細細瘦瘦的身材，忍不住驚呼一聲：「爸爸！」

那個顴骨、那個羅馬鼻、那個突出的下顎，都跟我一模一樣——沒錯，不可能有錯，照片中的人是我眞正的父親。我心想：很有可能啊！雖然我是在母親和他離婚後好幾年出生的，那也可能是他們有一天又見了面，開始回憶往事，結果舊情復燃（這就是懷舊之情的力量），兩個人像乾柴烈火，生出一個法國小孩。於是我揣著這份信念找到佩羅先生，搭飛機去巴黎和他見面，想看看我們是不是眞正的父子（順便看看有沒有好東西可以給我繼承）。

結果我抵達巴黎那一天剛好是他八十歲生日（當時我大概三十五歲），他即將舉行人生中第五次婚禮。不幸的是，他踏進旅館大廳朝我走來，吸引了在場所有女性的目光時，我立刻發現我們不可能有血緣關係。佩羅先生個子很高，長得英俊帥氣，而且都八十歲了還有滿頭漂亮的銀髮——這三點都和我截然相反。

儘管如此，我那次和佩羅先生見面，還是從他口中得到了不少情報。他告訴我，歌伴合唱團幫他和我母親證婚的事是眞的，典禮結束後他們甚至到街上高唱〈三個鈴鐺〉（Les Trois Cloches），那附近的居民都聽得津津有味。他還告訴我，麗娜阿姨說得沒錯，我母親確實以有夫之婦的身分和我父親談了七年戀愛。「你母親、我和你外婆——本．阿維夫人——一起住在比伯曼屋（Biberman house）裡，」佩羅先生用帶著迷人法國腔卻又十分流利的希伯來語對我說。「每天早上我去上班，你父親就會去我們家找你母親，這件事我也知道，我完全不介意。我只要本．阿維夫人每個安息日做香料魚給我吃就好，那眞是人間美味。」

我問起他和我母親離婚的過程，他說：「我

不記得我們有沒有辦離婚典禮，也許我們只有收到領事館的一封信而已。我倒是記得，事後我自己一個人搭計程車回家，耶路撒冷算是座小城市，大家彼此都認識，所以那時候計程車司機看到我就說：『佩羅先生，請問您今天爲什麼看起來這麼難過？』我告訴他，我剛和你母親離婚。你知道他的反應是什麼嗎？」

「是什麼？」

「他突然哭了起來，我看到他淚流滿面。」

「爲什麼要哭？」

「我也這樣問他，他對我說：『佩羅先生，您爲什麼要把這件事告訴我？爲什麼？我現在好害怕。』我問他爲什麼害怕，你也知道我現在

八十歲了，可是我這輩子永遠不會忘記他的回答。他說：『如果連你們這對俊男美女都離婚，就代表這世界上不存在愛情了，如果世界上不存在愛情，我這種人又該怎麼辦？』」

這個故事很可愛，但還不是關於我母親第二場婚姻──更確切地說，是第二場婚姻的結局──最溫馨的故事是姆瑪告訴我的。有一次我在調查母親的兩個前夫，得知她和瓊剛離婚那陣子，她都睡在麗娜阿姨和阿維姨丈廚房裡一張摺疊床。我聽了覺得很奇怪，就再問了麗娜阿姨一次，她說：「對，她睡在一張藍色摺疊床上。我很愛摺疊床，你不覺得發明這東西的人是天才嗎？」

「姆瑪，」我跑去找外婆。「我有事情想問

妳。」

「什麼事啊，庫迪洛？」

「媽媽和瓊離婚的時候……」

「啊丟！你怎麼知道你母親和瓊結過婚？」

「因爲妳說過……」

「世界之主啊，祢怎麼突然開口了？我活了七十年祢都沒對我說過話，怎麼現在一張開嘴，就說出這種話？」

「姆瑪，我都知道了，妳不用對我說謊……我是說，我們還是會對媽媽說謊，可是我已經知道她有兩個前夫了，妳可以直接把他們的事告訴我沒關係。」

「他們的什麼事？」

「他們離婚的時候發生的事。」

「發生了什麼事？」

「麗娜阿姨說媽媽跑去睡她家的廚房，睡在一張摺疊床上。」

「這有什麼問題嗎？你阿姨本來就很喜歡摺疊床啊。」

「不是，我想問的是，既然媽媽去麗娜阿姨家，那瓊去哪裡了？」

「他哪都沒去。」

「這是什麼意思？」

「意思是，你母親跑來跟我說：『我要跟默謝結婚，所以我要和瓊離婚，他必須離開這裡。』我對她說：『離開哪裡？』她說：『這棟房子。』我說：『說什麼傻話！他跟我們住了七年，哪可能妳要他走就趕他出門？』」

「等一下，所以是媽媽搬走，瓊繼續跟妳住在一起？」

「那當然。庫迪洛，我告訴你，就算我女兒是瘋子，我也不會把一個沒有犯錯的好人趕出他的家。」

譯註：

56 歌伴合唱團（Les Compagnons de la Chanson），一個在二次世界大戰期間成立的法國合唱團。

57 希伯來文的稱呼是「阿姆奴（Amnoon）」或「姆西特（Musht）」，英文叫「多利魚（John Dory）」或「Tilapia」，中文又有鏡魚、鏡鯧、馬頭鯛等稱呼。

RECIPE

10

香料魚

星期五晚餐就是要吃香料魚，邊吃魚肉邊吃沾了紅色醬汁的哈拉麵包。姆瑪特別喜歡做香料魚，也許這是因爲我父親痛恨這道菜（葉門裔耶路撒冷人不怎麼愛吃魚），也可能因爲這是瓊最愛吃的料理。

材料

2顆洋蔥（切薄片）
6～8片日本海魴57
1/2杯橄欖油
2顆蒜頭（每瓣剝皮後切成兩半）
3顆紅甜椒（去籽後切絲）
3大匙甜紅辣椒粉
1小匙辣紅辣椒粉
1大匙雞湯粉
1/4小匙孜然
1杯切碎的新鮮香菜（芫荽）
1大匙葛縷子粉
適量鹽與黑胡椒粉

RECIPE

10

香料魚

做法

1. 將洋蔥與魚肉片一起放在盤子上，靜置一晚。棄置洋蔥，沖洗並將魚肉片充分擦乾。
2. 用橄欖油稍微煎過魚肉片，使兩面呈金黃色，取出煎過的魚肉片，放在擦手紙上瀝乾。
3. 將蒜頭與紅甜椒粉放入剛才煎魚肉的橄欖油，炒2至3分鐘。
4. 放入香菜與葛縷子粉以外的原料（包括煎過的魚肉片），加入約1.5公分深的水，蓋鍋煮至沸騰。
5. 將火調小，拌入香菜與葛縷子粉，蓋鍋並用小火煮至鍋中的液體變成濃稠醬汁。

【別因逃避死亡而死】

巨大的爆炸聲響徹了梅夫約朗街六號，首先是玻璃碎裂的聲音，接著是水聲，以及露莉撕心裂肺的叫喊：「你殺了牠們！你好冷血，竟然殺了這些無辜的生命！你等著瞧，上帝會給你報應的，你一定會下地獄！」

那之後是一連串的尖叫聲、哭聲（其實更像是牛叫聲），還有穿著拖鞋的小腳從麗娜阿姨和阿維姨丈一樓的家，爬上十九級階梯到我們家公寓的聲音。那雙小腳是我的腳，拖鞋是我的拖鞋，哭聲也是我的哭聲，而且現在還多了嘔吐的聲響。我跪在馬桶前，吐得亂七八糟。

「啊丟！庫迪洛，你怎麼了?!」姆瑪驚恐地從廚房衝過來。「你生病了嗎？是不是吃太多糖了？你是不是又吞了巧克力裹棉花糖的包裝紙？你怎麼吐成這樣，快告訴我啊！」

我很想回答她，可是我忙著邊吐邊哭，根本沒時間說話，姆瑪只能繼續猜我突然嘔吐的原因。這些猜測在不知情的讀者看來也許莫名其妙，但都是那一年暑假，姆瑪親眼目睹過的慘劇：「你哥哥是不是又踢你肚子了？可惡的勾瑟斯，你跟他說等我抓到他，我就親手把他掐死。啊？他沒有踢你？那你爲什麼要哭？你是不是又吞了你母親的去光水？總比你上次和邦尼打架，把那東西弄到眼睛裡好。你也沒吞去光水？別說是羅尼叫你吃柏樹的毬果。也不是？那小子跑哪去了？眞是的，他那個納瓦里野孩子，整天在街上跑來跑去。你還沒告訴我，你爲什麼要哭？」

「我把露莉的水族箱打破了！」我哀號。「我把它推到地上，它破掉了！」

「你打破了什麼？你說是露莉養魚的玻璃箱？」

「嗯，她的水族箱。」我說。「然後全部的魚都死掉了！」

「啊丟！你為什麼要打破人家的水族箱？」

我正要回答，露莉就衝進我們家，找到在廁所尋求政治庇護的我。她氣沖沖地站在我面前，準備把我徹底解決掉。「我要殺了你！」她尖叫。「你殺了我的魚，我要殺了你！」

「叫什麼叫，沒禮貌！」姆瑪邊罵邊用自己的身體擋在我和露莉之間。姆瑪覺得露莉不懂禮貌，她很受不了自己唯一的外孫女。（「你看看這野丫頭，」看到露莉喊叫，姆瑪就會對我說。「和市場裡那些沒教養的義大利女孩沒兩樣。」）而且她再怎麼樣，也不可能讓露莉在那炎熱的夏季午後眞的殺了我。「妳再欺負表弟試試看！」

「我就是要殺了他！」露莉大吼一聲，試著去抓躲在馬桶旁的我，結果她被姆瑪鋼鐵般的手緊緊抓住。

「我叫妳不要欺負表弟，聽到沒有？老天，還說什麼殺人！好了，你們兩個告訴我，剛剛到底發生什麼事？」

「我只是想洗水族箱……」露莉開始說故事，可是我一定要親口對姆瑪說出眞相，我非要親口告訴她不可。「她想洗水族箱……」我才剛插嘴，就被一直無法理解水族箱和寵物的姆瑪打斷了。

「你說要洗那個噁心的玻璃箱？你表姊為什麼要

洗那東西?!要洗，也是先洗她那張髒到不行的嘴巴，而且魚那麼髒，要怎麼洗乾淨？我實在不懂，爲什麼會有人想養那種在水裡撒尿還把水喝進肚子裡的動物？」

「我裝了濾水器，水裡面沒有尿，它會……」露莉說。她還沒說完，姆瑪就直接打斷她：「我不要聽妳解釋。妳想殺了小表弟，就至少先讓他把事情講清楚。」

「她想洗水族箱，」我努力將法庭上的討論拉回正題。「她叫我去幫忙。她把一盆水放在地上，然後把一條水管的一邊放在水族箱裡，另外一邊放在水盆裡。」

「爲什麼？」法官——姆瑪大人——問。

「這樣有魚尿尿和魚便便的水才可以從水族箱流到水盆。」

「水裡面沒有尿尿！有濾水器！」露莉氣呼呼地說。我們無視她，因爲這時候姆瑪已經開始質疑我的說法不符合物理法則。「又沒有水泵，」姆瑪說。「水怎麼會突然從水族箱流到水盆裡？」

「她跟我說這是特別的水管，」我回想露莉泯滅天良的行爲，嗚咽地說。「她說我只要吸水管的其中一邊，就會有糖果跑出來，結果我就把水族箱一半的水喝掉了啦！」我也被自己的愚笨嚇到了，幾乎又要吐出來。「而且我一顆糖果都沒吃到！」

「然後你就把水族箱打破了？」姆瑪問我。

「對，」我謙虛地回答。「我把魚都殺了。」

「做得好。」姆瑪說。「噁心，那個缸子裡的每一條魚都噁心死了。」

「他殺了我的魚，他也要去死！」露莉試著將

談話掰回她心目中的正途，可是姆瑪已經做了決定。姆瑪將露莉推出廁所，罵道：「給我出去！妳跟妳母親不是愛看那些沒營養的雜誌嗎？還不快去看。妳給我記住，這個家裡誰都不准殺別人，就算有人被殺，凶手也只可能是我。」

發生這件事之後，姆瑪不得不拆開對立的雙方，這時候是暑假，家中成員已經分成兩派陣營：一邊是一個無聊的小孩（我），另一邊則是其他人，他們每個人都很受不了我，每個人也都有他或她正當的理由。

「你們要去哪裡做什麼我不管，」姆瑪對我父母說。「把這個亞瑪力人[58]帶走就好。這孩子整天說些莫名其妙的話，還問我『爲什麼蒙娜麗莎沒有腿？』這種怪問題，卓爾我老實說好了，他再這樣下去會把女僕嚇跑，這年頭找能幹的女僕有多不容易，妳也知道吧？」

剩下唯一的選項，就是把我流放到內坦亞的勒凡娜表姨和哈利表姨丈家。其實能被流放到他們家也不錯，因爲他們家儼然是完美的英式城堡，有前廳、大廳、起居室、好萊塢式的樓梯、大草坪，還有從後院一路延伸到天際的葡萄園。可是如此戲劇化的生活方式也有它的缺點：除了保養和維護城堡之外，還得幫哈利表姨丈去海灘撿小塊小塊的玻璃，因爲表姨丈喜歡做彩色玻璃藝術品。

每年暑假，我們幾個孩子會輪流被送去內坦亞，先是露莉，接著是羅尼，然後是邦尼，最後才輪到我。一到內坦亞城堡，我們會立刻接到做家事或幫哈利表姨丈撿海灘玻璃的任務。露莉和羅尼每次都有點害怕，因爲哈利表姨丈管得很嚴，他會強行教他們規矩，而且有一次哈利表姨丈的兒子——納提（Nati）——沒寫完功課就違反父親的指令去看電影，結果哈利表姨丈關上家裡每一扇窗戶的遮板，把所有的門都鎖上，他不顧勒凡娜表姨的哀求，直到隔天早上才放兒子進門，露莉和羅尼被嚇得半死。「大家都聽到他在外面敲門，」羅尼驚恐地說。「後來他還爬上排水管，跑去敲二樓窗戶，全內坦亞都聽到他尖叫：『放我進去！放我進去！』可是哈利表姨丈沒有開窗戶，還不讓勒凡娜表姨去跟他說話。」

除此之外，哈利表姨丈還要求羅尼和露莉在餐桌前坐正，只有在他說完「請開動」才可以吃飯。「如果你先開始吃，」羅尼顫抖著說。「他就會把皮帶拿出來抽你。」

這些故事是很恐怖沒錯，但我們其實沒什麼好怕的。哈利表姨丈是個很有魅力的人，只是教育方式古板了點，他非常愛我們，勒凡娜表姨則比他更愛我們。而且我和邦尼被訓練得很乖，就算全宇宙最好吃的菜餚——勒凡娜表姨的紅蘿蔔沙拉——就擺在我們面前，我們也不會在哈利表姨丈說「請開動」之前開吃，所以我沒看過哈利表姨丈抽出皮帶，我們和表姨夫婦的關係也一直很好。

當然，這並不代表我們去內坦亞過暑假時，

工作份量會比較少。我每年都帶著三本書和一本《自學鋼琴》手冊，去哈利表姨丈和勒凡娜表姨家生活一個星期，我總是滿心期盼他們讓我待在陰影處看書，還有和客廳裡的鋼琴親近親近。麗娜阿姨家也有一臺鋼琴，我很想去彈鋼琴，可是麗娜阿姨不准我彈，她說要是阿維姨丈聽了我彈的琴聲覺得頭痛，她就小命不保了。我母親也堅持不讓我學鋼琴，她的說法有點神奇：「我小時候大人逼我彈鋼琴彈了八年，我恨死鋼琴了，現在輪到我當母親，我要逼你**不**彈鋼琴。」

這麼看來，勒凡娜表姨和哈利表姨丈家的鋼琴就是最佳解方，可惜這個家的主人已經幫我把空閒時間要用來做什麼全都安排好了。為期一週的假期被分成「單數日」和「雙數日」，每到「雙數日」勒凡娜表姨就會給我一雙粉紅色橡膠手套和小塑膠桶，叫我在他們的莊園裡找他們家德國牧羊犬的糞便，拿去丟在圍籬邊的堆肥堆。我每天都得撿半桶糞便——說來慚愧，有時候我還會用自己的糞便充數。這是「雙數日」的工作。

到了「單數日」，哈利表姨丈會在凌晨四點半叫我起床。「早安！喂，小吉利，動作快一點，天都快亮了，凱撒利亞城等著我們呢！」

我只得睡眼迷濛地刷牙，跟著他走到樓下的廚房，流理臺上已經擺了裝滿冰水的保溫瓶和四個用烤盤紙包好的三明治。哈利表姨丈拿了這些東西就快步上車，還不停催促我跟上。「小吉利，快點，快點啊！早上五點才撿得到海裡最好的玻璃！」

我們上了他的黃色雷諾12（Renault 12），他開車到凱撒利亞的海岸，我們兩個在天寒地凍的清晨時分捲起褲管，走進海裡找玻璃塊。每次我好不容易找到一塊玻璃，哈利表姨丈就會嫌惡地看一眼說：「太新了。」然後將閃亮的玻璃丟回大海深處，再去琢磨一兩個世紀。我們幾個孩子漸漸發現，哈利表姨丈只喜歡霧霧的玻璃，最好還要是腓尼基那個年代的。我們都很努力找符合這些標準的玻璃，但只有哈利表姨丈找得到。

找了兩個小時後，我們回到岸上，坐在沙灘上。哈利表姨丈幫我倒一杯冰水，把一個三明治遞給我，然後愉快地說起他最愛的故事：在一九二九年，他差點在雅法（Jaffa）的暴動中被殘殺的故事。當時他被困在一棟辦公建築的三樓，這棟建築被暴徒點了火，哈利表姨丈只能提著斧頭等暴徒衝進來。他告訴自己：「就算我死，也要讓他們付出代價。」就在他聽到暴徒上樓的聲音時，有人走出樓下的辦公室，就這樣，那傢伙死透了。

我每次都坐在沙地上驚恐地看著他，覺得自己會同時被太陽烤焦還有被冰冷的海水凍到感冒，而且我非常怕故事中那些暴徒（還有哈利表姨丈的斧頭），怕到沒發現他偷偷把勒凡娜表姨幫我準備的第二個三明治吃掉了——總共有四個三明治，我只吃到一個。回到內坦亞之後，哈利表姨丈將他撿到的玻璃依顏色和形狀分類，放入有好幾十個小格子的抽屜，然後坐在他的工作室裡繼續做彩色玻璃藝術品。在一九七〇那幾年，他一一拆下客廳的窗戶，塗上萬用膠之後小心翼翼地用彩色玻璃拼出樹木、花朵與動物的形狀，每一扇窗戶都得用上數千塊碎玻璃。有時候表姨丈看我表現得好，會讓我站在他身旁幫忙拼拼圖，我很少找到剛好適合某個圖案的舊玻璃片，但我偶爾走運時，哈利表姨丈都會用力拍我的肩膀，拍得我全身都跟著震動起來，然後對廚房裡的太太大喊：「勒凡娜！妳怎麼會覺得這小子是傻瓜?!我跟妳說，這個尼紐[59]不笨啊！」

哈利表姨丈花了好幾年做彩色玻璃窗，他家客廳裡每一扇窗戶最後都換成了壯觀的藝術品。有一次，表姨丈的工作進度大約到四分之三時，我父親問他，他打不打算裝紗窗。

「啊丟！」哈利表姨丈驚駭地說。「裝紗窗做什麼？難道我家有蒼蠅？」

「不是，不是。」我父親先安撫他，再接著說：「要是有個小孩從外面經過，隨手丟一顆石頭，你一整年的心血不就毀了？裝紗窗才能保護你的藝術品啊。」

「默謝，」哈利表姨丈用他粗啞的塞薩洛尼基[60]嗓子說。「我已經活了很久，從前雅法發生暴動時我還差點丟了性命，可是我現在還活得好好的。你知道塞薩洛尼基人聽到你這種想法，會怎麼說嗎？我父親常說這句話，我記得一清二楚。」

「哪句話？」我父親問他。

「別因逃避死亡而死。」哈利表姨丈得意地啞聲說。「你想想看，我怎麼能把我太太勒凡娜關在紗窗做成的籠子裡呢？」

我在內坦亞的年度假期過去了，在這期間勒凡娜表姨和哈利表姨丈的家並沒有遭到太大的損壞，這則故事甚至有了寓意……那我學鋼琴的計畫呢？我只關心這個無解的問題，越想就越消沉。麗娜阿姨注意到我心情不好，聽我說明原因後，她語氣歡快地道歉：「眞是抱歉啊，小吉利，我沒辦法讓你彈我家的鋼琴，上次我們試過，結果阿維一直睡不著覺。我這次再問他，他跟我發誓，他要是再聽到你彈鋼琴——就算只是彈音階——我們兩個就會死得跟露莉水族箱裡的魚一樣慘。」

後來麗娜阿姨靈光一閃，提議把鋼琴搬到我們家；我們家餐廳有一塊空間，麗娜阿姨最喜歡填補空間了。問題是，我母親堅決反對。「不准彈鋼琴。」她對我說。「我頂多讓你學六角手風琴。」可是不管是哪一種手風琴，即使是小丑和猴子街頭表演用的小型手風琴，對我來說都太重了，而且體積幾乎是我的兩倍。

我父親買了一支直笛給我，希望能一舉解決問題，但我們很快就發現直笛很適合拿來玩「阿拉姆布力克」[61]，我和邦尼玩「卡帕普」[62]時也常用直笛當武器。

到了最後，在暑假即將結束時，大伊塔瑪爾、他朋友默謝、他們朋友查姆，還有朋友的朋友默謝，將鋼琴搬上十九級階梯，在麗娜阿姨的讚許聲與我母親的抗議聲下，把鋼琴放在我家餐聽多餘的空間。母親不停說：「可是我發了毒誓啊！我說過不會讓小孩學鋼琴的！」

「唉呀，卓拉，別這樣了。」麗娜阿姨厚顏無恥地說。「妳看，小吉利這麼想學鋼琴，妳發的誓只有讓他活得不快樂而已，妳還是放棄吧。現代人都沒在遵守承諾的。」

我學鋼琴學了不多不少剛好兩個星期，結果被最意想不到的人中斷了，這個人就是我們的管家，愛伊莎。我練了兩個星期的音階和殘破不堪的練習曲，愛伊莎終於走到我母親和姆瑪面前，告訴她們：「我們從摩洛哥搭船來這裡，花了三個星期，我一上岸就直接從港口來到妳們家。我從以前到現在沒有提過任何要求，可是我現在真的受不了了，我求妳們，叫小吉利別在餐具櫃旁邊弄出那些噪音了。」

譯註：

58 亞瑪力人（Amalek），《聖經》中猶太人典型的敵人。

59 尼紐（Niño），西班牙語的「男孩」。

60 塞薩洛尼基（Salonikan），又稱薩洛尼卡，希臘第二大城市。

61 阿拉姆布力克（Alam-bulik），地中海地區舊時常見的遊戲，類似棒球，但用的不是球棒而是枝條等棒狀物。

62 卡帕普（Kapap），指短兵格鬥。

RECIPE

11

勒凡娜的紅蘿蔔沙拉

勒凡娜表姨的沙拉和甜膩的波蘭紅蘿蔔沙拉不一樣，這個版本沒那麼精緻，而且用了大量檸檬、橄欖油、青蔥和辣椒。這道菜即使放了兩天還是很好吃，不過餐桌旁有飢腸轆轆的掠食者的話，這道菜不太可能放了兩天還沒吃完（除非哈利表姨丈忘了說「請開動」）。

材料

8大根紅蘿蔔、2小顆檸檬
2條青蔥、2瓣蒜頭
半根新鮮辣椒、4大匙橄欖油
適量黑胡椒粉、2大匙粗鹽
1/2杯切碎的香菜

做法

1. 紅蘿蔔削皮後，用粗孔刨絲器刨成絲。
2. 將檸檬洗淨，汁液擠在紅蘿蔔絲上。將半顆擠乾的檸檬切碎（包括黃色的檸檬皮），加入沙拉碗。
3. 將青蔥、蒜頭與新鮮辣椒切成絲或薄片，與香菜、鹽、黑胡椒粉與橄欖油一起放入沙拉碗。
4. 充分攪拌，試吃後依個人喜好調整味道，然後上菜。

【福爾圖娜姨婆的內褲】

一輛內薛計程車公司（Nesher Taxi）老舊的車沿街駛來，噪音吵醒了附近每一隻家犬和野貓，它在我們家對面停車，就這樣擋在路中間，左側輪胎壓扁了對面草地——未來的梅夫約朗街七號——邊緣的花朵。我和邦尼躲在我們房間和父母房間共用的陽臺上，看到計程車立刻從植物之間跳起來，小短腿帶著我們全速衝向姆瑪。「她們來了！」我們大吼。「她們坐計程車來了！查爾斯（Charles）也來了！」

「我好想死。」姆瑪邊用拉迪諾語咒罵，邊邁開腳步從廚房跑到客廳的大書架前。「她們怎麼又帶查爾斯來了?!我都跟她們說過多少次了，我真的很受不了那條狗！」

「快點，快點！」邦尼焦急地說。「快把相冊給我，我拿去藏在爸爸媽媽的衣櫃裡。」

「我爬不上去。」姆瑪嘆一口氣，盯著整齊排在書架最上層的幾本相冊。「你們母親今天早上怎麼沒把它們拿下來？現在已經太遲了，我們還能怎麼辦？跟痘痘一起下地獄！我們還能怎麼辦?!」

上樓的腳步聲傳來，我們更緊張了。「我去拿！」我自告奮勇地踏上前，像猴子一樣手腳並用爬上書架。「庫迪洛，小心點，小心別摔死。」姆瑪說。「你要是摔死了你母親會非常生氣，你也曉得，逾越節第一週死掉會給人一輩子厄運。」

我那週剛讀到一篇奇妙的故事，故事中有個男孩用手指堵住水堤的破洞，救了全荷蘭，我當時心中滿是爲人犧牲奉獻、幫助他人的精神。當我聽到敵人的腳步聲接近家門，我不顧死亡和一輩子厄運的風險，直接拚了小命爬上書架。我將相冊一本一本丟給邦尼，最後一本落在地毯上的同時，令人心驚肉跳的門鈴響了起來。

懷中抱了五本相冊的邦尼不知該逃去哪裡才好，他連忙把相冊全塞到沙發墊下，再跑回來站在我旁邊，他面色慘白、一臉驚恐。我不理解姆瑪和邦尼有多慌張（因爲我是傻瓜），所以我開開心心地走去應門，結果被姆瑪伸長手臂揪住衣領，拖了回去。她把我拉到邦尼身旁，一臉不滿地瞅著我們兩個。「你們母親上次幫你們洗澡是什麼時候的事了？猶太新年？你們父親上次幫你們梳頭又是多久以前的事了？該不會是贖罪日吧？你們這兩個髒鬼的樣子被她們看到，她們回**佐**爾法[64]就會笑你們笑一整年！」姆瑪特別強調「佐爾法」的「佐」，標準的唸法爲這句末日預言添上恐怖色彩。

「姆瑪，她們在敲門了。」我邊說邊想辦法掙脫她去開門，但姆瑪緊抓著我的衣領不放。「怎麼，你以爲我沒聽到？讓她們等一下。她們是不是帶查爾斯來了？就讓她們在外面等等。你不准開門，這種事讓僕人去做，你們兩個去坐在客廳沙發上，誰敢像路邊的乞丐一樣亂動或是亂講話，我發誓我會在所有人面前把那個人掐死。」姆瑪說。她站得直挺挺的，去監督愛伊莎好好開門，畢竟只有在每年逾越節，我們才會讓三個敵人和一隻狗進屋子。

福爾圖娜（Fortuna）姨婆是塞法迪猶太人[65]，也是世界主義者，每年逾越節晚餐的兩天前，她都帶著兩個女兒和一條狗從佐爾法（重音放在第一個音節！）來到以色列。逾越節那一星期，母女與狗不是住在里哈維亞社區的度假用公寓，就是住在大衛王飯店一間「看得到高塔」的兩房套房，兩個女兒睡一間房間，福爾圖娜姨婆和查爾斯睡另一間。福爾圖娜姨婆是個打扮妖豔的寡婦，很久以前就死了丈夫，她的兩個女兒一直嫁不出去，查爾斯則是她們養的雪納瑞犬。

這三個人加上一條狗很有問題：兩個女兒沉默寡言、待人尖刻，查爾斯暴躁易怒，至於福爾圖娜姨婆——福爾圖娜姨婆是一條不小心生作女人的眼鏡蛇，她非常潑辣，不僅說話刻薄還能用五種語言酸別人，而且她非常喜歡聊八卦，和她對話的人一不小心就會被她咬死。但福爾圖娜姨婆（和其他眼鏡蛇一樣）也很引人注目，她反應很快、生性狡猾，若不是和她說話時必須小心別踏進陷阱，你可能會聊著聊著就笑得涕淚縱橫。

「我親愛的莉亞啊！」門一開，福爾圖娜姨婆就張開雙臂，踩著細跟鞋走向姆瑪，還將愛伊莎推到一旁。「妳怎麼還沒開除那個討厭的女僕？」

姆瑪保持鎮定。「福爾圖娜，是管家，她是我們的管家。」她說。「這裡是以色列地，我們沒在僱僕人的。」她自己明明就常把愛伊莎稱作「僕人」，現在卻面不改色地說謊。她知道攻擊是最好的防禦，於是她接著說：「福爾圖娜，把妳的外套給我吧，我幫妳把外套掛起來，免得管家的手把它給弄髒了。同一件外套掛在同一個鉤子上，就跟去年沒兩樣，鉤子沒變，外套也沒變。」

「僕人也沒變。」福爾圖娜姨婆酸溜溜地說，兩個人的較量一時難分高下。「妳也知道，這是『半季』外套，在這樣的半個國家、半個季節穿，最合適了。」

「外面太陽這麼大，」姆瑪問她。「有必要穿絨鼠皮外套嗎？」

「太陽很大是沒錯，」福爾圖娜姨婆同意道。「可是我實在受不了你們這邊的太陽，連後母的母愛都比它溫暖。」

「喔，我懂了，妳從去年到現在一直穿同一件外套，都是太陽害的。」

「親愛的莉亞，妳別擔心，我當然買了新的外套，可是這個國家這麼髒，我怎麼能穿新衣服來？新衣服都留在法國，沒帶出來。」

「那妳家兩個女兒什麼時候要結婚？妳要早點告訴我，我才能提早買新衣服啊。」姆瑪出了狠招。

「喔！孩子們在這裡啊。」福爾圖娜姨婆高呼一聲，朝我和邦尼走來。「小甜心，你們起來，讓我們看看你們到底長大了沒有。」

我和邦尼有些遲疑地站起來，邦尼大方地和福爾圖娜姨婆握手時，我開始考慮該怎麼做才好。我該盡可能站得高高的（因爲姆瑪要我答應在姨婆來訪時長高），還是遵循自己的直覺，像公爵似地鞠躬（這好像比較符合現在的情況）？這時候，愛伊莎和查爾斯在走廊上吵架，福爾圖娜姨婆的兩個女兒則在沙發上坐下，找到被我們藏在坐墊下的五本相冊。她們將相冊擺在她們母親面前的桌上，簡直像食人族把被五花大綁的傳教士獻給族長。

「我的老天！」姨婆譏諷道。「你們居然把相冊放在沙發墊下面！好特別啊！親愛的莉亞啊，我要不是知道妳很久以前就把錢花完了，我還會以爲沙發下藏的是錢呢。」

「我也不曉得相冊是怎麼跑到沙發墊底下的。」姆瑪試圖轉移姨婆的注意力。「邦尼，把這幾本拿去你父母房間……」可惜福爾圖娜姨婆沒那麼容易打發，她將一隻指甲修得漂漂亮亮的手擱在相冊上，五根鮮紅利爪阻止了邦尼。「等我看完成人禮的照片再拿去放也不遲！」我們知道，我們的把戲被拆穿了。

我們之所以知道，是因爲福爾圖娜姨婆像那種專門研究蘇聯的政治評論家，那些人拿到從鐵幕內流出的照片，就會仔細分析站在臺上閱兵的中央政治局官員，福爾圖娜姨婆也一樣，每年逾越節都要細細檢查我們的家庭照片，尋找小衝突、大祕密與老化的跡象。政治評論家通常會觀察不同人和布里茲涅夫[66]之間的距離，官員是否有患病的跡象，以及制服上的勳章與軍階象徵，福爾圖娜姨婆則是觀察誰家女兒身邊沒有新郎，誰開始禿頭了，哪些人站得離哪些人特別遠——然後將她自己的一大堆猜測與評論視爲事實。

「這是邦尼成人禮的照片？」她邊問邊取出相冊裡一張照片，舉到戴了眼鏡的眼睛前。

「對，」姆瑪嘆息一聲，她知道今年的儀式已經開始了。「我們在西牆辦的，邦尼和兩個表兄弟——烏迪（Udi）跟茲維卡（Zvika）——合辦了成人禮。唉，要是本錫安能活著看到自己外孫在西牆辦成人禮，那該有多好……」

「照片裡怎麼沒有小吉利？」福爾圖娜姨婆語調不帶感情地打斷她，因爲老實說，姆瑪錫安主義的懷念不可能導向任何實際的結果。

「唉，福爾圖娜，妳也知道，小吉利拒絕參與任何宗教活動。從他讀到《小婦人》（*Little Women*）裡頭的貝絲（Beth）去世那一刻開始，他就對世界之主很有意見。」

「她死了也好，她那個討厭的普斯特瑪，就算沒死也嫁不出去。那照片裡怎麼沒有默謝？」福爾圖娜姨婆滿懷希望地問。「妳女兒該不會又要離婚了吧！莉亞，妳別跟我說妳女兒要離婚，我不想再看到妳心碎了。」

「妳沒看到默謝，是因爲他負責拍照。」

「可是這張照片就有拍到他！」福爾圖娜姨婆說。「他旁邊這群人是誰？他們怎麼那麼黑？你們是不是請了三流攝影師？是不是只請了學攝影的學生？」

「他們這麼黑，是因爲他們是葉門人。」姆瑪不耐煩地呻吟道。「這些是默謝的家人，中間是他母親，旁邊是兄弟姊妹。」

「啊，對，我想起來了，卓爾在勒凡娜家辦婚禮的時候，他們也有參加，對不對？」

「那當然了。」

「也許他們是去找工作的？」福爾圖娜姨婆說。

「我想不是。」姆瑪臭著臉回答，但福爾圖娜姨婆越說越開心。姨婆說：「他們會清地板上的黴嗎？他們學會用吸塵器了沒？還是他們連『電』是什麼都不曉得？」

「福爾圖娜！」姆瑪斥責一聲，卻不見效果。

「我只是想幫他們找工作而已啊。」福爾圖娜姨婆爲自己辯解。「不過我現在住的大衛王飯店實在是不怎麼樣，說不定我跟他們可以互助互利——能不能叫默謝派一個姊妹來幫我打掃房間？我可以用法郎付她傭金。親愛的，妳也知道，我很喜歡幫助家人，而且我聽說葉門人其實挺乾淨的。」

「阿密叔叔是警察總監！」邦尼跳出來爲家人說話，結果吹牛吹得太誇張了。「而且他還當過艾拉特警長。」

「啊丟！」福爾圖娜姨婆邊點燃薄荷香菸，邊全身一抖。「警長？莉亞，這是怎麼回事？怎麼耶路撒冷那麼多男人妳女兒不要，偏要嫁給葉門來的牛仔家族？」

「說到男人，」姆瑪說。「妳家兩個女兒呢？她們什麼時候才要辦婚禮啊，我還想去婚禮上跳舞呢。」

假若福爾圖娜姨婆有心臟，那她深深的呻吟想必是發自心底。「親愛的莉亞啊，她們到現在都還沒有對象，一個都沒有，恐怕在我死前，她們和查爾斯就只能靠我養了。」

「我記得去年妳女兒和人訂婚了啊，難道是我記錯了？」姆瑪問。

「是沒錯，還好我及時中止了那齣鬧劇。我大女兒的未婚夫——天啊，該怎麼說才好……他……嗯，他和馬塞爾・普魯斯特一樣，我這樣說妳懂嗎？」

「不會吧！！！」姆瑪驚呼。

「就是這樣！」福爾圖娜姨婆說，她見姆瑪不信，似乎有點不高興。

「妳怎麼知道？妳又沒看過他行房。」

「我是沒有，這是我女兒告訴我的。現在世道已經跟我們年輕時不一樣了，現代人還沒結婚，就會先把這種事調查得清清楚楚。」

「那妳女兒是怎麼調查的？」姆瑪發問。

「她穿著坦胸露背的睡衣走到未婚夫面前，她穿得很暴露，我都不好意思形容給妳聽了。」

「然後呢？」姆瑪壓低音量，以免被我和邦尼——還有世界之主——聽見。

「沒有然後了。」福爾圖娜姨婆一面將菸灰抖在盆栽裡，一面戲劇化地說。「那個沒用的男人看著我女兒，一直看一直看，可是他的指針——妳也知道我說的是什麼——一直指向六點整。」

「那妳怎麼處理？」姆瑪問她。「妳該不會從中介入了吧？」

「唉呀，親愛的莉亞，我除了介入以外還能有什麼選擇？而且那男的不僅和馬塞爾・普魯斯特一樣，他還很懦弱，完全沒有骨氣，我告訴妳，他根本和爬蟲動物沒兩樣。我一聽女兒說起那件事，我就知道我非得讓他們解除婚約不可，所以隔天我就叫她去跟未婚夫說她不嫁了。當然，事情可沒這麼簡單。」

「怎麼不簡單？」姆瑪越聽越高興，迫不及待地問下去。

「我跟妳說啊，那男的一家人都是葉克，雖然他們在法國已經有三代歷史了，他們感覺還是像德國人。我女兒走進他們家，看到二十幾個人坐在客廳裡，妳也知道葉克是什麼德行，他們坐著的時候都不講話，婚禮和喪禮一樣死氣沉沉的。我女兒喝了一杯咖啡，又喝了第二杯，和那個沒用的未婚夫聊了幾句，然後她鼓起勇氣站起來，跟大家說：『非常抱歉，我們決定解除婚約了。』她就是這樣說的。」

「那他們說了什麼？」姆瑪喜孜孜地問。在她看來，今年的逾越節將會是非常美好的節日。

「我說了妳也不會信，」福爾圖娜姨婆埋怨道。「那個爬蟲動物的母親居然有臉問他們爲什麼解除婚約。」

「不會吧！」姆瑪絲毫沒有掩飾自己的喜悅。

「太誇張了！」福爾圖娜姨婆說。「我女兒感覺很不自在，她一直努力暗示未婚夫的母親，說了老半天那個超級普斯特瑪還是聽不懂，到最後我女兒只好指著自己暴露的衣服說：『我穿著這套衣服給妳兒子看，可是他沒有興趣。我發現我跟他結婚，就跟叫一個沒有牙齒的人吃核桃沒兩樣。』爬蟲動物跳起來說：『我有牙齒，可是我比較喜歡吃杏仁。』妳一定沒聽過這樣的鬼話！我女兒告訴我：『他說完這句話，我就走了。希望我沒讓自己丟臉。』我就跟她說：『寶貝啊，妳還沒說這些話，就已經夠丟臉了。』」

「後來爬蟲動物怎麼做？」姆瑪追問下去。

「妳說那條小臘腸狗？妳以爲他會爲未婚妻奮鬥嗎？妳以爲他會求我女兒嫁給他嗎？妳以爲他會否認自己不行嗎？怎麼可能。他什麼也沒說，隔天他就和一個腹語表演者私奔去比亞里茨了！」

「天啊！」姆瑪歡天喜地地說。

「沒錯。」福爾圖娜姨婆說。「所有人都很震驚，只有我一點也不驚訝，我早就覺得那小子好像少了點什麼。」

「可是妳們用這種方式解除婚約，那不是很可惜嗎？」姆瑪幸災樂禍地問。「結果妳女兒沒有嫁出去，到時候妳要怪也只能怪自己了，福爾圖娜。」

「我爲什麼要怪自己？」福爾圖娜姨婆詫異地問。「怪自己做什麼？要怪，也是怪祂。」她指著天花板說。「而且啊，我告訴妳，我可憐的老公老早就死了，我當了十年的寡婦，妳以爲我就活不下去了嗎？怎麼可能。我先生一死，我突然不用煮飯，不用把他髒兮兮的內褲交給僕人洗，也不用擔心我出去喝杯咖啡，先生就跟僕人亂搞。女兒不結婚又怎樣？不結婚就不結婚，妳記住我現在說的話：嬰兒不讓妳安心睡覺，小孩不讓妳安心吃飯，丈夫啊——丈夫都不讓妳好好生活。」

姆瑪簡直不敢相信自己的耳朵，福爾圖娜姨婆竟然一次遇上這麼多麻煩！她開心到有那麼一瞬間，她忘了緊緊抓住我和邦尼，也忘了管我們，然後世界之主立刻對她降下了懲罰。我們全家人都知道，我被姆瑪巨大的影子籠罩住時，嘴巴會自動說出二十世紀的白人聽都沒聽過的蠢話。

「福爾圖娜姨婆，」我說。「我想吃妳的內褲。」

這事其實很好笑。我差一點點就說對了——內褲的拉迪諾語說法是「卡爾松（calsones）」，我想吃的不是內褲，而是卡里頌糖（calissons），兩者除了發音相似之外毫無共同點。卡里頌糖又稱「普羅旺斯卡里頌（Calisson de Provence）」，這是南法一種很好吃的糖果，分成上下兩層，下層是含碎果皮的柑橘類果醬，上層類似杏仁蛋白糊。福爾圖娜姨婆在法國有兩棟房子，一棟在巴黎，另一棟在普羅旺斯地區的艾克斯，她每次來訪都會帶卡里頌糖給我們吃。這種糖果都裝在漂亮的硬紙盒裡，盒子裡還墊了好幾層薄紙，我們每次都興高采烈地打開精緻的盒子，在薄紙中找出菱形的小糖果。紙盒裡通常沒幾顆卡里頌糖，所以這成了大人限定的零食，我們小孩都吃不到。大人把正版卡里頌糖拿走之後，我們小孩只吃得到姆瑪做的替代品：姆瑪會用柚白做糖果，這種軟糖非常好吃是沒錯，但它不是卡里頌糖。爲了吃到那些漂亮的糖果，我壯著膽子請福爾圖娜姨婆把我的份先拿給我，可惜我發音不標準，翻譯也翻錯了。

「這個矮冬瓜想做什麼？」福爾圖娜姨婆不高興地問。她不高興，主要是因爲我駭人的要求讓她無法專心看相冊。

「我不是矮冬瓜！」我覺得自己被嚴重冒犯了，大聲抗議。「我只是有點矮而已，姆瑪說我很快就會長高了。」

姨婆的眼鏡滑下鼻梁，她銳利的視線緊盯著我，上下掃描。「親愛的孩子，你眞的是個小侏儒，相信我，我不會看錯的。」她說。

「她好壞，你不要聽她的。」身材高䠷的邦尼站出來幫我說話（邦尼一直都比我高、力氣比我大，反應也比我快）。「別忘了，姆瑪說你雖然長得矮，可是你狡猾得不得了，不是好惹的角色。」

「至於你呢，我覺得你是又高又瘦的呆頭鵝。」福爾圖娜姨婆說。「你看看成人禮的照片，你比拉比還要高呢！這種事我聽都沒聽過！」

「福爾圖娜，我不准妳欺負孩子。」姆瑪語帶威脅。「妳要罵人，罵我就好了。」

「唉呀，怎麼會，怎麼會呢！」福爾圖娜姨婆全身一抖。「莉亞，妳把我和我姊姊雅列格拉（Allegra）搞混了，喜歡說妳壞話的不是我，是她才對。」

「那雅列格拉都說些什麼?」姆瑪問道。

「唉,莉亞啊,她說得可難聽了,我聽到自己都快氣死了。她一直說一直說,我就告訴她:『雅列格拉,我不聽妳說這些,我會把妳說的都當成耳邊風!』她眞是讓我氣死了,我的老天啊,她怎麼能說得這麼難聽!我們可是家人啊!所以我對自己說:『福爾圖娜,妳冷靜一點,別聽她亂講。』可是她一直講一直講,講個不停!後來我跟她說:『妳說的這些我一個字都沒聽進去!我就當作妳從來沒說過。』可是我永遠不會原諒她,妳要是知道她說了什麼壞話,妳也不會原諒她的。這世界眞是不得了。算了,我也不打算跟她辯,反正和敵人或死人爭也沒什麼意義。」

「好吧,」姆瑪嘀咕。「雅列格拉眞的是個噁心的克拉夫提[67]。」

「這還是她唯一的優點呢。」福爾圖娜姨婆下了結論。

「那妳的小女兒有沒有什麼好消息?」姆瑪移轉到對手的大本營,展開攻勢。

「什麼好消息?」

「結婚的消息。」

「唉……」福爾圖娜姨婆哀聲說。「我不是告訴妳了嗎?我們解除婚約了。」

「只有大女兒解除婚約吧。」

「小女兒也是,她們兩個是一起訂婚的。」

「可是妳小女兒的未婚夫不是很聰明嗎?」

「哪裡聰明了？那叫小聰明。」

「怎麼說？」

「如果滿滿一整船傻子從馬賽開船出發，那小子一定是船長。」

「但他至少是好人家的兒子啊……」

「我問妳，羅馬尼亞人能算什麼好人家？妳沒聽過他母親講法語嗎？不行，我告訴妳，妳跟她講話就會覺得自己到了布加勒斯特（Bucharest）。而且那女人的嘴還眞不得了，我的老天啊！他們一家人來我家吃訂婚宴，我一點也不喜歡她，她一看就是那種坐著做菜的人，而且她是個布法斯[68]！太可怕了！那個普斯特瑪！她的一隻腳就有正常人兩隻腳那麼大，而且那雙腿簡直是所羅門的王柱！我覺得她兒子一定是遺傳了她的蠢腦袋，那女人的頭髮弄得很蓬，可是腦袋裡空空如也，燈亮著可是屋裡沒人。親愛的莉亞，我告訴妳，如果妳把耳朵靠在她頭上，就可以聽到海潮的聲音。」

「福爾圖娜，妳說得太誇張了吧……」

「我還沒說完呢！」福爾圖娜姨婆啞著嗓子抱怨。「莉亞，我跟妳說，我看到她那瞬間就知道，我絕對不想有那種查帕處拉親家母。所以呢，我們隔天就跟他們解除婚約了。」

「她兒子是好男人呢，怎麼隨便就解除婚約了？」姆瑪說。

「他哪裡好了？」

「妳女兒很愛他啊。」

「愛他又如何？那小子和住在教堂裡的小老鼠一樣窮，而且那還是羅馬尼亞裔猶太人的教堂。妳該不會以爲我們解除婚約以後，他把我送的手錶還回來了吧？妳看得到妳自己的耳朵嗎？看不到吧？我也沒再看到那個手錶了。解除婚約也好，我那時候就對我女兒說：『愛是好東西沒錯，如果有麵包就更好了。』」

「他只是現在還很年輕，年輕人都很窮的，說不定他過幾年就會賺大錢了啊。」

「那要過幾年？那小子如果開始賣壽衣，就沒有人要死了。」

「又不是每個人都要像妳去世的丈夫一樣當商人，妳不是說那個年輕人在電視臺工作，很有前途？」

「沒錯，所以我要他向默謝看齊。」

「哪一個默謝？」

「那個葉門牛仔，妳女兒的老公啊。」

「妳要他怎麼向默謝看齊？」

「我告訴那小子：『你看看默謝，那個人多精明，每一步都是他算好的。』他真的很了不起，我非常佩服！他真的是個好榜樣。」

「怎麼說？」姆瑪小心翼翼地問，因爲福爾圖娜姨婆誇獎別人的時候最危險（而且她誇的還是我父親）！

「親愛的莉亞，妳還不懂嗎？妳看不出默謝哪裡精明？」

「看不出來。」

「那我直接告訴妳，也順便告訴妳的兩個孫子，因爲這恐怕和家族遺傳很有關係。孩子們，聽好了，福爾圖娜姨婆很愛你們，我要跟你們說一個很簡單的道理：有些人頂著世界之主給他們的臉，實在沒辦法做那種要上電視的工作，只能去廣播局工作。」

譯註：

63 Lenadra con pinta，拉迪諾語的一種詛咒。

64 佐爾法（Tzorfat），舊希伯來語的「法國」。

65 塞法迪猶太人（Sephardi Jew），指祖籍伊比利半島，遵守西班牙裔猶太人生活習慣的猶太人。

66 布里茲涅夫（Brezhnev），前任蘇聯共產黨中央委員會總書記。

67 克拉夫提（Klafte），意第緒語的「賤人」。

68 布法斯（Bulfasse），意第緒語的「胖子」。

RECIPE

12

柚白軟糖

這跟一般的柑橘皮糖果不一樣，那種糖果會用到有顏色的果皮，可是柚白軟糖只用到白色、軟軟的中果皮。中果皮要先用沸水燙過，去除苦味，然後用糖漿慢煮，最後就會做成海綿般的美味軟糖，這是天然的棉花糖。

材料

2大顆柚子、3杯水、3杯糖
2～3滴橙花水（非必要，但能增添風味）

做法

1. 剝去柚子的皮，把果肉給孩子吃。保留柚子皮。
2. 用銳利的小刀切除較硬、有顏色的果皮，棄置那一部分的果皮，保留白色的中果皮就好。
3. 將柚白切成小指頭大小的塊狀。
4. 將大量的水倒入鍋中，放入柚白後煮至沸騰，過濾並棄置煮柚白的水，將煮過的柚白放到碗裡。
5. 用糖、水和橙花水放入中型鍋，加熱的同時不停攪拌，直到糖粒融化成為糖漿。糖漿煮沸時拌入柚白，邊攪拌邊持續加熱，煮約15分鐘。
6. 用漏勺撈出柚白，放在烤盤紙或鋁箔上約2小時，直到冷卻、乾燥。（這時候要小心螞蟻或其他昆蟲來攻擊柚白。）
7. 將柚白放入糖堆裡滾一滾，放入密封罐以利存放。

【阿里巴巴與四十（加一）大盜】

「孩子們，你們路上要小心──你們要對我發誓，你們會非常小心！用你們父親的性命作擔保，不對，用更重要的東西作擔保──用小吉利的桌球桌作擔保。快點，發誓啊！」母親淚流滿面地站在我們梅夫約朗街的家門口，她手裡拿著一杯水、一包地西泮69和一包杜貝克過濾（Dubek Filter）香菸，站在二樓樓梯口。熾熱的仲夏豔陽高掛在空中，我母親在耶路撒冷夏季白色的陽光下，準備目送兩個兒子踏上漫長的旅程，她不知道我們能不能活著回來。邦尼也快要哭出來了，他一隻手握著行李箱，另一隻手握著我的手，他試圖拉著我離開我們家院子的大門，朝十五號公車的站牌走去，但我從亂七八糟的頭髮到腳趾都覺得此時戲劇化的別離很有趣，我堅持要照母親說的，用我心目中最珍貴的東西作擔保，發誓路上會小心。

「我拿我桌球桌的性命作擔保，」我大聲說。「還有邦尼的腳踏車，還有我們新的米卡沙（Mikasa）籃球──我發誓會聽邦尼的話，隨時注意附近有沒有間諜或是蛇。」

對了，蛇！我們怎麼都忘了有蛇這件事?!邦尼用力拉著我的手，小聲說：「笨蛋，你幹嘛提醒她有蛇啊！」母親又吞了半粒地西泮，讓自己冷靜下來（她不必喝水，藥丸配著眼淚吞下去就很夠了），然後繼續進行離別前的儀式，喊了邦尼正式的名字：「伊塔瑪爾，我要你發誓不會去那間討厭的蛇博物館，你聽到沒有？我明天就打電話去埃格德公司，要是他們的司機跟我說你去了蛇博物館，你就別怪我不客氣！還有，等你到了那邊，假如你看到蛇或是蠍子就立刻打電話給爸爸，叫他馬上去接你們兩個，懂了沒？還有別忘了，坐車的時候你坐右邊，小吉利坐左邊靠窗的位子，你一路上都要牽好弟弟的手，不准放開！」

「我發誓從現在到間諜出現以前，都不會放開邦尼的手！」我積極立誓。邦尼已經在用全身的力氣拉我，顯然我再繼續下去，要嘛右手會被他整個拔掉，要嘛我用左手緊緊抓住的院門會被我們從石牆上扯下來，所以我放開左手讓邦尼拖著我走下街道。邦尼氣呼呼地罵道：「你怎麼這麼笨？笨蛋！你幹嘛跟她提到蛇啊？你要她取消我們的行程嗎?!走快一點啦，不然她又要拿雨傘追過來了。」

可惜他催促我也沒有用，我們走在熱到滋滋作響的柏油路上，快走到梅夫約朗街二號時，母親跑過來將兩把大雨傘塞在我們手裡。「差點忘了要給你們帶傘。」她邊說邊將雨傘塞在邦尼腋下。「媽媽，我們不用……」邦尼試圖躲開，可是母親用一句「免得你們想去看電影」堵住我們的嘴。

我們被母親親吻無數次後，終於沿著哈德哈伊夫利街走去。我母親在後頭對我們大喊，叫我們不要難過，她一週後就會再見到我們了。我一直煩邦尼，要他發誓坐公車時會把我抱起來，讓我拉響下車鈴。在我和母親的雙重攻勢下，我清楚看到憂鬱的烏雲從夏季天空降下來，落在邦尼金色的蓬蓬頭上，而且十五號公車還沒來我就知道，邦尼一定會疲憊地癱坐在公車站的綠色木長椅上，小心把行李箱放在人行道上（兩把雨傘放在行李箱上），一如往常地說：「假期開始了——這代表它很快就要結束了。」然後像小狗般擺出憂鬱、沮喪的表情。

九六一號公車能在兩個小時內沿著約旦河谷從耶路撒冷開到提比里亞，不過對小時候的我和邦尼而言，這是我們的大冒險，我們至少六個月前就會開始準備。大人們居然讓不到十一歲的邦尼和幾乎是小嬰兒的我邁上漫長旅程，一路上只能彼此照料，除了一個行李箱和兩把大雨傘之外一無所有——一想到這點，我就汗毛直豎。而且公車會經過約旦河谷，阿布吉爾達（Abu Jilda）的強盜幫派都在河谷裡襲擊駱駝商隊和搞破壞，雖然他們上次襲擊路人已經是以色列建國以前的事，那之後以色列打了幾場戰爭、征服了約旦河谷，但這又不代表強盜都消失了。不僅如此，我們半路還會到米加許哈比卡（Mifgash HaBiqa）稍微休息，我們和其他埃格德乘客會在這個破爛的休息站下車上廁所、喝橘子碳酸飲料。眞正令我和邦尼興奮不已的，是休息站邊緣的一棟破舊小屋，那是我們期待已久的爬蟲動物博物館。

小博物館裡有兩隻蜘蛛、三條蛇，還有常常躲著不動的老鬣蜥。我們母親平時看到斗膽闖進我們家的螞蟻，都會尖叫：「默謝！有大蜘蛛！！！」所以對我和邦尼來說，每年有兩次機會來和這些疲憊不堪的蟲蛇打照面，簡直是美夢成眞。我們早在出發前往提比里亞的前幾週，就會花好幾個鐘頭坐在我們共用的房間裡，一隻手拿著以色列貼現銀行(Israel Discount Bank)送的「阿果(Agor)」小豬撲滿，另一隻手拿著安全別針，努力將自己存的錢從撲滿裡挖出來。小豬撲滿有個彈簧，可以防止你把錢弄出來，不過我們用安全別針就能偷出自己的存款，買票參觀約旦河大裂谷最棒的博物館。(我們心裡很清楚，如果用母親給我們的錢買票，一定會立刻被她發現。)

我們在公車上乖乖牽手，我坐在左邊靠窗的座位，根據母親的推算，我們北上的時候左邊座位離約旦比較遠。我右手緊緊握著邦尼的左手，我左手緊緊抓著一個空袋子，以免我又暈車嘔吐。(兩年前我坐公車北上，朝打開的車窗外嘔吐，結果窗外的風把嘔吐物全吹到後面那排的窗戶，那次和我們同行的人都不怎麼喜歡我們。從那次之後，我每次都帶著袋子、好幾顆切半的檸檬，還有「深呼吸！」的指示上路。)

公車接近沙多姆梅霍拉(Shadmot Mehola)時，邦尼一臉嚴肅地說：「提拉茲維(Tirat Zvi)離這裡不遠，那邊以前有過龍捲風。」其實提拉茲維根本沒有過龍捲風，我們也從來沒去過提拉茲維，但光是聽他說起未曾發生過的自然災害和我們未曾去過的吉布茨，就足以讓我把邦尼的手握得更緊，更努力祈禱世界之主快讓我們平安抵達提比里亞破舊的公車站。我已經等不及看到坐在國民自衛隊(Civil Guard)車上的查娃姑姑——美貌、英勇、笑口常開的查娃姑姑——以及愛慕她、總是圍繞著她的一大群提比里亞警察。

我和邦尼滿身大汗、嚇得半死地跳下公車，帶著舊行李箱和兩把誇張的雨傘衝進查娃姑姑懷裡。姑姑緊緊抱著我們，說：「邦尼！你長得越來越帥了，而且你又長高了！再過不久，你就會比我高了。還有小吉利……」她很努力尋找合適的稱讚，但是任誰看到一個戴眼鏡、興奮到不停打嗝、死抓著哥哥的手不放的矮冬瓜，應該都想不到該怎麼讚美他吧？爲了爭取思考時間，查娃姑姑親了我一下又一下。「小吉利……」她說。「我的小吉利……我親愛的小寶貝！」

「你們夏天來提比里亞，爲什麼要帶雨傘？」那群被愛情沖昏了頭的警察你爭我搶，最後有三個人贏得了開警車載我、邦尼和查娃姑姑去阿默斯姑丈和查娃姑姑的公寓——哈瑪吉寧街（HaMaginim Street）阿布拉菲亞公寓（Abulafia House）的其中一間。其中一名警察看到我們帶了兩把大傘，好奇地提問。

「對啊，帶傘來做什麼？」查娃姑姑跟著問。

「這樣如果吉利想去看電影，我們就可以帶雨傘去了。」邦尼解釋道。我補充一句：「我們帶了兩把，邦尼也有一把。」

「小寶貝，眞是個好主意。」查娃姑姑拍拍我蓬亂的頭髮說。全世界只有她會叫我「小寶貝」，我聽了覺得自己很重要、很特別。那三個警察也希望在查娃姑姑眼中變得特別，他們一路上想盡辦法吸引她的注意力，就連戴眼鏡的我也察覺到了。「姑姑是全世界最美的女生，對不對？」我看到坐我旁邊的警察目不轉睛地盯著查娃姑姑，開口問他。他有點不好意思，但還是點了點頭。「《聖經》也是這樣寫的。」我一本正經地告訴他，車上包括查娃姑姑在內的所有人都露出笑意。

「我沒有亂講。」我堅守自己的論點。「我們在學校學到，《聖經》裡最美的女生都是他泊山（Mount Tabor）那附近的人。」警察聽了忍俊不住，查娃姑姑更是笑得合不攏嘴。「我的小寶貝，你爲了讓我變美，還把他泊山搬來提比里亞了？」

警察專用的福特全順（Ford Transit）開到電力公司之後拐了個彎，開上哈瑪吉寧街，我們左手邊就是阿布拉菲亞公寓，公寓前是每次假期結束時，邦尼都會邊哭邊緊抓著不放的鐵柵。那邊有我心愛的幾棵柏樹，右邊是阿姆撒勒姆（Amsalem）家的房子，這條路再繼續走下去是艾利澤曾祖父的雜貨店，可是我四下張望，就是沒看到阿默斯姑丈的福特金牛座（Ford Taurus）。「看來阿默斯和孩子們還沒回到家。」查娃姑姑說。

「不然我載你們去附近兜風好了？」負責開車的警察戀戀不捨地提議，希望能和查娃姑姑相處久一點。查娃姑姑婉拒了，她說我們在家門口下車就好。「我幫你們提行李好不好？」第二個警察問道，然而他也被姑姑婉拒了。姑姑提起行李箱，叫我和邦尼像《檀島警騎》（*Hawaii Five-o*）的史提夫・麥加雷（Steve McGarrett）跟丹尼・

威廉斯（Danno Williams）一樣從車上跳下來，叫我們別忘了拿雨傘，然後輕快地走進屋。我們走到陰暗的樓梯間，姑姑帶我們上樓進到她的公寓，一路上一直親吻和擁抱我們。「你們是全世界最乖的小孩。」她不停重複。「你們來我們家玩，我好開心！烏迪和塔米聽說你們要住一個星期，都興奮得不得了……」

這時候，邦尼再次像小狗狗一樣，陷入憂鬱。「雖然是一個星期，可是其實比一個星期多很多喔！」我怕哥哥開始哭泣，焦急地安慰他。查娃姑姑也意識到她面前可是每到假期尾聲就會哭得亂七八糟的邦尼，連忙改口。「夏天的日子都比較長，」她說。「而且夏天的晚上更長，特別是提比里亞的夏天，這事每個人都知道。你們會在這裡住很久很久，遠遠超過一個星期……」

「一個星期而已……」邦尼哀傷地咕噥。「而且已經過一天，只剩六天了，六天就是三個兩天。假期已經結束了。」說到這裡，他宛如冬季的燕子，難過地坐在橘色地板上。

「六天很長耶！」我絞盡腦汁安慰他。「六日戰爭打了六天，六天就可以打一場戰爭耶！」

「那是閃電戰！」邦尼悶悶不樂地說。

「呃……呃……」我努力解救這次的假期。「查娃姑姑，他快哭了，我們要趕快打電話給媽媽！」

「小寶貝，你別擔心，」查娃姑姑說。「不會有事的。我去做奶昔，有沒有人要喝奶昔啊？」

烏迪和塔米是我的表哥表姊，他們長得好看、天性開朗又寬厚，有著一身褐色皮膚，基本上就是我和邦尼的相反。我們四個孩子每天去加利利海的羅恩海灘游泳，烏迪和塔米總是迅速脫下衣服，踩著滾燙的岩石飛快地衝到水邊、跳進去。我和邦尼都驚奇地看著他們，因為我們知道：

不可以赤腳走路。

更不可以赤腳跑步。

就算我們想赤腳跑步也做不到，岸邊的岩石太燙了，我們腳底會燙傷。

水很冰。

我們要是溺水怎麼辦？

表哥表姊一直求我們一起下水，求了好幾個小時，我和邦尼終於穿著太大的泳衣走到水裡（我們小時候穿的都是「明年的衣服」）。烏迪和塔米的泳衣很有彈性，完美襯出了他們滿身的肌肉，而我和邦尼的藍色泳褲長得很可笑，看起來像是羊毛或某種人造纖維縫出來的，而且我們一下水泳褲就往上漂，露出兩雙白嫩嫩、瘦巴巴的腿。我們站在淺水中冷得發抖，嘴唇逐漸變紫，心中默默禱告：拜託不要對我們潑水！

雖然我們看起來很好笑，烏迪和塔米也不在意，他們愛的就是這樣的我們。他們勇敢游向遠在天邊的木桶、漁網與小船，然後又馬上回到我們身邊，游了那麼遠卻連氣都沒多喘一口。我們四個坐在一起計畫今天的行程，因為表哥表姊每天都想帶我們去看提比里亞不同的風貌，在他們和我們眼中，提比里亞是全世界最有趣、最厲害的城市了。

首先，上提比里亞（Upper Tiberias）有個男孩，他能用一個嗝唸出「阿里巴巴與四十加一大盜」這句話，烏迪、塔米、提比里亞其他小孩和我們都把他當神在膜拜，我們特地跑去找他朝聖，尊他爲上提比里亞的聖人。再來，我們還去阿默斯姑丈的畫廊參觀，那裡總是有很多活可以給我們做，例如清洗畫筆、將堆積了好幾世紀的土鋪成平地，還有尋找古董。（那地方曾是十字軍讓驢子休息的畜舍，阿默斯姑丈把畜舍遺址拿來當畫廊用。）最後，也是最重要的行程，就是去看電影。

和粗鄙的耶路撒冷相比，提比里亞算是非常有文藝氣息的城市，這裡的電影院也比耶路撒冷好得多，我們每年暑假都會去每間電影院朝聖，否則絕不罷休。提比里亞的電影院門口，沒有討厭的門衛邊用下巴示意我，邊對邦尼說：「你妹妹年紀太小了，這部電影她不能看。」而且在提比里亞看電影的時候你可以聊天，不僅可以跟隔壁的朋友聊天，還可以跟坐在別排的朋友聊天，你甚至可以對坐在樓上的人大喊：「梅納許（Menash）跟伊萊（Eli）在不在？要不要我幫你們買夾心冰淇淋跟汽水？」（孩子們買汽水不是因爲口渴，是爲了讓瓶子從最後排放映室的窗口下，沿著走道一路滾下來，最後「砰」一聲撞在影廳最下面的舞臺。）

但我們喜歡在提比里亞看電影，最主要的原因是這裡有個迷人的習俗，這個古老習俗也許是從格拉西亞夫人[70]時代開始的，這個傳承已久的習俗就是站在樓上往樓下撒尿。我們一到電影院，邦尼、烏迪、塔米和我就挑了看起來還能坐

的椅子（這種位子可不好找），邦尼和烏迪叫我和塔米占一整排的座位，然後他們兩個就跑上樓對著我們尿尿——這，就是我們大老遠從耶路撒冷帶雨傘來的緣故。即使有了雨傘，要專心看電影還是很難，而且我一不小心忘了撐好雨傘，讓雨傘往後傾，我就會淋到滿頭尿。

這也沒有那麼慘，而且等邦尼和烏迪下樓我們四個就能坐在一起，我們都往後靠，用腳抵著前排的椅子，烏迪開始倒數：「五、四、三、二、一——上啊！」我們四個同時踢前面的座位，讓整排座椅前後亂晃，整間影廳化作波濤洶湧的大海。鬧夠了以後，我們終於靜下來看電影，我一直祈禱投影機卡住，我就能和廳裡其他人一起尖叫大喊：「放映師！放映師！」催放映師快點解決問題。

去提比里亞的電影院看電影，就是這麼歡樂。回查娃姑姑家的路上，邦尼和烏迪興高采烈地走在前頭，我和塔米走在後頭，塔米提著兩把雨傘，我則滿身是尿。塔米總是告訴我：「我跟你說，剛才那是我這輩子最可怕的噩夢。」我每次聽她這麼說，卻沒有一次明白爲什麼看電影會是噩夢。

我們在查娃姑姑家住了五天後，父母也來提比里亞過週末，順便帶我和邦尼回家。他們開著我們家怪聲連連的灰色Prinz 1000到姑姑家門口時，我帶著滿身的尿騷味與夏季氣息跑去迎接他們，邦尼則視他們爲專程來將他從天堂帶去地獄的毀滅天使，他看到我們父母只有更憂鬱。「妳是不是又跟爸爸吵架了？」我看到父母彼此不說話，就開始譴責母親。他們兩個每次開車來提比里亞都得吵上一架，因爲路上有一段路很寬闊車又少，父親都會忍不住想測試看看儀錶板上的最高速是不是寫好看的，還是那臺Prinz 1000眞的能開到每小時一百七十公里的高速，而母親都會忍不住想再離婚一次。

結果呢，我父母抵達阿布拉菲亞公寓時已經瀕臨崩潰，父親特別火大，因爲警察攔下他們時他們車速只有一百五十公里，母親卻對警察說：「請你在罰單上註明我先生打算開到時速一百七十，我們被開罰單，也得是因爲我們開到時速一百七十。你現在把我先生抓去關也沒問題。」

「她說她跟警察說我們開到一百七十，是因爲她是好公民。」父親對查娃姑姑和阿默斯姑丈抱怨。「可是我知道她一定是偷偷喜歡那個警察，那個人跟默謝・希勒（Moshe Hillel）——那個每次都在唱歌的傘兵——長得一模一樣，卓拉對那型最沒抵抗力了。」

「默謝，**孩子都在！**」母親用英語斥責他，不讓我和邦尼聽懂她的話。

父親轉向我和沉浸在憂傷之中的邦尼，對我們說：「你們母親巴不得嫁給警察。」

「你們母親，」母親一面徒勞無功地幫我梳頭，一面說。「巴不得跟某個廣播員離婚。」

不久後，他們就在小公寓歡欣的氣氛下和好了。我父母想看看阿默斯姑丈新的畫作，去參觀他的工作室（其實是阿默斯姑丈和查娃姑姑臥房的陽臺，被隔起來做成擁擠的工作室），他們也對被姑丈漆得鮮明亮麗的客廳非常感興趣——他居然把客廳漆成兩種不同的紅色！我們在耶路撒冷根本沒想過客廳可以弄成大紅色，對我們來說牆壁漆成白色已經夠新潮了。我父母也讓我拉著他們的衣袖，蹦蹦跳跳地帶他們參觀小孩的房間，房間牆上是阿默斯姑丈畫的火車——他竟然畫了眞的火車在牆上！我活了整整七年（再加半年！），從來沒看過這麼壯觀的東西，我向來覺得自己年紀輕輕就能見識到如此神奇的藝術品，真的是非常幸運。

「有沒有人要吃冰淇淋？我剛買了新的口味，叫『香蕉調酒』。」查娃姑姑說。我們還來不及回答，就聽到門口的敲門聲，阿密叔叔、優蒂特（Yudit）叔母和他們家小孩毫無預警地出現，說這週末他們也要住在查娃姑姑家。小公寓瞬間變得擁擠不堪，除了原本的四個居民和四個訪客外，又多了阿密叔叔、優蒂特叔母，還有他們家的露莉、何米克（Hemik）與科尼（Koni）。（幸好當時米卡兒（Michal）還沒出生。）

這種事要是發生在我母親身上，她不但要和廣播員離婚，還要跟全世界離婚。查娃姑姑倒是絲毫不介意，她覺得家裡來了這麼多客人像是大冒險一樣，開始發揮創意爲大家安排睡房：她跟平常一樣，把家裡最好的床讓給我父母（不知道爲什麼，她家最好的床是在客廳），查娃姑姑和阿默斯姑丈睡自己房間，阿密叔叔和優蒂特叔母睡工作室，露莉、何米克與科尼睡小孩的房間，烏迪、塔米、邦尼與我則拿儲物架上最高層的被子，鋪在客廳外的開放式陽臺上（隔壁鄰居也有陽臺的鑰匙），當作在露營。

「默謝，」我母親問道。「你確定這樣安全嗎？」

「怎麼不安全？」父親問。

「說不定陽臺上有蛇。」

「就算有蛇也是在屋子裡。」

「默謝，別亂講話！」

那一晚，我們幾個小孩躺在小孩的房間裡，我、邦尼、露莉、何米克、科尼、烏迪和塔米一起暢談人生，每個人都說出自己的夢想，我們一起征服了月球、拿下了每一種體育競賽的世界冠軍，還攻下了埃及大片大片的國土。只有我以後想成爲警察，邦尼半開玩笑、半正經地說，這是因爲我想跟媽媽結婚，所有人都哈哈大笑，但我不介意。我調整眼鏡，在黑暗中凝望牆上那些奔向美好大冒險的火車。

隔天一早，我們在客廳陽臺上醒來，聽到阿密叔叔狂放的笑聲。身上沾滿露水的我們甩掉睡意，揉了揉眼睛四下張望，我們這才看到我父親也在笑，查娃姑姑也笑得很開心，只有阿默斯姑丈一臉氣憤地嘀咕說油畫顏料很貴。我們都知道肯定發生了怪事，可是我們花了一段時間才發覺這件事到底有多怪——當露莉驚恐地從小孩房間衝到陽臺，我們看到她臉上、脖子上寫著〈金色的耶路撒冷〉（Jerusalem of Gold）第一段歌詞，才終於明白自己被人體彩繪了。

何米克和科尼也跟著跑出來，何米克下巴多了綠色大鬍子，科尼身上多了斑馬紋。「你笑什麼笑?!」眼睛周圍畫了紫色眼鏡的邦尼對我大罵。「你以爲你長得比我們好看啊？」

「對啊。」我呆頭呆腦地回答。

「是嗎？」烏迪全身都是粉紅色唇印，他氣呼呼地對我說：「那你去照鏡子看看。」

我跑進廁所，看著鏡子裡的自己，然後不由自主地放聲尖叫，叫聲淒厲到連阿默斯姑丈養在院子裡的幾隻雞都緊張地狂拍翅膀。鏡子裡的人，是個戴著眼鏡的矮人，額頭上用紅色顏料寫著：「工人隊加油！」這實在太丟臉了，就算我上斷頭臺也無法消抹這份恥辱。

早上的洗澡儀式比平常花了更多時間，而且母親的美夢成眞了，我們還得用松節油洗刷身體，可惜松節油並不能洗掉我們身上的顏料，顏料糊掉後我們幾個孩子像瘋狂水彩畫裡的人物。

「我實在搞不懂你們腦子裡在想什麼，」母親憤怒地說。「這有什麼好笑的？你們是幼稚園生嗎？」

「唉呀，卓拉，別這麼掃興嘛。」父親說。「他們只是跟小孩開個玩笑嘛……」

「在小孩身上畫畫很了不起嗎？」母親打斷他。「怎麼不去招惹跟自己年紀一樣大的人？而且你說『他們』，說得好像你自己沒有畫——」

「卓拉，我警告妳，妳要是把犯人的身分說出去，我就直接把妳交給阿密處置。」

「別吵了、別吵了，」查娃姑姑站出來當和事佬。「我們玩個遊戲怎麼樣？孩子們，你們必須在明天以前查出把你們畫成這樣的犯人是誰，我會給找到答案的人一里拉。」

我們迅速集合，開了軍事會議。邦尼是我們的大統帥，他把我們分成幾個小隊，派我們站哨或是到敵軍陣營打探情報，可是到了晚上小孩陣營還是一無所獲，隔天早上我們一覺醒來，身上的顏料又更多、更誇張了。阿默斯姑丈因爲顏料被浪費而準備大發雷霆，我母親也恨不得供出犯人的身分，但身爲和平鴿的查娃姑姑拍了拍翅膀說：「你們看看，多漂亮啊！昨天他們在露莉身上寫了〈金色的耶路撒冷〉第一段歌詞，今天他們把整首歌都寫上去了，甚至還寫了六日戰爭結束後拿俄米．舍莫爾（Naomi Shemer）加上去的那一段！你們是怎麼把那麼多字抄上去的？」最後這句似乎是隨口問問，但姑姑的目光卻意有所指地望向我父親和阿密叔叔。爲了給我們更多提示，順便安撫我母親，查娃姑姑又說：「我覺得這是遺傳下來的天分，聽說葉門裔《妥拉》抄寫員非常厲害，能把整個《詩篇》（*Book of Psalms*）寫在一顆雞蛋上呢！」

「孩子們，我告訴你們，」母親面帶夢幻般的微笑說。「你們父親的『蛋』上，可以寫下整部《戰爭與和平》（*War and Peace*）呢！」

可是說到底，問題還是沒有解決。在我們身上畫畫的，究竟是誰？是我父親嗎？阿密叔叔？優蒂特叔母？查娃姑姑？該不會有小孩暗中幫助大人，爲了掩飾眞相在自己身上塗鴉吧？問題太複雜了。我們再次分成小組去偷聽大人說話，卻仍然徒勞無功，小孩陣營士氣低迷：再過幾個小時我和邦尼就得上車回耶路撒冷了，而且我們還沒拿到一里拉的獎金。邦尼被逼上了絕路，決定鋌而走險。午餐過後不久，除了我們母親以外的大人都受不了酷熱，去睡午覺了，邦尼叫我到他在雞舍旁邊的總部，對我說：「吉利，你去叫媽媽做『阿瓦內內』（Agvanenet）給你喝。」

「爲什麼？」我問他。「我又不餓。」

「我說你餓，你就是很餓。然後媽媽在做阿瓦內內的時候，你要跟她聊天，她一定有什麼事情要跟你說。」
「什麼事情？」我呆呆地問。
「我怎麼知道？你去跟她聊天，你就知道了。還有，吉利……」我轉身準備跑上樓，被邦尼叫住。
「幹嘛？」
「你要裝作你很難過。」
「為什麼？」
「這樣會很有幫助。」
「幫助什麼？」
「這不是重點，你假裝你很難過就對了。」
「我要怎麼假裝我很難過？」
「要我讓你變難過嗎?!」邦尼受不了我的愚笨，開始威脅我。我嚇得轉身逃命。
母親坐在廚房看書，其他房間都有熱昏了的大人在睡覺。「小吉利啊，」她問我。「你怎麼不跟其他小朋友在院子裡玩？」
「他們在打排球，還規定不低頭就可以從網子下面走過去的人不可以玩。」
「小吉利你別擔心，」母親摸摸我的頭。「你很快就會長高了。」
「沒關係，」我愉快地說，根本就忘了要裝出難過的樣子。「我矮一點也沒關係，這樣我身上就比較少地方畫畫了，〈金色的耶路撒冷〉也寫不下！」
「有人在你身上畫畫，你不覺得討厭嗎？」
「有一點討厭，可是也沒那麼慘。第一天我臉上寫『工人隊加油』，那還滿討厭的，可是第二天我很好運，他們只在我身上畫魚……我不喜歡吃魚就是了。」

「嘖，我明明就叫他寫『比達隊加油』！」母親小聲罵道。

「叫誰寫？」

「啊？沒事沒事。你不覺得難過就好。」

「我是有一點難過啦，我很想拿查娃姑姑的獎金。」

「好了，乖，去外面跟你哥哥玩。」

「我剛才就說了，他們都不讓我一起玩。妳可不可以幫我做阿瓦內內？」

母親站起來，從流理臺上裝蔬菜的碗裡挑了幾顆熟番茄，清洗過後切半刨碎，然後將番茄汁倒進杯子裡，用油、檸檬汁和鹽調味，她把杯子遞給我，開心地看著長不大的小兒子一口氣喝下大量維生素。我喝完阿瓦內內後將杯子放進水槽，母親應該感到很滿意，覺得這孩子雖然個子矮了點，雖然腦袋笨了點，雖然沒法和其他小孩一起打排球，但至少他喝了維生素，而且很有禮貌。她捧著我的臉，細細看著滿臉是魚（松節油只能讓顏料變得稍微淡一點）的我，對我說：

「小吉利，你仔細聽我說，有些事情我不能直接告訴你。」

「是祕密嗎？」

「對啊，我答應過你父親和阿密，我絕對不會把他們的祕密說出去，所以我不能告訴你，你聽懂了嗎？」

「不說也沒關係的，」我豪邁地說。「答應別人的事就是要做到。」

母親點了根菸，絕望地呼出一口氣，然後再接再厲。「對不起，我不能把在你們身上畫畫的犯人供出來。」她說。「要是你父親發現我出賣他，我會被他討厭一輩子的。」

「妳不用跟我說，沒關係的。」我對母親說。

「反正我們少拿一里拉也不會怎樣。」

「重點是，我不是怕你父親，」我母親還沒說完。「問題是在你們身上畫畫的人不只一個——你懂嗎？我跟阿默斯很氣那兩個人，我們跟那兩個人說他們很幼稚。小吉利，你有沒有在認眞聽？你知道我在說什麼嗎？」

事實上，我聽得有點煩了。幾分鐘後，我回到屋外，看到邦尼、烏迪和塔米滿臉期待地在雞舍旁等我。「所以呢？」他們問。

「她做了阿瓦內內給我喝。」我向他們報告。

「阿瓦內內不是重點，你有沒有跟她講話？」

「有啊。」他們怎麼突然這麼關心我？

「然後呢……？」他們異口同聲問。

「沒救了，」我哀嘆道。「她打死都不說。」

譯註：

69 地西泮（Valium），治療焦慮症、酒精戒斷症候群、痙攣、癲癇發作和失眠的藥物。

70 格拉西亞夫人（Doña Gracia），指格拉西亞．門德斯．納西（Gracia Mendes Nasi），歐洲文藝復興時期最富有的猶太人女性之一。

RECIPE

13

阿瓦內內番茄涼湯

阿瓦內內是窮人（和矮子）的西班牙冷湯（其實原版西班牙冷湯也不算高級料理），它比較簡單，比較沒那麼冷，也沒有原版那麼有名——但和原版同樣美味。可是要記住，如果用食物攪切機做阿瓦內內，我母親會很有意見。

材料

2～3顆熟透的番茄
1大匙橄欖油
適量鹽
少許新鮮檸檬汁

做法

1. 將番茄洗淨，橫切成兩半，用粗孔刨絲器刨碎（千萬別用食物攪切機，否則番茄只會變成不好喝的果汁）。棄置番茄皮。
2. 用鹽、橄欖油與檸檬汁調味，倒入杯子即可飲用。

【廁所八卦】

邦尼的成人禮一步步逼近，全家都忙著爲這盛大的活動做準備。宗教儀式預計在西牆舉行，不過應邀前來的遠近親戚和朋友都會來我們家開派對——不對，也許說是「盛宴」比較合適——不對，那應該叫「世界末日」才對。我們的日常生活完全被打亂了，我們家客廳太小，根本容不下那麼多人，我們招待親友招待到瀕臨崩潰。姆瑪說再這樣下去她就要離家出走，去住別人家，邦尼和拉比吵了起來，當時九歲半的我拒絕參加宗教儀式，情況惡化得越來越嚴重。

儘管如此，成人禮的日子快到時，姆瑪還是不甘不願地幫忙準備。我們家做了好幾百個杏仁餅，裝進杯子蛋糕的紙模，藏在放鞋子的櫃子裡。我們煮了好幾桶果醬，去雜貨店買了好幾箱亞力酒（Arak）和777白蘭地（777 brandy），愛伊莎邊用摩洛哥阿拉伯語咒罵邦尼、我們家親戚與拉比，邊用巴素銅油（Brasso）擦拭我們的比撒列（Betzalel）手工銅器組。我也被指派了任務，在其他人忙著做準備時，我重大無比的任務就是：消失。

「不行，卓爾妳給我聽著，」姆瑪懇求道。「妳要是不馬上把這個小怪獸帶出門，我就打電話叫計程車，搬去別人家住。」

「母親，」我母親試著同時騙過姆瑪和她自己。「他生病了。」

「這小鬼健康得不得了，」姆瑪狠下心說。「他都可以一口氣吃掉一整盤杏仁餅了，怎麼可能有病？要是到時候客人都沒得吃，他們會怎麼說我們？」

「不要擔心，」我說。「杏仁餅夠大家吃。」

「你什麼時候變成先知了？」姆瑪咕噥完，又命令我母親：「妳現在就把他髒兮兮的頭髮梳整齊，把背包拿給他，送他去上學，聽到沒有？」

「媽媽，」我出聲抗議。「妳不是說我今天不用上學嗎？我都沒寫功課耶！」

我母親呻吟一聲，她發現自己別無選擇，只能帶我一起去B廣播網辦公室，讓她的三個秘書和她手下的節目編輯時時刻刻娛樂我。「今天，」她摸摸我的頭說。「小吉利會跟我去上班，他之前還答應要用打字機打成人禮的邀請函，對不對啊，小吉利？」

「前提是妳讓我帶一包複寫紙回家，」我開始討價還價。「而且我們路上要去阿拉斯加咖啡店，妳要買香草冰淇淋跟鬆餅給我吃。」

「喂，小吉利，」母親又呻吟一聲。「是誰教你這麼斤斤計較的？」

「是妳啊。」我的回答蠢到了家，話才剛說出口，我就發覺事情不妙。母親的威脅穿透杜貝克過濾香菸的煙雲，從天而降：「你再跟我沒大沒小，我就直接帶你去上數學課。」

她僅憑這麼一句，就讓我安靜了整整半個小時。

我們在阿拉斯加咖啡店門口看到母親的姑姑——朵拉（Dolla）——匆匆跑進店裡，腳上穿著足足八公分的高跟鞋還能動如脫兔，迷你裙在腿側歡快地飄動，甚至飛了起來。如果我父親在場，肯定會說：「裙子飛得這麼高，她沒穿襯裙都被人看光了。」（聽到他這麼說，母親肯定會回嘴：「只有故意去看的人才會看到她沒穿襯裙。」）

這個景象在好看的同時也相當嚇人，因爲朵拉姑婆已經八十幾歲了，她穿迷你裙和高跟鞋就算了，但每次看到她用接近小跑步的速度走路，我都會擔心她一個不小心摔倒在地上。「她怎麼沒有跟麥克斯姑丈公在一起？」我之所以這麼問母親，是因爲我很喜歡朵拉姑婆年邁的德國人丈夫。「他等等就來了。」我母親告訴我。「朵拉總是比他快了好幾步，如果麥克斯在過星期一，朵拉可能已經到星期三了——而且你別忘記，麥克斯打完仗以後就只剩一隻腳了，走路當然比較慢。」

她說得千眞萬確，麥克斯姑丈公從前是德意志皇帝威廉二世（Kaiser Wilhelm II）軍中的軍人，參加過第一次世界大戰，有半隻腳就這麼「遺落」在戰場上。從此以後他走路慢吞吞的，說話也慢吞吞的，不過他一直維持自己德國紳士的形象，無論何時都穿著西裝、領帶，戴著小圓眼鏡，在黎凡特地區的陽光下，他也總是把灰髮綁得整整齊齊。「麥克斯某種程度上算是基督教徒，我決定跟他結婚的時候，大家都對我和我才華出眾的父親閒言閒語的。」有一次，朵拉姑婆對我說。「他們說：『本．耶胡達的女兒怎麼會嫁給德國的基督教徒?! 太荒唐了！』那些討厭的拉比一直罵我父親，你知道我父親怎麼回答他們嗎？他看著那些穿著禮服大衣的拉比，對他們說：『我寧可女婿是以色列地一個會說希伯來語的德國人，也不要布魯克林一個只會說意第緒語的猶太人！』」

「朵拉姑姑，早安啊。」我們在姑婆隔壁桌坐下，母親向她打招呼。

「喔，是卓爾啊，早安早安。小吉利也在啊？早啊，小伙伴。」朵拉姑婆愉快地說。「在這裡遇到你們眞好！」

「麥克斯姑丈公呢？」我問她。

「你說麥克斯？他還在本・耶胡達街，等他走到這裡，我應該已經喝完第一杯咖啡了。」

「我們不等他嗎？」我提議。老實說，他那一輩的叔公、伯公、姨丈公、姑丈公之中，我最喜歡麥克斯姑丈公。

「眞要等他我一定會受不了，他動作太慢了，我光是等他過喬治王街就白白浪費了好幾年壽命，他還沒來我早就死了。我每天早上都跟他說：『麥克斯啊，我自己用跑的去阿拉斯加咖啡店，你坐公車去。』可是他也想散步，所以他跟我說：『朵拉啊，妳走快一點，先去點麵包和咖啡，等我到了我們再一起喝第二杯咖啡，妳吃剩的麵包剛好給我。』」

朵拉姑婆邊說邊拿起服務生錫安娜（Ziona）剛送過來的兩個麵包捲，挖出內側鬆軟的麵包，將滿滿一碟果醬塡進麵包殼裡，開始愉快地吃起早餐。吃完後，她喝完自己的咖啡，又漫不經心地喝了我母親的咖啡，最後她吃了我一半的冰淇淋。她向我母親要了一根菸和打火機，點了菸之後信口胡謅道：「喔，麥克斯在外面的人行道了，卓爾，妳可不可以去叫他過來？」我母親聽話地離座時，朵拉姑婆對我比了安靜的手勢，接著眼明手快地摸走我母親包包裡的三根香菸，塞進自己的皮包。

在這裡我不得不說，朵拉姑婆——睿智、幽默、我們深愛的朵拉姑婆——個性非常非常吝嗇，她和麥克斯姑丈公把經手的每一阿高洛[71]、每一塊錢都存起來，用來舒舒服服地出國遊玩。他們以前在紐約住了一段時間，有一次我父親去借住他們家，朵拉姑婆從窸窣作響的四層塑膠袋內取出一片藍綠色的起司，她剝開包裝時得意地說：「這不是法國洛克福起司，那太貴了。麥克斯都會買一般的美國起司回來，我們就把它放冰箱，放到它變成藍色——反正黴就是黴，在法國生的還是在紐約生的黴都一樣。」

我父親有沒有碰那塊起司，不用我說你應該也猜得到。朵拉姑婆絲毫不以爲忤，反而很高興，這樣她就能把藍色起司留著下次吃了。她再次用四層塑膠袋將起司包好，叫麥克斯姑丈公把這個價值不斐的包裹放回冰箱，因爲：「下個月盧絲（Ruth）和柯特・史丹納（Kurt Stanner）的兒子要來我們家，他最愛吃法國起司了。」

等到麥克斯姑丈公來到阿拉斯加咖啡店，朵拉姑婆已經把我的冰淇淋吃得一點也不剩（不過我們爲格子鬆餅爭奪了一番，最後六片鬆餅中我拿下了三片），點了兩份吐司配利普蔔軟質起司（liptauer）。她現在心情很好，因爲每次她在阿拉斯加咖啡店巧遇我母親，她都會在服務生送帳單過來前逃進廁所，等到我母親爲所有人買單才出來，而麥克斯姑丈公要不是假裝沒看到帳單，就是提前起身說：「親愛的卓爾跟小吉利，今天早上能和你們共進早餐、一塊喝咖啡，眞的非常棒。我走路比較慢，我先走路回我們在阿哈德哈姆街（Ahad Ha'Am Street）的家，等等朵拉會幫我付帳。」

有一回我忍不住告訴他，所有人都說他沒付錢就偷溜，結果被我母親在桌子下踢了好幾腳。麥克斯姑丈公沒有生氣，他露出德式微笑對我說：「小吉利你別聽他們亂說，那些都是廁所八卦。」我聽得不是很懂，想說他在暗示躲在廁所裡的朵拉姑婆才是眞正的犯人，我越想越驚訝，沒想到這個德國紳士居然會如此沒義氣，把自己的太太出賣給我母親。

等到朵拉姑婆走出廁所，我母親已經付過帳了。「唉呀，妳買單了?!」朵拉姑婆責備道。「妳也知道我不喜歡讓別人幫我買單，怎麼沒等我一下呢！」我母親正不耐煩地呻吟，忽然靈光一閃，決定把我塞給朵拉姑婆和麥克斯姑丈公。反正他們沒有小孩，何不讓他們當一天的保母，算是賠她這頓豐盛的早餐呢？

「朵拉姑姑，我有個想法。」我母親說。

「甜心寶貝，妳有什麼想法？快告訴我。」

「小吉利今天早上能不能去你們家坐坐？他今天沒上學，我要是再帶他去廣播局，我怕會被執行委員會炒魷魚。」

「好主意啊，卓爾！」朵拉姑婆開心地說。「我們非常歡迎小吉利！我跟麥克斯都很愛他，我們覺得他前途不可限量，以後很適合加入海軍，甚至是從政治國！」

「什麼？」母親震驚地問。「妳說的真的是我家小吉利嗎？」

「那當然！他真的很有天分，妳難道看不出來嗎？」

「朵拉，這孩子才九歲半，而且他不會游泳，怎麼加入海軍？」

「會不會游泳不重要，麥克斯也是到六十五歲才學會游泳，我到現在還只會漂在水上。水手不用游泳就可以航行大海——不然幹嘛造驅逐艦？當水手就該有好酒量，我不知道妳注意到沒有，妳兒子很會喝琴酒，他可是當船長的料！他每次來我們家，我們都會一起喝調酒。來吧，小吉利，我們去我在阿哈德哈姆街的家，叫麥克斯給我們倒兩杯來喝，喝完我們去花園裡看守母貓。你知道母貓最近都在發情嗎？我們得確保牠們不跟壞家庭的公貓來往。」

於是我們拋下啞口無言的母親、兩張付了款的帳單與三片沒動過的格子鬆餅，走出阿拉斯加咖啡店，開始朝阿哈德哈姆街走去。朵拉姑婆穿著高跟鞋與飄飄迷你裙，我小跑步跟在她身後，不停打飽嗝。

第一次和朵拉姑婆與麥克斯姑丈公喝琴通寧時，我才七歲，那時候麥克斯姑丈公正在為自己和朵拉姑婆調製午後酒飲（午餐過後他們每個小時都要喝一杯），我堅持要跟著喝。那時，我發現了最棒的瓊漿玉液——不是愛伊莎的亞力酒，不是我母親的777白蘭地，不是姆瑪天天喝的健力士啤酒（Guinness），也不是阿維姨丈的黑白

狗威士忌（Black & White Whisky）（雖然照片中的狗狗很可愛），而是琴酒，有加通寧和沒加通寧都很好喝。幾年下來，我對酒越來越講究，可以說是小小品酒師了。我堅持要用麥克斯姑丈公的做法調製琴通寧，夏天在陽臺上喝，冬天在暖氣旁喝，而且酒一定要裝在高高的透明玻璃杯，放在銀色托盤上，酒杯一定要飾以花園現摘的薄荷葉，而且要用調酒專用的有色玻璃棒攪拌琴通寧，玻璃棒最好是長頸鹿形狀。

當然，調酒美味與否取決於琴酒的種類。龐貝藍鑽特級琴酒（Bombay Sapphire）？英人牌（Beefeater）琴酒？高登琴酒（Gordon's）？開什麼玩笑，當然要喝坦奎瑞酒廠（Tanqueray）的琴酒了，這是英國琴酒，一般裝在綠色粗酒瓶裡。這是我從麥克斯姑丈公那裡學到的道理，我對此深信不疑，所以邦尼舉行成人禮不久前的那天早上，當朵拉姑婆帶我走進阿哈德哈姆街的公寓時，我看到的畫面令我震驚不已。我和朵拉姑婆不是客人，所以我們沒有按特別標註要「用力按」的門鈴，直接開門走進屋，嚇到正在將本地琴酒倒入坦奎瑞酒瓶的麥克斯姑丈公。

怎麼會是本地的琴酒！姆瑪曾對我說：「我不屑喝本地琴酒，那東西連用來洗水槽都不配。」結果過去整整兩年，我來朵拉姑婆和麥克斯姑丈公家，喝的都是本地琴酒！可想而知，我整個人氣炸了，我罵他們是騙子、是小氣鬼，而且我還拿出殺手鐧，說他們騙了一個無辜的小男孩。

麥克斯姑丈公說，我沒辦法證明他過去兩年給我喝的都是假的坦奎瑞琴酒，可是怒不可遏的我拋開了霍華夫家的教養，簡直像塞薩洛尼基水手上身。「你們騙我！」我很堅持。「你們都去雜貨店買便宜琴酒，倒進進口酒瓶！」

「親愛的小吉利，」麥克斯姑丈公冷靜地說。「別胡說了。」

「我才沒有胡說！」

「你說錯了。」

「我沒有說錯！大家都說你們是吝嗇的小氣鬼。」

「親愛的小吉利啊，」姑丈公依舊保持德國紳士的風度。「那些不過是廁所八卦。」

怎麼又是廁所八卦了？而且這次好像和阿拉斯加咖啡店的廁所無關，那到底是什麼意思?!他爲什麼要說這句奇怪的話？我立刻要求他說明，麥克斯姑丈公微微一笑，開始說故事。

「當時是一九一五年夏天，」麥克斯姑丈公說。「我是德意志皇帝軍隊中一個小小軍人，被派到西邊戰線。我跟其他人平常都直接睡在地上，有時候我們占據了某個地方的建築，我們就能睡在屋子裡，甚至有床可以睡，不過我們平常都睡在荒郊野外或是樹林裡，因爲軍隊不會蓋房子，我們只會拆房子。我們只會蓋一種房子，這種房子我們不管去哪裡都會蓋，小吉利，你知道我說的是什麼房子嗎？」

「是什麼？」

「廁所。皇帝的軍隊很注重衛生，每次我們預計在一個地方紮營兩三天，就會用木頭蓋廁所。你知道一戰時期德軍的廁所長什麼樣子嗎？」

「不知道。」

「那是木頭蓋的圓形小屋，我說是小屋，但其實空間滿大的，牆邊還搭了一圈椅凳，椅子上有一個一個圓形的洞。那些洞就是我們的馬桶，我們軍人都一起坐在廁所裡——我們沒有隔間——你知道我們都在做什麼嗎？」

「大便？」

「沒錯！你好聰明。」麥克斯姑丈公摸摸我頭上亂七八糟的頭髮。「我還會邊大便邊聊天，還有唱歌，還有思念家鄉。廁所裡沒有軍官，軍官有他們自己比較高級的廁所，所以威廉二世軍隊裡的小兵都會坐在廁所裡談天說地，各種八卦傳來傳去。我告訴你，大部分的流言都是假的，不然就是被嚴重誇大過，所以就算到了今天，我們用德語說『胡說』的時候還是會說那是『廁所八卦』。」

「可是你用假琴酒騙我，我都看到了！」見我死都不退讓，朵拉姑婆也只得出來打圓場，說：「唉呀，我們今天喝以色列琴酒，那又怎麼樣？以色列的酒、英國的酒，眞的有差那麼多嗎？我們是本·耶胡達家的人，才不會去計較這種小事。我跟你說一個故事吧。」

「小時候我和家人住在耶路撒冷，我們那時候很窮，我母親沒錢買吃的，我傑出的父親就算賺了一兩比許利克[72]也會馬上拿去買字典或報紙。雖然我們窮，父母還是送我和我姊姊雅達（Ada）去讀最好的學校，我們在學校認識了俄羅斯領事的女兒，她一週七天都穿不一樣的鞋子，還有德國領事的女兒，她有各種顏色的羊毛衫，每天都用鮮豔的緞帶綁頭髮，還有法國領事的女兒，她每天都會帶巧克力去上學。」

「有一天我受不了了，我跑去跟我母親哭訴說這不公平，我說雅達都很羨慕那些領事的女兒，我每次想到我鞋底破洞就覺得很丟臉。我母親越聽越生氣，我的哀傷和我姊姊的羨慕，全被她比下去了。你知道我母親怎麼對我說嗎？就算到了現在，我還是記得她當時憤怒地說：『女兒，妳們給我記住我現在說的話：領事的女兒有鞋子、有羊毛衫、有巧克力，那又怎樣？**妳們**可是本·耶胡達的女兒！』」

「親愛的小吉利，你明白了嗎？」朵拉姑婆問我。既然她認爲我是當水手的料，她怕我的水手腦袋聽不懂，趕緊爲我解釋：「雖然你喝的是以色列琴酒，可是你是在耶路撒冷阿哈德哈姆街的公寓裡，跟我和麥克斯一起喝琴酒，你告訴我，要上哪找比這更好喝的酒？」

一週後，親戚好友都去西牆看邦尼隆重的成人禮，我沒有去參加典禮，邦尼被叫上前唸《妥拉》的時候我當然也不在。這三個小時，我用來有條有理地偷吃準備給客人的杏仁餅和三角酥餅，等所有人抵達我們家時，我已經微醺且非常想吐了，但我勉強撐到開禮物時間。大家送的禮物果然沒讓我們失望，麗娜阿姨和阿維姨丈送了Sony錄音帶播放器，有很多人送了支票，還有好幾本橄欖木封皮的《聖經》，以及銀色封面的祈禱書。朵拉姑婆和麥克斯姑丈公送的，則是一個用過的天鵝絨小盒，類似裝婚戒的小盒子。

我們恭恭敬敬地打開小盒子，看到盒裡躺著一枚錢幣。「這可不是什麼隨便的錢幣喔，」朵拉姑婆得意地告訴我們。「這可是銀質的一元美金硬幣，上面刻了甘迺迪總統的頭像！」

「成人禮禮物竟然只有一美元？這應該破了最低紀錄吧。」邦尼驚呼。

「親愛的，它的價值可不只一美元。」朵拉姑婆邊說邊翹起二郎腿，喜慶的迷你裙被拉得更高了。「這個一元硬幣非常少見！五毛美元的甘迺迪硬幣到處都是，可是一元甘迺迪銀幣就很有收藏價值了，親愛的邦尼啊，有一天你可以用這一枚硬幣，在耶路撒冷買到一棟房子。」

那之後很多年，我們一直把這枚稀有的硬幣與它的絨布盒藏在姆瑪的鞋櫃裡，這是我們家最像保險箱的所在了。後來我們搬到里哈維亞社區，邦尼在軍中工作，準備買房子跟塔麗（Tali）結婚，有一天我們打開絨布盒，發現朵拉姑婆和麥克斯姑丈公放在裡頭的不是一元銀幣，而是隨處可見的五毛硬幣（一定是他們不小心放錯了，嗯，對，一定是不小心的）。

譯註：

71 阿高洛（agora），以色列舊幣值單位。

72 比許利克（Bishlik），以色列地區舊時的錢幣。

RECIPE

14

麥克斯姑丈公的琴通寧

琴通寧不爲人知的祕密是，就算用便宜的假琴酒，它還是很好喝。加了通寧水（還有檸檬汁！）之後，還有誰喝得出差別呢？也許朵拉姑婆和麥克斯姑丈公說得有道理。

材料

4塊冰塊
適量坦奎瑞琴酒
適量通寧水
半顆檸檬汁
1枝新鮮薄荷

做法

1. 從冷凍庫取出4顆冰塊，放入高高的透明玻璃杯。倒入琴酒，倒滿酒杯的五分之一。
2. 將檸檬皮放在杯口摩擦，往杯子裡擠大量檸檬汁。
3. 將薄荷枝放入酒杯，倒入通寧水直到幾乎滿溢。
4. 將酒杯與玻璃攪拌棒放上銀色托盤，即可飲用。

【詭雷阿姨】

一九六八年，麗娜阿姨首次翻新了她在梅夫約朗街六號一樓的公寓，他們家發生驚天動地的改變：有些房間被隔開，有些房間合併了，陽臺變得寬敞，家中多了許多小空間，紅磚牆冒了出來，屋子前面多了新的窗戶。這些都還不算什麼，最驚人、最刺激的改變，是他們家廁所：廁所多了一條奇怪的水管，水管末端是類似電話聽筒的東西，細水柱會從那個「聽筒」噴出來。原本我們洗澡都得用有凹痕的舊鍋子接洗手槽的水，再把水倒在自己頭上，多虧了麗娜阿姨的新廁所，洗澡儀式徹底革新了，而且原本的白色瓷磚也換成淺綠色瓷磚。

你現在看到淺綠色瓷磚，可能會聯想到屠宰場或貧窮社區，不過在一九六八年這種瓷磚可是最新潮的裝潢，也是麗娜阿姨的驕傲。就連我母親也羨慕地說：「我在阿維和麗娜家上廁所，都感覺自己是法拉赫皇后了。」（父親補充道：「我在他們家放屁，也感覺自己是伊朗沙王。」）

十年後，我們在里哈維亞社區蓋新房子時，我們的標準和對財富的印象都變了，麗娜阿姨花了大把大把時間設計我們兩家公寓的廁所（而且廁所要越多越好）。「神經病啊！」姆瑪罵道。「妳以爲我們會整天窩在廁所裡嗎？難道要在卓爾的廁所洗一隻手，去小孩的浴缸洗另外一隻手，去我的廁所洗臉，然後再去客人的廁所把臉和手擦乾?!世界之主啊！一個家爲什麼要有四間廁所?!」

「母親，能不能不要來煩我們?!」麗娜阿姨和我母親抱怨說。「妳沒看到我們在專心設計廁所嗎？」

「妳們在專心設計什麼廁所？眞是要命，怎麼不幫貓也蓋一間？」

「我們在設計**妳**的廁所好嗎。」我母親說完，覺得自己在和姆瑪永無止盡的較量中，贏了兩分。

「我的？」姆瑪全身一抖。「我不要妳們專心設計我的廁所，妳們管管小孩還比較實在，他們現在像兩隻野狗一樣在鄰居家院子裡滾來滾去。」

「好了好了，母親妳先別吵我們，讓我們專心解決妳的廁所。」

「我的廁所又怎麼了，讓兩位大天才這麼傷腦筋？」

「它沒有地板。」

「**啊**丟！什麼叫『沒有地板』？」

「沒有地板就是沒有地板。」

「卓爾我告訴妳，妳跟妳妹妹總有一天會被送去瘋人院。廁所怎麼可能沒有地板？妳的意思是說，它有牆壁，可是卻沒有地板？」

「沒錯！」麗娜阿姨熱烈回應。「而且它沒有地板，就表示它也沒有馬桶、沒有浴缸，這是很嚴重的問題，我們當然會傷腦筋了。」

「唉，世界之主**啊**，」姆瑪對家中唯一不是瘋子的成員哀嘆道。「我還要承受什麼考驗**啊**？她白天叮叮咚咚在拆牆壁，晚上又叫工人來，一天到晚在蓋廁所……到最後，我們搞不好只能對著花盆尿尿了！」

我母親和麗娜阿姨說得對，姆瑪的廁所的確沒有地板──更準確來說，是沒有地板的瓷磚。我們在里哈維亞社區的房子是一九七〇年代末蓋的，風格實在是奇醜無比（那似乎也是法拉赫皇后帶動的風潮）：客廳和臥房的地板是綠色的，廚房則是用義大利進口的阿拉伯風格瓷磚。根據母親的說法，廚房的瓷磚「跟牆上會變色的內蓋夫瓷磚還有櫥櫃鄉村風格的塑膠貼皮很搭」，她堅稱這是「非常別緻的組合」。邦尼和我共用的廁所裡，鋪了「像淺藍色和紫色水彩畫」、有花朵圖樣的瓷磚，我父母的廁所則是鋪了精緻的米黃色瓷磚（「那才不是米黃色！」麗娜阿姨怒吼。「是香檳色！」）

家中只剩姆瑪的廁所還沒裝潢好，裡頭的牆壁是亮粉色──很驚人吧！（「桃樂絲．黛[73]要是看到妳的廁所，一定會覺得這裡很符合她的品味。」麗娜阿姨說。姆瑪不悅地回道：「桃樂絲．黛沒事來我的廁所做什麼？」）可是粉紅色牆壁，到底要搭配什麼顏色的地板才好呢？

「用什麼顏色都可以，不要紫色就好了。」剛從足球場回來的邦尼立刻加入討論。「我最討厭紫色了。」

「喔？」姆瑪也加入戰局。「這小子才剛來就想當評審了！你是什麼時候成爲廁所專家的，我怎麼都沒聽說？我問你，你是不是從猶太新年之後就沒洗過頭了?!」

「我知道了！」剛剛還愣在一旁的麗娜阿姨突然高呼一聲，揮著承包商提供的色卡說：「我找到了！它一直都在我們眼前，我們怎麼都沒發現它？」

「妳找到什麼了？」我們焦慮地異口同聲問。

「孔雀藍！」麗娜阿姨朗聲宣布。「這種顏色很雅緻，是不是啊？你們想像一下：粉紅色牆壁、粉紅色廁所配件，還有深藍綠色地板，那簡直像白金漢宮裡頭的房間啊！」

「聽妳的描述，應該更像美國俄亥俄州的妓院吧。」阿維姨丈插嘴說。

「我倒想知道，你怎麼曉得俄亥俄州的妓院長什麼樣子？」母親問他。

「卓拉，」麗娜阿姨說。「有些事情還是別問比較好。」

就這樣，耶路撒冷里哈維亞社區的桃樂絲・黛廁所完工了，施工期間我父親試著提出異議，但最後他對阿維姨丈說：「我知道我只有兩個選擇，我可以跟我老婆和你老婆吵架，也可以讓她們蓋一間顏色恐怖到會嚇死人的廁所。我這麼一想，就告訴自己：孔雀藍其實也滿好看的嘛。」

「這是妓院的顏色，」阿維姨丈堅持己見。「而且是不怎麼有格調的妓院。」

從此以後，每次里哈維亞社區那棟房子的內部對講機響起，我們心中都燃起一股希望——也許桃樂絲・黛終於要來我們家上廁所了。說到這裡，我想把鏡頭拉回梅夫約朗街六號一樓那間老舊的廁所，也是當時麗娜阿姨和阿維姨丈家唯一一間廁所。一九六八年逾越節前，麗娜阿姨打開廁所的門，將我一把推進去，自己跟著進來後鎖上門。她放下馬桶蓋，叫我坐上去，對我比了個「安靜」的手勢後對我母親大喊：「卓拉！我在上廁所！不要讓狗偷吃楹桲糖喔！」我驚恐地看著她從內衣裡頭掏出阿維姨丈的吉塔納斯（Gitanes）香菸，取出一根（沒有過濾嘴）的菸，塞進我嘴巴。她問我：「你有沒有火柴？」

我搖搖頭（我嘴裡叼著香菸，沒辦法說話）。

「唉，小吉利，你要多學學啊。」阿姨哀嘆一聲，從內衣另一邊掏出我父親的榮森（Ronson）打火機。我一臉羨慕地盯著打火機，那是我父親最昂貴的所有物（拉米鋼筆除外），除了他以外的人連碰都不准碰一下，更別提借用了。「他偷吃姆瑪抽屜裡的楹桲糖，我就偷了他的打火機。」麗娜阿姨笑著說。「來，你點火。」

「都沒有有過濾嘴的菸嗎？」爲了拯救自己，我再試了最後一次。麗娜阿姨搖頭說：「沒有，阿維都抽沒過濾嘴的菸，從今以後你也要抽這種菸。」

「我其實不太想抽菸……」我還沒說完，就被阿姨打斷了。她高呼：「小吉利！抽菸很棒的！你快點菸，免得我們被你母親逮到。」

我點了菸，吸一小口，被那酸澀的焦味嚇得立刻把那口煙吐掉。「小吉利，」麗娜阿姨耐心地說。「你沒有把它吸到肺裡，就不算眞的吸過菸。」我試著把煙吸進肺部，結果嗆得不停咳嗽，惹麗娜阿姨哈哈大笑。我母親開始敲廁所的門，阿姨開了門，我們被母親逮個正著。我心想：逾越節連假才剛要開始，現在死掉太可惜了吧。

「麗娜，妳怎麼會教孩子抽菸？」母親罵道。「我實在不敢相信。」她們想辦法讓我不再劇烈咳嗽（也不再處於崩潰狀態）之後，我們三個坐在客廳裡。

「卓拉，」麗娜阿姨驚訝地說。「我這是爲他好，妳不知道嗎？」

「這怎麼會是爲了他好？妳倒是解釋給我聽。」我母親邊說，邊爲自己點了一根菸。

「卓拉妳別生氣，我解釋給妳聽。我之所以想教他抽菸，是因爲有一天我下班回家，看到我們後院有東西冒煙，就在葛洛斯曼（Grossman）家旁邊。我走過去一看──妳知道我看到什麼嗎？」

「什麼？」

「我看到妳家小孩在抽菸。」麗娜阿姨幸災樂禍地說。「他們偷偷抽菸被我看到了！」

「什麼?!」母親驚恐地大叫。「邦尼！伊塔瑪爾，你給我過來！」

「等一下等一下，妳冷靜一點。」阿姨連忙安撫她。「這不是他們的錯，那時候露莉和羅尼也在，一定是露莉和羅尼強迫他們的。唉，那兩個糟糕的小孩，到底是誰教出來的？」

「不就是妳嗎？」我母親說。

「我？」麗娜阿姨詫異地說。「我哪懂什麼教育？」

麗娜阿姨說得對，提議抽菸的通常不是露莉就是羅尼，我們幾個孩子會在祕密地點集合，一起抽菸。即使是抽菸，我們也分出了以年齡與狡猾爲界的階級：露莉都抽她從阿維姨丈那裡偷來的吉塔內斯香菸，或是她從姆瑪那偷來的薄荷香菸，羅尼都抽我和邦尼從家裡菸灰缸撿來的杜貝克過濾香菸菸蒂，而年紀比較小的邦尼與我只能自己想辦法。邦尼都偷撕葛洛斯曼家的紗窗（他們家紗窗是粗糙帆布做的），露莉教他用小塊小塊的紗窗包著乾燥的葉子捲成香菸形狀，她在開始偷眞正的菸之前，都用這東西代替。我是最底層的小孩，我都是點燃乾掉的天竺葵細枝，吸另外一端冒出來的煙。

某個春天下午，我們偷偷抽菸被麗娜阿姨逮到了，她尖叫：「抽菸？你們鬼鬼祟祟地躲在這裡抽菸?!羅尼跟露莉，現在給我回家去！我會把這事告訴你們父親，你們就等著挨罰吧。邦尼，你現在去跟葛洛斯曼道歉，跟他說我會請工人來幫他修窗戶。小吉利，你跟我待在這裡，不准走！」我以爲她要用最殘酷的方式處罰我，但麗娜阿姨不愧是捉摸不定的麗娜阿姨，她抱著我說她非常非常愛我，她愛我勝過愛其他小孩——特別是她自己的小孩——全世界其他孩子加起來也比不上我一個人。她問我能不能把天竺葵枝借她，她吸了一口就說：「親愛的小吉利，這也太噁心了吧！這麼噁心的煙你也吸？眞是的。我今天下午教你怎麼抽菸，我們五點整在我家廁所集合，你別告訴你母親或姆瑪。這是我們兩個人的小祕密，懂嗎？」

早上的不幸和下午的災難相比，根本是小巫見大巫。阿維姨丈的吉塔內斯香菸像在灼燒我的喉嚨，我吸到雙眼泛淚，劇烈的咳嗽差點震碎了廁所綠色的瓷磚。母親氣得七竅生煙，我怕她把我和麗娜阿姨塞進馬桶裡溺死。「這是很先進的教育方式啊，妳沒聽過嗎？」麗娜阿姨問我母親。「這叫震撼教育！我在《布爾達》（*Burda*）雜誌上看到的。」

「麗娜，」母親惱怒地說。「《布爾達》是織布的雜誌，而且裡頭寫的是德文，妳又看不懂！」

「我懂一點點德文啊。」麗娜阿姨覺得自己被冒犯了。「而且我敢肯定裡頭有跟教育有關的文章——不是教育就是俄羅斯傳統服裝，我也不記得了。這不重要，重點是，小吉利再也不會抽菸了。」

她說得一點也沒錯，我家人每個都像煙囪一樣狂抽菸，只有我從來不抽菸——除非是普珥節偶爾抽一根菸（或是長得特別好看的天竺葵）。

我的事情說完了，但阿維姨丈還得想出夠嚴厲的懲罰，讓露莉和羅尼學到教訓，畢竟他們偷香菸、勸誘兩個表弟一起吸菸，還損毀鄰居家的房屋，這些可是重罪。露莉和羅尼很幸運，他們那天剛好拿到成績單，這兩個全國最差勁的學生居然帶著漂亮的成績單回家，讓所有人嚇一大跳。他們的成績單上滿是「良好」和「優異」，好成績在紙上如綠寶石與藍寶石，閃閃發亮。

眾人很快就忘了他們偷抽菸的事，阿維姨丈

對麗娜阿姨說，是他的優質家庭教育讓孩子拿回兩張亮眼的成績單，麗娜阿姨深表同感，甚至小心地說：「如果用我的方式教育孩子，他們長大只會變成罪犯。」全家只有姆瑪不高興，她說：「我倒想說，他們根本就是不知哪來的納瓦里野孩子，沒禮貌、沒教養，以後肯定要吃牢飯。就連要坐牢，也不見得有監獄要收他們。」

麗娜阿姨也不以為意，她不喜歡和人吵架，而且她也沒時間吵架。阿姨開著她的紅色Fiat 500進城，要在「裱框店打烊前趕到」，那天晚上兩張百年難得一見的成績單已經裱了框，和本錫安外公與其他傑出家族成員的相片一起掛在客廳牆上。麗娜阿姨笑得合不攏嘴，阿維姨丈不停告訴所有人，只有他這樣嚴格的葉克教育才有用，露莉和羅尼則變得越來越蒼白，他們獲得了眾人的讚美與稱頌，睡前卻滿臉擔憂。

隔天一早，我們坐在廚房的黃色餐桌邊，吃麥片泡牛奶與狀似琥珀的菱形榅桲糖，享受逾越節假期的第一天，卻聽見麗娜阿姨的吼叫聲。我們為了看好戲衝下樓到麗娜阿姨和阿維姨丈的公寓，果不其然，我們踏進他們家廚房時，看見他們家的管家——莎拉（Sarah）——站在燙衣板旁邊，認真地燙露莉。

好吧，她燙的不是露莉，而是露莉的頭髮。（這是露莉自己發明的燙髮方法，用這種方法可以快速把頭髮燙直，比「阿布阿傑拉」（Abu Ageila）法74在熨斗的熱氣與不斷重複的熨燙動作影響下，莎拉和露莉都神情恍惚，看來麗娜阿姨極度緊張的精神狀態對她們影響不大。

但這對麗娜阿姨本人的影響可大了，她怒不

可遏地站在廚房裡，對半個身子趴在熨燙板上的露莉尖聲怒吼。羅尼早在他母親開罵那一刻逃出家門，但露莉已經開始燙頭髮，如果在燙完之前離開會發生恐怖的事情，所以她只能趴在原地任麗娜阿姨痛罵。

原來麗娜阿姨如此氣憤，是因爲露莉和羅尼僞造了自己的成績單。學校打電話告訴麗娜阿姨，這兩個小孩要是下學期不用功讀書，很可能得留級，阿姨怪老師沒事打電話來煩她，孩子們的成績明明就很好，而且那都是阿維姨丈的功勞。可惜麗娜阿姨的驕傲很快就被澆熄了，她發現孩子們的成績依舊慘不忍睹，翻過兩個孩子的書包後，她找到眞正的成績單，證明整體教育系統很有問題，而且最有問題的就是阿維

姨丈嚴格的葉克教育方式。羅尼看見麗娜阿姨翻他的書包就知道事情不妙，從他們家前陽臺逃去果園了，可是露莉正在燙頭髮，她只能維持不太雅觀的動作，繼續彎腰靠著熨燙板，聽母親痛斥她、羅尼和教育系統。

麗娜阿姨罵得情緒激昂，她身上那件居家服被她撕成碎片，她穿著內衣內褲在廚房抽屜裡東翻西找，找到一把夠大的屠刀，然後對所有人宣布她準備把刀刺進自己心臟。她想了想，決定不要爲這兩個糟糕的孩子自殺，反正他們也不懂她這份苦心，她逼我們發誓絕不向阿維姨丈提起今天發生的事，要是姨丈發現這件事，肯定會宰了她。麗娜阿姨越說越沒意思，她見露莉已經燙直了頭髮，就給露莉一點錢，讓她去歐爾

納（Orna）電影院看新上映的克里夫．李察電影。

阿姨疲憊不堪地坐在流理臺上，吃了一塊閃亮亮的珊瑚色榲桲糖，難過地對我們說：「怎麼會這樣？我到底做錯了什麼，爲什麼會發生這種事？有時候我告訴自己，事情不可能比現在更糟了……結果呢？我回家居然看到我女兒拆鄰居的紗窗當成菸在抽，還闖進學校辦公室僞造文書，這事要是讓阿維知道了，他肯定會拿斧頭來砍我們。《布爾達》雜誌怎麼都沒寫到這種事情？我眞不曉得那個女兒還要用什麼法子整我。」

隔天，露莉成了基督教徒。當時是逾越節連假的第二天，她感到百無聊賴，於是就成了基督教徒。她當然宣稱這是深及靈魂的抉擇，她從以前就一直對基督教的慈善事業很感興趣，而且非常認同耶穌，但我們都知道她不過是覺得春天來了，白己閒著也是閒著，所以才沒事找事做。最先發現露莉是基督教徒的，是羅尼，但是我現在一想，露莉床頭掛了大大的十字架，她似乎沒有要隱藏此事的意思。

「啊丟！十字架？十字架?!」我們把要去果園的原因告訴姆瑪時，她驚駭地說。

「對啊，是十字架！」我喜孜孜地說。「羅尼要帶我們去果園把它燒掉，還要把克里夫．李察的照片也都燒掉。」我接著描述表哥計畫的這場「歡樂大屠殺」，說這麼一來我們就能同時解決耶穌和克里夫了。（比起這兩號人物，羅尼更喜歡貓王（Elvis），而我和邦尼一直很欽佩這個壞表哥，對他唯命是從。）

「你們不准燒十字架，聽到沒有?!」姆瑪高呼。「小流氓，給我過來！」

然而爲時已晚，我和邦尼已經全速奔向果園，果園裡不時冒出火光，比較虔誠的鄰居正在燒發酵食品[75]。鄰居看到拉茲（Raz）家和霍華夫家向來不遵循宗教傳統的三個孩子在果園裡點火，感到相當驚訝，當他們發現我們帶著十字架來，而且火堆不是用來燒麵包時，更是驚訝無比。最令他們不解的是，我還帶了馬鈴薯來烤，羅尼爲了滅火直接朝馬鈴薯撒了泡尿，我和邦尼卻傻傻地把馬鈴薯吃了。

結果可想而知，露莉和麗娜阿姨氣得七竅生煙，露莉突然很認同胡格諾派（Huguenots）基督教徒和被迫害的新教徒。（「信猶太教有什麼不好？」姆瑪問她，得到的答案卻是「大衛之星已經過氣了。」）麗娜阿姨努力安慰她：「別難過，下星期默謝就要出國，我們請他幫妳買克里夫最新的唱片回來。我們這星期六就去伯利恆買新的十字架，最近流行紫色十字架，說不定妳可以買紫色的回來。」

我和邦尼感到有點愧疚——但這不是因爲我們燒了耶穌基督，是因爲我們惹麗娜阿姨生氣了。阿姨的女兒改信基督教就算了，我們兩個身爲外甥，怎麼可以變成猶太教原教旨主義者[76]，給人家添麻煩呢？我們沒愧疚多久，母親就說麗娜阿姨已經消氣了。麗娜阿姨依舊樂觀，她愉快地點頭說：「我只要有榲桲糖、毛線和《布爾達》雜誌，就沒事了！」

「孩子們，你們要知道，」我母親說。「你們阿姨可是在獨立戰爭時站在裝甲車裡穿過巴布埃瓦德[77]，那時候山丘上有狙擊手朝她開槍，而且她當時懷孕九個月呢！所以在她看來，你們跟羅尼——甚至是露莉跟耶穌——都不算什麼。」

「巴布埃瓦德！裝甲車！」我們聽母親提起沒聽過的故事，就立刻要求麗娜阿姨和母親說故事給我們聽，而體內流淌著資本主義者之血的麗娜阿姨趁機討價還價，叫我和邦尼爲故事付出代價：兩塊榅桲糖。我們毫不猶豫地答應了，反正羅尼會偷拿她的糖果，我們再用菸蒂和羅尼交易就行了（他最討厭榅桲）。

「當時以色列獨立戰爭還沒打完，」麗娜阿姨開始說故事。「卓拉和母親被困在耶路撒冷，我跟阿維被困在特拉維夫。一開始，我們覺得自己很幸運，因爲我懷了身孕，已經快到產期了，可是我母親和姊姊沒麵包吃、沒水喝，還得整天在槍林彈雨中求活，我怎麼能自己待在特拉維夫？所以我就對阿維說，不管怎麼樣，我一定要去耶路撒冷。」

「你們阿姨居然搭最後一輛突破包圍的裝甲車，進到了耶路撒冷。」母親接著說。

「瘋女人。」姆瑪現在回想起來，還是很氣。「你們知道她從特拉維夫大老遠跑來被包圍的耶路撒冷，帶了什麼東西嗎？你們一定會猜是食物或其他物資吧？錯！她帶了棒針！」

「那當然，」麗娜阿姨毫不否認。「我想說耶路撒冷被圍攻，我們沒什麼事情可以做，就乾脆來織點小東西。」

「坐裝甲車感覺怎麼樣？」邦尼問。「他們有沒有對妳開槍？」

「有啊！太沒禮貌了。而且搭裝甲車眞的很不舒服，我的Fiat 500比它好一千倍。我那時候站在裝甲車裡，一路開過卡斯特（Castel）……」

「爲什麼要用站的？」我插嘴問。「妳不是懷孕嗎？」

「對啊。那時候英軍會仔細檢查每一輛車，確保我們只帶了食物，沒有帶武器，但我們知道他們都是紳士，不會找孕婦的麻煩，所以我剛好能在身上偷帶武器。那種感覺太棒了！我在《布爾達》裡頭都沒看過那樣的連身裙，《布爾達》可是什麼樣的衣服都有呢……」

「他們把你們阿姨做成詭雷[78]了。」母親解釋道。「帕爾瑪赫的人在她身上纏了好幾圈斯登衝鋒槍彈鏈，每一條都有三十二顆子彈……」

「他們還在我的內衣裡塞了手榴彈！」麗娜阿姨越說越開心，我和邦尼越聽越驚恐。「還把火藥塞進我的鞋子。我身上纏滿斯登彈鏈，想坐也坐不下來，只能一路站著。其實這也不算太糟，可是我們到卡斯特的時候遭到攻擊，車隊卡在路上動彈不得，我們都得下車躲在路邊的水溝裡，等其他人把一臺燒起來的裝甲車挪開。所有帕爾瑪赫戰士都趴在水溝裡，只有我一個人站著，因爲我挺著大肚子又纏了那麼多彈鏈，根本沒辦法坐下來或趴下來。英軍也來了，他們雖然很紳士，但他們一直在我們之間走來走去，確保我們不對阿拉伯軍開火。」

「那時候敵軍一直朝我們這邊射擊，大家

都趴在地上，連英軍也趴在地上，只有我像普斯特瑪一樣站得直挺挺的。我還記得一個胡達（Hulda）來的小伙子對我小聲說：『太太，快趴下來，妳現在整個人都是詭雷，要是被子彈打中我們全都會被炸飛到耶路撒冷去。』他還真是厚臉皮，當初不就是他們把我弄成詭雷的嗎！可是我也不能說什麼，只能看著他微笑。」

我和邦尼看著麗娜阿姨，怎麼也笑不出來。我們的阿姨這麼酷、這麼勇敢、這麼幽默，怎麼沒罵那個說話不經大腦的年輕人呢？平常有人譏嘲她，她總是能一針見血地回嘴，她連姆瑪也敢罵呢！我終於平復了心情，問她：「麗娜阿姨，妳怎麼沒對他說什麼？妳那時候很害怕嗎？」

「我？」麗娜阿姨震驚地說。「我怎麼會害怕？怎麼可能！我只怕蟑螂。我之所以不說話，是因爲我不能說話，我的嘴巴塞滿了……」

「塞滿食物？」我問道。

「小吉利，別說笑了，我們那時候哪來的食物？我身上除了斯登彈鏈和手榴彈以外，嘴巴裡還塞了滿滿的魯格手槍子彈。」

「居然在嘴裡塞手槍的子彈！」我父親欽佩不已。「太聰明了。可惜姆瑪沒跟妳一起搭裝甲車，她那張嘴絕對連砲彈都塞得下！」

譯註：

73 桃樂絲．黛（Doris Day），美國歌手與演員。

74 阿布阿傑拉（Abu Ageila），把頭髮纏在頭上，將頭髮拉直。

75 發酵食品（hametz），又譯作chametz，指五穀製成的發酵食品。根據猶太教規定，猶太人在逾越節期間不得食用或持有發酵食品，也不得透過發酵食品獲益。

76 原教旨主義者（fundamentalist），指嚴格遵守、信仰原初信仰的人。

77 巴布埃瓦德（Bab el-Wad），阿拉伯語「山谷之門」的意思，希伯來名稱Sha' ar HaGai同樣有「山谷之門」之意，指以色列1號公路開始在峽谷中爬升之處。

78 詭雷（booby-rapped），一種軍事陷阱，通常用於撤退或游擊戰時。

RECIPE

15

榲桲糖

其實它比較像是果醬——把厚厚一層榲桲果醬塗在烤盤上，等它凝固後切成一塊一塊菱形。這種糖的顏色和味道都很棒，而且因爲糖含量高，就算在冰箱裡放好幾個月都不成問題。

材料

約1800公克新鮮榲桲
8杯糖
1杯新鮮檸檬汁
1杯水
3粒完整的丁子香
搗碎的無糖椰絲（非必要）

做法

1. 充分刷洗榲桲，刮除所有的硬毛。（建議買較大的黃色榲桲，這種表面很光滑，沒有硬毛，可以省下刷洗的功夫。）連皮切成大塊，將果子中心與種子放置一邊。
2. 將榲桲塊（不含果心）蒸煮半個小時，直到它軟化。
3. 將果心、糖、檸檬汁、水與丁子香放入湯鍋煮15分鐘，偶爾攪拌。

RECIPE

15

榅桲糖

4. 挑出並棄置榅桲果心與丁子香，過濾剩餘的糖漿，確保其中沒有榅桲種子。將糖漿與蒸煮過的榅桲塊放入食物攪切機，裝上攪切機的鋼刃，混合食材攪成滑順的糊狀。
5. 將榅桲與糖漿糊倒入寬鍋，煮至沸騰。（注意：煮沸過程中易產生大氣泡，小心別被濺到或燙傷。）將火調小，半蓋鍋（以免瓦斯爐噴得到處都是糖漿），燉煮約45分鐘，每5分鐘充分攪拌一次，直到混合糖漿變得十分濃稠。
6. 將混合糖漿倒入長方形的大烤盤，用刀或鍋鏟鋪平，厚度應該介於1.5公分與3公分之間，請不要做得太厚。
7. 在陰涼處靜置一晚，不要用保鮮膜包覆烤盤，但要小心昆蟲、貓、小孩或可能擾動、偷吃或黏在烤盤上的動物或物品。
8. 將乾掉的糖切成小塊菱形，從烤盤上取下來（乾掉的糖應該很輕鬆就能取下了）。你可以將榅桲糖放進碎椰絲滾一滾，用椰絲裹住表面。放入可密封的容器，冷藏保存。

【遊手好閒之王與一無所有之王】

在還沒有柔軟精的年代，我們的衣服都帶有陽光的氣味，將陽光的味道留在布料上並不簡單，但姆瑪就是這方面的專家。愛伊莎把我們的衣服、床單、毛巾和手帕放在浴缸裡洗乾淨後（那個年代哪有人家裡有洗衣機的？），姆瑪和愛伊莎會把這些全都擰乾，裝在洗衣盆裡帶到廚房陽臺，接著姆瑪會像體操特技演員一樣伸長身體，全身幾乎有四分之三伸到欄杆外，將洗好的衣服掛在曬衣繩上。我負責把曬衣夾一一遞給她，還有確保她不摔進花園，把玫瑰花叢壓扁。

一天後收回屋內的衣服會和紙板一樣硬，帶有陽光與風的芳香。有時候衣服上會有鳥大便，但這也表示我們的衣服眞的在戶外曬過太陽，而且我喜歡看姆瑪生鳥兒的氣，罵牠們不知好歹。「我還眞不懂，這些鳥怎麼能在我的床單上便便？」她氣呼呼地說。「這麼沒教養的鳥，是誰教出來的?!牠們難道都忘了，是我們每天餵牠們吃麵包嗎？庫迪洛，沒關係，牠們會後悔的，世界之主把這一切都看在眼裡，祂會爲我報仇的。」

一堆洗得雪白的衣服堆在走廊的沙發上，我和姆瑪坐下來摺衣服，我們還有摺被單的儀式：首先，我們全力拉開被單的四個角，姆瑪抓住兩個角，我抓住另外兩個角。「你要緊緊抓住它，想像自己一鬆手就會沒命。」她告訴我。說完，她突然以迅捷無比的動作上下甩動被單，力氣大到我覺得自己會被音爆衝飛。「不可以放開！」姆瑪罵道。「假裝下面有鱷魚，你放開被子就會被鱷魚吃掉。」

完成數次「被單爆」之後，我們開始摺衣服，被單分開摺，毛巾分開摺，手帕也分開摺。（我試著用手帕產生音爆但失敗了，這種時候姆瑪會一臉不滿地看著我，對我母親說：「卓爾，我早就告訴過妳了，這孩子天生有缺陷。」）我們接著把內褲、內衣、束腹、襯衣、上衣、褲子和襪子堆成一疊疊小塔，送進各自的衣櫃。

姆瑪爲了不讓我閒著，幫我找了很多家中的工作，其中我最喜歡的就是摺衣服。如果她肯讓我燙衣服，我當然也很樂意（即使到了今天，我還是覺得燙衣服是一種享受），但姆瑪說什麼都不讓我靠近熨斗，就連沒在使用時我也不准碰它。「我認識一個小男孩，他就是玩熨斗玩到眼睛瞎掉。」她聲稱。回歸正題，我和姆瑪每星期會在走廊上的沙發摺兩次衣服，一次大約半個小時，我可以邊摺邊聽她說本錫安外公的故事，這是我們一年之中十個月的慣例。

之所以只有十個月，是因爲在兩個月的暑假期間，我和哥哥的行程跟平常完全不一樣。暑假期間我不必摺衣服，邦尼不再去音樂學校學曼陀林，我們能一同展開刺激的新生活。我們暑假可沒閒著，在這兩個月，我們時時刻刻想辦法討生活。

至於我們爲什麼得賺錢養活自己，其實有個好笑的緣由。我們父母平常給我們不少錢（這是因爲我父親不瞭解當時的物價，他以爲坐公車要花五十阿高洛，但實際上只要十七阿高洛），我們其實能天天買名貴的棒巴（Bomba）兩根式冰棒、冰淇淋夾心餅乾、登波（Tempo）汽水，甚至是冰淇淋甜筒，可是我們卻愚蠢地要求父母給我們固定的零用錢——這，就是災難的開端。

「這樣你們拿到的錢會比較少，你們難道不曉得嗎？」信奉資本主義的母親聽了我們的提議，震驚地問。「你們本來可以要拿多少就拿多少，爲什麼要改成一個星期拿兩塊半里拉？這哪裡好了?!」但我和邦尼聽不進去，我們只想到在每週發零用錢那天，兄弟倆加起來會有整整五里拉。我們堅稱自己有權利領零用錢，我們所有的朋友都有領零用錢，而且這很有教育意義。「教育意義？我來讓他們見識什麼叫眞正的教育。」母親對麗娜阿姨說。她給了我們零用錢，然後立

刻坐下來和我們玩撲克牌。

她在一個半小時後大功告成，我和邦尼不僅手上一毛錢也不剩，甚至欠了一屁股債。麗娜阿姨叫我母親別那麼殘忍，但我母親拒絕聽妹妹的責備，她取出剛才一直藏在內衣裡的紅心A，鄭重宣布：「人必須爲愚蠢付出代價。」

爲了償還債款和解除破產狀態，我和邦尼不得不想辦法賺錢，但賺錢實在不容易。我們有早上的「祕密工作」，但收入不高，而且我不能隨便把祕密寫下來。我們絞盡腦汁找其他工作機會，希望能用更有組織的方式賺錢，我們遵照家庭傳統請父母爲我們安排廣播局的暑期打工，卻被母親拒絕了。「我再帶你們去上班，鐵定會立刻被開除。」她說。父親也表示，我們上次幾乎把他的秘書搞瘋了，他不可能再讓我們踏進辦公室。

我們試著據理力爭，說他小時候也在他父親手邊打工——當時他專門在祖父抄寫的《妥拉》卷軸上，爲某些字母加上裝飾性的線，他用這個方法賺了不少錢，甚至買了一臺二手腳踏車，從此成了布卡里姆社區的風雲人物。然而長大後的父親不吃這一套。「以前跟現在不一樣。」他說，反正就是不讓我們加入廣播局祕密員工的行列。

麗娜阿姨倒是很樂意給我們工作。「打工？那太棒了！」她開心地說。「我們家藥局剛好缺人手，小吉利，你明天開始跟我一起上班，可是你別跟阿維說，他要是發現了我們兩個都要遭殃！」就這樣，我成了麗娜阿姨和阿維姨丈藥局的祕密員工，每次阿維姨丈出現，我都會躲進庫房。我主要是擔任麗娜阿姨的私人助理，還有天天陪她去布朗德海姆節食餐廳（Blondheim's dietetic restaurant），因爲阿姨總是在節食。這份工作我只做了一星期，阿維姨丈就發現我在領他們家藥局的薪水，當場把我開除了（他居然給了我遣散費），我再次成爲無業者，只剩我不能透露的晨間祕密工作。

「唉呀，這不是遊手好閒之王跟一無所有之王嗎？」暑假漫長的早晨，我和邦尼在家中晃來晃去時，姆瑪酸溜溜地說。「你們不工作嗎？不去賺幾個阿高洛回來嗎？你們看看雜貨店老闆的兒子，他背了好幾箱商品到處送貨呢！還有蔬果店老闆的兒子，他整天坐在店裡邊剝洋蔥邊哭，還有雷夫太太的孫女，她已經洗地板洗了兩個星期！只有你們兩個，整天沒事做。門都會依著鉸鏈轉動了，只有懶人成天躺在床上，只懂得翻身！」

我們被姆瑪迎面襲來的攻擊嚇得半死（怎麼那麼多驚嘆號！），而且又不想被抓去做家裡的雜事，只好甩脫早晨的瞌睡蟲，逃到果園討論作戰方針。我們談了沒多久，邦尼表示他想繼續揮霍無度，天天吃冰棒、汽水和冰淇淋甜筒，就不得不加入我的事業。

說來奇怪，我雖然是脾氣暴躁、從小被寵壞的弟弟，卻天生有資本主義的精神，所以我年僅八歲就在梅夫約朗街做起了洗車的生意，而且生意興隆。無論是假期或上學期間，我每週都會帶著水桶、一罐阿瑪（Ama）肥皂、抹布和報紙，去清洗達斯卡先生的藍色福特Escort或亞阿里

(Ya'ari)太太的白色Fiat 600，有時候甚至會幫索保(Sobol)先生洗他家巨大的美國車。我洗車的費用一次兩里拉二十五阿高洛，我每次拿到錢都覺得很驚訝，他們怎麼願意花這麼多錢請我去洗車？(有時候達斯卡先生還會給我巧克力。)

邦尼決定來當我的行銷經理，他負責擴展顧客群，我負責洗車，最後的收益我們五五分，在我看來這非常合理。(後來母親得知我們的合作條件，把邦尼狠狠訓了一頓，然後對我父親說：「默謝，你說得對，老么確實有點傻。他沒得選了，這小子以後只能做學術，不然不可能活得下去。」)

我和邦尼才剛開始合作，就發現擴展顧客群沒我們想像中簡單。舉例而言，達斯卡太太拒絕讓我們靠近她那臺搖搖晃晃的雪鐵龍(Citroen) 2CV，主要是因爲我們時常嘲笑那臺車，還跟她說父親都笑她開縫紉機出門。希寧(Sheinin)先生說他都在外出工作時洗他的寶獅(Peugeot)。我偷偷在阿維姨丈的藥局工作被抓到後，我們不敢問他需不需要洗車服務，茲維的父母沒有車，所以邦尼也只能一直對茲維施壓(「你們家也該買車了吧。」)算是一種長期投資。

我們當然也可以洗麗娜阿姨的紅色Fiat 500，但這太沒挑戰性了。麗娜阿姨的車壓根沒比我的水桶大多少，而且我們每次對阿姨說要洗車賺錢，她都興奮不已地說：「你們好乖啊！卓拉我告訴妳，妳家兩個兒子是小天使，看到他們，我就會想到以前的自己——我以前不是在美國當管家嗎？對了，洗一次多少錢？」

「兩里拉又二十五阿高洛。」我才剛說完，就被邦尼用手肘狠撞了肋骨一下。

「三里拉，」他對阿姨露出天使般的微笑。「這是給妳的特價。」

「達斯卡先生還會給我吃巧克力。」我跟著說，越說越覺得自己是奸商。

「三里拉？」麗娜阿姨十分震驚。「這不行，我給你們五里拉好了，這才像樣嘛。來，小天使，這個給你們。還有啊，小吉利……」

「嗯？」

「其實……其實你們不用幫我洗車，我的車很乾淨，我昨天在城裡洗過了，但重點是你們有這個意願，我非常感動。如果我的車現在很髒，那你們一定能幫大忙。」

重點是，麗娜阿姨爲我們工作的意願感動不

已，她自己的孩子讓她相當頭疼，和她家總是勉強升上下一年級的孩子相比，我和邦尼很有教養（換言之就是馴化得很成功）、有禮貌，而且成績優異，簡直是完美寶寶。阿姨不認爲大人應該強迫小孩工作，光是我們到現在還沒變成殺人犯這點，就足夠令她欣慰了。

麗娜阿姨欣慰，不代表姆瑪也會感到欣慰。麗娜阿姨只求孩子不要變成殺人犯，姆瑪卻認爲沒變成王子的小孩都是失敗品，而且在姆瑪眼中，我和邦尼是一對不負責任、貪得無厭的遊手好閒之徒，打從一出生就懶惰成性。（她會這麼想，是因爲她不知道我們有早上

的祕密工作。）她實在受不了我們在她耳邊嘮嘮叨叨，央求她派我們去雜貨店買東西。（我們家有條不變的法則：去雜貨店買東西的人就能把找回來的錢留著自己用）「我早上已經打電話把我要買的東西告訴雜貨店老闆了。」她都用這句話打發我們。

「那不然我來檢查煮湯用的扁豆，妳給我五毛里拉好不好？」我提出可稱作邪惡罪孽的合作要求。

「啊丟，你瘋了嗎？我用五毛里拉，還請不到比你更好的僕人嗎？好了，快去外頭玩，或是去當你哥哥的奴隸，我不管，反正別來煩我就是了。」

「可是姆瑪，」我哀求道。「我們想去看斯瑪達電影院今天早上要播的電影，一張票要五毛里拉，我們沒錢啊！」

「你要看什麼電影？」

「它是說有一隻大章魚，專門吃潛水員。」我害怕地回答。老實說，我有點不敢看那部電影，邦尼口口聲聲發誓每個看過那部電影的人都會嚇哭。

「你怎麼不待在家裡看書？眞想賺錢，我給你一些亞爾的繃帶，你幫我摺。」我當然不可能這麼做，因爲姆瑪作爲亞爾的義工必須把所有空閒時間用來摺數以萬計的繃帶，而且以她對經濟的看法，我從現在一直摺繃帶，摺到暑假結束才賺得到五毛里拉（姆瑪的金錢觀一直停留在過去，她從不考慮過去到現在三十年的通貨膨脹）。

「我不可以摺繃帶，」我告訴姆瑪。「我已經有洗車的工作了！」

「那就去洗你父母的車啊！」姆瑪不高興地說。她無法理解鞋匠爲何赤腳走路——換句話說，她無法理解爲什麼我和邦尼到處幫人洗車賺錢，我們父母的紅色Prinz 1200卻髒兮兮地停在外頭，無人理睬。

我看著姆瑪，怎麼也無法說出這個祕密，因爲有些祕密就是不能說出去，例如：一個月前，母親情緒激動地從辦公室打電話回家。「孩子們，」她焦急地說。「我現在要開車回家，你們拿我的紅色口紅，在樓下等我——別忘了，是放在廁所裡的紅色口紅——拿了就到樓下等我回家。我們得在你們父親回來前解決這件事，不然他很可能會宰了我。」

我和邦尼臉色蒼白、驚疑不定地在路邊等母親回來，不斷顫抖的手裡握著紅色口紅。母親開著Prinz回到家門口，速度和平時一樣是「驚人」的時速二十公里，試了三四次之後終於將車「緊挨著」院門停好——換言之，她下車後只須走一小段路就到人行道了（而且這時候路邊沒有其他的車）。嗯，還是面對現實吧：我母親的開車技術極差。她上了六十五堂駕訓課，考到第四次才拿到駕照，而且她總是告訴我們：「我都很慢很慢地開在最右線，其他人超車又怎樣？超就超，我才不管呢。」

現在，她一臉緊張地下了她和父親共用的車，左顧右盼後說：「你們有沒有帶口紅下來？」

「發生什麼事了嗎？」邦尼把口紅遞給母親時問道。母親默默指向車子前端，靠近頭燈的位置，那裡多了一條不算太長的白色刮痕。

「不是我的錯，」她爲自己辯解。「我在俄國大院停車，那邊突然出現一道以前沒有的牆，害車子刮傷了。要是你們父親發現我把他的車刮壞，我就完蛋了，你們就得看自己母親被父親宰掉了。小吉利，你怎麼哭了？」

我還能說什麼？我才不想過沒有母親的生活，也不想長途跋涉，去沙塔監獄（Shata Prison）探望爲了一臺車成爲殺人凶手的父親。幸好母親在這時恢復鎮定，說：「不過，我覺得塗上一點口紅，就不會有人注意到刮痕了。」她一面說，一面將紅色口紅塗在白色刮痕上，多少掩飾了擋泥板有刮痕的事實。「你們聽好了，」母親又說。「在你們父親出遠門，我們有時間去修車之前，我們絕對不能洗車。你們兩個每天早上要輪流下樓，用口紅把刮痕塗掉。」

「我們一定會被爸爸抓到。」邦尼說。

「趁他刮鬍子的時候下來，就不會被他抓到了。」

「可是他都很早起床刮鬍子耶。」我說。

「你們不幫我，我就會被他宰掉。」母親十分肯定。

「眞的很早很早耶。」我又說。一個母親再怎麼努力嚇唬九歲小孩，效果還是有限的。

「我每天給你們各二十五阿高洛，你們就把這當作早上的工作吧。」母親說。「這是你們的祕密工作。」

於是，在父親出國、母親開車去補漆之前，

我們有了祕密工作。母親很驚訝我這個愛打小報告的呆頭鵝能一直保守祕密，但我的確都守口如瓶（倒是邦尼立刻就跑去告訴父親，父親用每天給我們各二十五阿高洛的代價，換來我和邦尼的承諾：我們不會讓母親知道他知道這件事。所以我們其實同時接了兩份祕密工作）。

結果母親發現補漆的價格頗貴，而且現在也不流行那種紫紅色了，她當機立斷，決定買一臺顏色更配她鞋子和包包的新車。姆瑪非常驚恐，不過我母親提醒她：「買新車又不是什麼遙不可及的白日夢，我跟默謝的第一臺車可是賣集郵冊的錢買來的。」

「妳要是賣了妳那些羊毛衫，」姆瑪諷刺地說。「就能再買一棟房子了。」

新車和前一臺車一樣是Prinz 1200，只不過它是米黃色。我們去機場接父親時，母親狡猾地告訴我們：「我們不要跟他說我買了新車，就說我們把原本那臺漆成米黃色了。」

「可是椅子不一樣。」邦尼說。

「而且以前的保險桿是銀色，現在這臺是黑色的。」我也說。

「就跟他說我們換了車內裝潢，店家順邊幫我們換了保險桿。」母親說。一想到命運給了她愚弄丈夫的良機，她就越來越高興。

「而且新車的方向盤是木頭做的，」邦尼說。

「以前那臺是塑膠做的。」

「我們跟他說是店家免費換的。」

「新車的儀錶板上面沒有會點頭的狗狗。」我接著說。

「啊，他出來了！」母親高呼一聲，視線落在剛走進入境大廳的丈夫身上。「我都忘了他皮膚有這麼黑。你們兩個給我記住，不可以把祕密說出去！」

「爸爸！」我們跑過去迎接他。「你有沒有給我們買禮物？」

父親抱了抱邦尼，親了親我們母親，把我拉進懷抱。「我們現在開始騙他嗎？」我問母親和哥哥。「現在嗎？」

RECIPE

16

扁豆湯

也可以用橘色扁豆做扁豆湯，可是這樣做只會讓自己失望，因爲扁豆煮過以後會失去原本鮮豔的顏色，變成不好看的褐色。一開始就用褐色扁豆比較好，褐色的扁豆比較有味道，口感也比較好，而且它們一開始就長得很醜了。

材料

2大顆洋蔥、6大匙橄欖油、4瓣蒜頭(切碎)
10根芹菜莖與葉子(莖切碎，葉片先放置一旁)
2杯褐色扁豆、2杯雞肉高湯(當然是用雞湯粉做的那種)
6杯沸水、適量鹽與現磨黑胡椒
搭配食用的麵包與菲達起司

做法

1. 將洋蔥切碎，用橄欖油炒香。
2. 洋蔥呈金褐色(還沒變透明)時，將蒜與芹菜莖放入鍋中，翻炒約1分鐘。
3. 放入扁豆、芹菜葉、鹽、黑胡椒、高湯與水，煮至沸騰。
4. 將火調小，蓋鍋燜煮半小時，直到扁豆變軟且豆瓣分離。必要時可加入更多沸水。
5. 搭配麵包與菲達起司上菜。

【爸爸跳倫巴舞】

「我打算買下本·耶胡達街，」麗娜阿姨告訴我們。「到時候整條街都是我的，我要蓋一間大藥局——我們可以開連鎖藥局。我的錢夠多，就算不夠卓拉也會借我錢。」我們對麗娜阿姨深信不疑，她確實該買下本·耶胡達街，畢竟它取了我們家族的名字，在我們看來它本來就是我們的街。我們圍坐在廚房的黃色餐桌旁吃小鬍子花生餅（Moustachedos），黏答答的餅乾屑都掉在毛衣上。麗娜阿姨繼續說明她的計畫：「我覺得蓋旅館不好，誰會特地去本·耶胡達街住旅館？那是商業街，等我買下那條街你們就知道了，整條街就只剩藥局——我告訴你們，我不只要一間，我要兩間，甚至是五間藥局。到時候整條大道都是藥局，全都歸阿維管！」

「神經病！」只有姆瑪不爲阿姨狂野的創業計畫所動。「哪有人玩大富翁還蓋藥局的?!妳要嘛蓋房子，要嘛蓋旅館，就這樣。輪到妳了，妳快點擲骰子，然後去把烤箱裡的小鬍子花生餅拿出來，餅乾要是變得跟妳姊姊老公一樣黑就不好了。」我們看著麗娜阿姨在黃色餐桌上擲骰子，又一次骰到雙六。這世界上，阿維姨丈比誰都愛她，我和邦尼覺得她是全宇宙最神奇的人，姆瑪覺得「你們阿姨要不是瘋瘋癲癲的，其實人還不錯」，母親說阿姨是她的另一半，而且很可能是好的那一半——而且不僅如此，她還受到幸運女神眷顧，動不動就能骰到兩個同樣的數字。

「世界之主啊！」姆瑪對我們家的老朋友抱

怨。「爲什麼那個查帕處拉總是能骰到兩個一樣的數字?!卓爾我告訴妳，她那個流氓兒子羅尼一定是給了她灌鉛的骰子，現在可好，她要買下本·耶胡達街，把房子和牆壁拆掉，開始蓋高塔和藥局跟其他有的沒的了。她老公眞可憐，當初娶她的時候還以爲自己賺到了，他都沒想到自己娶的是大希律王[79]。」

「那我父親娶的是誰？」我問道，因爲我感覺到姆瑪現在心情很棒——會對全世界噴火的那種棒。

「你父親娶的是提圖斯[80]。你看看她，每次你父親出遠門，你母親都會氣得像什麼一樣。本錫安從前還不是常常出遠門？他還比默謝更常出國呢！丈夫都是這樣，他們在廣大的世界裡到處遊歷，留我們在家裡管家事、付帳單，你母親每次都很生氣，但是相信我，你父親還是常常外出比較好，這樣他才不會在家裡礙事。」

母親斥道：「母親，妳眞的不知道我在氣什麼嗎？妳不知道他自己出遠門，我有多不好過嗎？」

「哪裡不好過了？妳倒是告訴我，妳哪裡不好過了？」姆瑪問。「他出國又如何？他出去看看世界之主造的世界，讓家裡清靜一些，那不是很好嗎？妳老公出去旅行，妳待在家裡，這有什麼大不了的？」

我母親一臉失望地看著姆瑪和我們其他人，她顯然認爲我們都是白痴，和我們說話就是浪費了她的聰明才智。「妳眞的不懂？」她苦悶地問。「妳眞的不瞭解我的痛苦？我不但不能去旅行，還得留在家裡啊！」

麗娜阿姨絲毫不以爲意，她還有更要緊的任務：買下本・耶胡達街，創建法老級的超大事業，而且她還有雙六的加持。阿姨拿起她的紫色棋子（如果不把紫色棋子讓給她，她就不肯加入遊戲，她堅稱「紫色是非常高雅的顏色，而且跟我現在織的這件外套很搭」），在大富翁棋盤上大剌剌地走來走去，最後在黃色的耶路撒冷本・耶胡達街那格停了下來。

麗娜阿姨已經買下雅法與喬治王街，現在是時候購入以我們家爲名的街道，開始創連鎖藥局——然而命運早已爲阿姨召喚了勁敵，這個人正是朵拉姑婆。姑婆今晚來我們家坐坐，陪我們玩大富翁、喝一兩杯琴通寧，看樣子還希望等等能帶一些小鬍子花生餅回家。她剛才踩著她的高跟鞋走過來，在黃色餐桌邊坐下時，迷你裙往上飄，露出八十歲高齡的雙腿；她今晚特別精力充沛。

「親愛的麗娜，妳怎麼能買下我傑出的父親的街道呢？」朵拉姑婆說。「那是我的土地，三回合前妳在坐牢，我就把它買下來了。」麗娜阿姨不信，於是朵拉姑婆將本・耶胡達街的卡片從內衣深處取出來（「她的內衣爲什麼要別鑽石胸針？」如果我父親在場，他可能會問。「你看人家內衣做什麼？」聽他這麼說，母親會這麼回嘴），朗聲說：「妳瞧，契據在我這裡。來，親愛的麗娜，把骰子給我，順便幫我拿一塊小鬍子餅，謝謝。」

「妳爲什麼非要本．耶胡達街不可？」麗娜阿姨問。

「我當然沒有非要它不可，」朵拉姑婆說。「我打算把它改名叫衣索比亞街——親愛的麗娜，妳不懂，我到現在還非常懷念父母過去的家，還有我和雅達、埃胡德還有本錫安小時候住的房子。我永遠忘不了那個星期五晚上，我父親站在陽臺上，對上天大喊。」

「我永遠忘不了，」姆瑪插嘴說。「妳父母每年贖罪日都坐在陽臺上吃午餐，拉比說的話他們都不聽[81]。」

「是啊，」朵拉姑婆啜著琴酒說。「我們在衣索比亞街過了好多幸福日子。我傑出的父親不會在贖罪日大叫，他只會坐在陽臺上吃飯，畢竟他多少還是個傳統的人。」

「那他什麼時候會大叫？」姆瑪問道。她老是愛和人唇槍舌戰。

「那天是星期五晚上，」朵拉姑婆神情悠遠地回憶道。「太陽開始下山了，屋子裡越來越黑，我母親就會點燈。這時候，我們突然聽到我父親在書房裡大叫：『災難啊！發生大災難了！』他患了肺結核，我們很擔心他咳血，所有人都趕快跑過去看。母親問他怎麼了，我傑出的父親回答：『我把一個字弄丟了！』他非常緊張。」

「要怎麼把字弄丟啊？」我問道。我本來就常常把眼鏡和手錶弄丟，現在我開始擔心自己連字都有可能搞丟了。

「親愛的小吉利，我來告訴你吧。我父親都把新的字詞寫在小張的紙片上，書房裡都是這些紙片——全希伯來文都鋪在他的書桌上。那時候希伯來文的詞彙沒有現在這麼多，而且我父親的書桌很大，放得下所有的字詞。」

「所以他坐在書桌前面，發現其中一張紙不見了嗎？」我問她。

「怎麼可能！」朵拉姑婆全身一抖。「我父親從來不坐在書桌前，只有懶人才會坐著工作，你不知道嗎？我父親有一張特別高的書桌，他日日夜夜站在書桌前寫他的字典，邊寫邊看我母親掛在對面牆上的小掛布，上面繡了這樣一段話：『日子苦短，工作不斷。』每次他要把一個新的詞介紹給大家，就會用羽毛筆把那個詞寫在一張紙上，然後繼續工作，有時候他會把紙放在口袋裡，有時候放在書桌上。那個星期五晚上，天色越來越黑，可是他怎麼都找不到其中一張紙，他氣得要命。」

「那你們怎麼辦？」邦尼問。

「我母親把家裡所有的提燈都拿到書房，再把所有的小孩叫過去，我們平常都不准進父親的書房，所以我們知道一定是發生了不得了的事件。我們每個小孩都拿到一盞提燈，開始在地板上爬來爬去找遺失的字，你們沒做過，不可能瞭解那種跟蝸牛一樣的感覺！我傑出的父親站在椅子上，母親幫他看口袋裡有沒有紙條，外套、背心、長褲的口袋都找過了，就是沒找到那個字。」

「最後是我找到那個字，那張紙掉進父親褲管的摺縫了，父親站在椅子上的時候我剛好看到。我把紙從褲子摺縫拿出來，我很高興，因爲我找到不只一個字，我找到兩個字了！可是，後來發生了悲劇。」

「啊丟！什麼悲劇？」姆瑪問她。「別害小孩

嚇到。」

「一場悲劇──一場災難。」朵拉姑婆愉快地高喊。（在她心目中，戲劇化的事情地位和琴通寧一樣高。）「我能萬分肯定地告訴你們，當時發生了一件驚人的事。」

「什麼事？」我們齊聲問。

「你們要先保證絕對不說出去，我再告訴你們。」朵拉姑婆說。「我已經六十年沒說出這麼驚人的祕密了，你們全都得幫我保密，我才要說。」

「我們都發誓會保密！」邦尼大喊。

「我用我傑出父親的命作擔保！」我跟著說。

「小吉利！」母親斥道。

「假如卓爾能幫我多倒一點琴酒，也許我的心就能承受說出祕密的重擔。」朵拉姑婆說。「你們看，你們看看我的心，它跳得好辛苦啊！」她邊說邊對著大家揮揮內衣上的胸針。我母親爽快地幫朵拉姑婆倒酒，她每幫姑婆倒一杯琴通寧，就給自己喝一小杯干邑白蘭地，一點也不吃虧。

「還有親愛的麗娜，」朵拉姑婆說。「把雅法街給我。」麗娜阿姨二話不說，將雅法街的卡片遞給朵拉姑婆。

「還有莉亞，妳能不能再從烤箱拿一些小鬍子花生餅出來，讓我帶回家分麥克斯吃？」朵拉姑婆想測試自己運氣的極限，但姆瑪不肯讓步。

「我才不會爲六十年前的祕密賣了我的小鬍子餅！」她怒聲說。「麗娜已經把雅法街送妳了，妳有什麼祕密，快點說出來！」

「好吧。」姑婆妥協了，她啜一口琴通寧。

「既然你們都發誓要幫我保密，我就能放下心頭的重擔了，這份重擔簡直像巨石，和西牆的石塊一樣大。這不僅是我的祕密，還是我父親的祕密，這六十年我一直死守祕密，就算到現在我也只能偷偷告訴你們。我跟你們說……」朵拉姑婆說著說著，又拿起一塊小鬍子花生餅，讓心臟與靈魂變得更堅強。然而這時候，我們聽見走上樓的腳步聲，我父親提著大行李箱打開家門，所有人異口同聲驚呼。

「默謝！」母親驚恐地喊道。「那是什麼鬼東西?!」

「要命啊！」姆瑪怒吼。「我當初就警告妳不要嫁給他，而且我說了不只兩次！」

「爸爸？」我語音顫抖地問。「是你嗎？」

只有麗娜阿姨帶著夢幻的表情看他，說：

「默謝，好棒喔！你看起來跟黑猩猩一模一樣！」

沒錯，我父親留了大鬍子。在海外，他耳邊少了姆瑪的抱怨和我母親的命令，身邊沒了整天拉著袖子煩他的小孩，他被一時的自由沖昏頭，誤以爲自己能決定自己的命運，毅然決然停止刮鬍子。

父親從以前就不喜歡刮鬍子，他嫌刮完鬍子抹的鬚後水讓他臉部刺痛。他有時爲了誘騙我和邦尼早起，會告訴我們：「你們早點起床，就可以看到我跳倫巴舞。」我們就會跑去廁所看他刮鬍子、洗臉，然後把大量歐仕派（Old Spice）鬚後水塗在臉上，開始在家中邊吼邊跳，像在跳某種好笑的民俗舞蹈。（「我還以爲他們只在葉門地毯上跳舞呢。」姆瑪總是指著父親，對我們說。

「你們看看你們父親，他跳來跳去的樣子簡直像跳祈雨舞的原住民！」）

再怎麼討厭刮鬍子、鬍後水用起來再怎麼不舒服，父親說到底還是個葉門裔猶太人，而且還是葉門裔葉克，所以他堅持每天早上刮鬍子，出門也一定會打領帶。（邦尼那個壞傢伙跟我說父親連睡覺都不會解下領帶，我還傻傻地信了。）但是到了國外，父親舉目望去都不見熟人，終於能解放自我、拋開社會與常規的拘束，甚至大膽地帶著滿臉大鬍子回家。他的大鬍子實在太嚇人，害朵拉姑婆把手裡的小鬍子花生餅弄掉了，姑婆還說：「就算是我傑出的父親，應該也想不到什麼字可以形容這麼恐怖的畫面。太可怕了！這是活生生的怪物！」

「好啦，卓拉，快讓我進去。」父親試著推開家門，母親卻用全身重量抵著門，不讓他進來。

「絕對不行。」母親斷言。「我不准你帶著臉上那東西進家門，我不想讓孩子心靈受創。」

「他們母親不讓父親進家門，」父親說。「這難道不會讓他們心靈受創嗎？」

「不會！」母親堅稱。她聽到我父親拿這兩件事做比較，似乎非常震驚。「當然不會。在這種情況下，我這是採取最合理的手段。你叫計程車司機載你去廣播局，你在那邊刮完鬍子才可以回來。」

「計程車已經開走了。」

「我不管，那不然你搭公車。」

「我身上沒有以色列的錢，怎麼搭公車？卓拉，妳快開門讓我進去。」

「我死都不讓你進來！」我母親戲劇化地高

喊。「一個月！你把我丟在家裡照顧這兩個野蠻小孩，一整個月，四個星期！然後呢？你現在終於想回家，還想帶這身毛回家?!默謝我告訴你，你別想進來，你給我走去你母親家刮鬍子，這副鬼樣子給你母親看就好，我不想看。」

我們其他人都擠在我母親背後，一齊點頭。我們當然很想念父親，恨不得跑過去抱他（還有看看他在免稅店幫我們買了什麼禮物），這當然是無庸置疑，但至少我是看不出這個可怕的大鬍子男人究竟是不是我父親。其實我已經習慣看到他旅行結束後疲憊地回家，他前一年被廣播局派去追蹤報導扎勒曼．夏扎爾（Zalman Shazar）總統出訪印度的新聞，結果被困在尼泊爾，整整兩個月後才能回來。因爲總統出訪印度的期間，第二次印巴戰爭（Second Indo-Pakistani War）爆發，夏扎爾總統被人匆匆護送回以色列，隨行的記者卻困在印度，後來才轉移到中立的尼泊爾，以馬亨德拉國王（King Mahendra）的賓客身分滯留在加德滿都，等到局勢稍微平息下來才有辦法離開。

可是戰爭打了五週，局勢一時平息不下來，印度人發誓要在一個小時內攻下拉合爾，巴基斯坦人聲稱喀什米爾地區只屬於他們，就連我母親也冷靜不下來。「你們父親要是以爲喀什米爾爆發戰爭，他就不用回家，那他就大錯特錯了。我難道不想去加德滿都王宮，在陽臺上曬太陽嗎？結果呢？我還得在家裡追著兩個臭小孩到處跑，而且這兩個臭小孩還不知道夏天沒有人在穿毛衣和聚酯纖維長褲的！我告訴你們，等他回來他就知道什麼叫眞正的戰爭了，到時候他還會想回印度避難呢！」

這段時間，父親把他遇上的恐怖故事寫在明信片上，希望能搏得母親的同情。舉例來說，他和其他記者從印度飛到尼泊爾時，所有人都坐在一架舊道格拉斯運輸機的地板上，每三個人共用一條安全帶。在半路，那架飛機不知爲何必須降到低空，從兩座山中間飛過去，父親這才駭然發現這架飛機連雷達或導航系統都沒有，所有人的性命都交在印度駕駛員手裡。

這時抗議已經太晚了（就連祈禱也失去了意義），但是當天花板一枚螺絲掉下來砸到我父親

的頭時，他還是決定將這件事告訴副駕駛。「別擔心，」那個印度人笑呵呵地邊說邊拍拍儀錶板。「這架道格拉斯已經爲我們飛了快二十年，它是我們獨立的時候英國人留下來的禮物。這傢伙從以前就一直掉螺絲了，可是它耐用得很，我們一次都沒修理過，它還不是飛得好好的？」

戰火熄滅後，廣播局通知記者家屬，說那群記者即將返家，飛機大約會在清晨六點鐘降落在盧德國際機場。廣播局的司機——優拿·優拿（Yonah Yonah）——凌晨四點鐘就開著寶獅404計程車來接我們，能在一大清早去機場接許

久不見的父親，我們都興奮不已，但最令人興奮的是母親袋子裡的十一顆水煮蛋。優拿．優拿非常愛吃水煮蛋，他上次載我們去機場接父親，就吃了整整八顆蛋，所以母親這次特地多準備了幾顆，我和邦尼滿心期待看到他吃超過十顆蛋——光是這件事，我們就能談論好幾個月。

到了盧德機場，我們發現父親的班機遲到了，甚至有可能不會抵達機場。母親把帶在身上的香菸抽完了，售貨服務臺又沒開；以前機場的入境區和其他區域只隔了一道可以挪動的路障，那天早上負責守在那裡的是個有著濃濃摩洛哥腔的年輕警察，我母親向他要了第三根菸後，他勸道：「太太，我覺得妳這麼常抽菸實在不太好，而且妳可能要管管妳的小孩。妳看，妳的小兒子正在對盆栽尿尿！」

五個小時後，班機無數次延遲和修正了抵達時間，我母親和優拿．優拿吵了兩次架（自從在開車來機場的路上把水煮蛋吃光後，優拿．優拿就一直很鬱悶），母親還差點和警察大打出手……我們突然看到父親了。他一臉倦容，臉上有鬍渣，但就連腦子不靈光、眼睛最不好的我也遠遠就看到他了。（其實要在人群中找到父親非常容易，反正他一定是膚色最黑的那個。）我開心地衝了過去，直接衝進禁區（我個子很小，能輕鬆鑽過路障）。母親對我大喊：「你給我現在回來，不然就別怪我不客氣！真是的，你沒看到旁邊有警察嗎?!小心他射死你！」早就被煩得一肚子火的年輕警察，這時卻一隻手搭著我母親的肩膀，溫和地說：「太太，那是孩子的父親嗎？」

「是啊。」我母親回答。「他父親就是沒在教孩子，孩子才會這麼不聽話，連警察的話也不聽……」

「小傢伙多久沒見到父親了？」警察繼續盤問。

「快兩個月了。」母親說。「小吉利，」她轉頭對忙著在行李推車之間竄來竄去，找滿臉鬍渣的父親的男孩大喊。「你現在給我回來，不然我就給你好看！」

「太太，」警察打斷她。「我代表以色列警察聲明：那孩子很久沒看到父親了，就讓他跑進去吧，沒關係的。」

但話又說回來，那時我父親臉上只有鬍渣，他現在卻滿臉大鬍子出現在我們面前，嚇得所有人魂飛魄散——不好意思，這就太超過了。他又試著闖進公寓，但母親用背部頂著家門，麗娜阿姨、邦尼、朵拉姑婆和我也幫忙推我母親，不讓父親進門。（這時候，姆瑪正忙著從烤箱取出更多小鬍子花生餅。）

「你去你母親家刮鬍子！」我母親重複道。

「那至少給我一片小鬍子餅，讓我路上吃嘛。」父親央求道，希望能儘量減少損失，卻被姆瑪一口回絕了。「老實說，」姆瑪說。「我怕小鬍子花生餅會卡在他的鬍子裡。叫他先去刮鬍子，我再給他吃餅乾。」

我們隔著緊閉的門聽到他放下行李箱，小聲咒罵，轉身走下樓。母親打開門上的小洞，我們全擠在門前，看著大鬍子男人走向院門。「孩子們，我告訴你們，」母親看著自己的丈夫撤退，唉聲嘆氣說。「有時候我眞覺得世界之主在考驗我。」

「祂是在考驗妳，」父親站在樓下大喊。「卻是在懲罰我。」

結果朵拉姑婆還是沒說出她驚人的祕密，我們所有人都很想知道這個祕密，而且看樣子姑婆也很想卸下六十年來壓在她心頭的重擔。「你們可以想見，」她說。「我們本·耶胡達家的小孩某種程度上都是父親的小白鼠，每次他想把一個新的詞介紹給大家，他就會把我們都叫進書房，把新詞解釋給我們聽，再派我們去街上散播知識。就這樣，我們吸收了越來越多字，希伯來語文也變得越來越複雜。」

「可是那天晚上，我在父親褲子的摺縫裡找到那張寫了兩個字的紙，其中一個字是希伯來文的『樂團』，一個是希伯來文的『旋律』。我們跟平常一樣上街，把新學到的兩個字介紹給從教堂出來，準備回家的路人。就算到了今天，我還是沒辦法原諒自己……」

「這有什麼不好的？」我們都很失望，我們早習慣朵拉姑婆的種種故事了，沒想到這則故事一點也不精采。「是因爲妳在路上跑來跑去嗎？朵拉姑婆，在路上跑步也沒那麼糟糕啊。」

「你們不懂嗎？我們把兩個字搞混了！我傑出的父親寫字典時，本來說『滿吉納』是樂團，

『提茲摩雷』是旋律，結果全耶路撒冷都跟我們學了錯誤的版本，把這兩個搞混了！等我們發現這件事，已經來不及了，大家都開始用錯的字，我父親只好把他自己寫的字典改成錯的，假裝他從一開始就想用『滿吉納』表示旋律，『提茲摩雷』表示樂團。這件事到現在已經六十年了，我還是沒辦法原諒自己。」

「眞的好慘。」麗娜阿姨表示同情。

「太慘了。」朵拉姑婆也說。「親愛的卓爾啊，妳看我這麼難過，能不能幫我多倒一些琴酒？」

「可是妳剛剛說妳父親站在陽臺上大叫耶，」我回憶起故事一開頭的細節。「他是不是想跟路上的人說那兩個字搞混了？」

「不是的，小吉利，那是另外一個故事了。」

「什麼故事？」我們異口同聲問，希望能用剛剛的小鬍子花生餅和琴酒（還有雅法街），換來更多故事。

「那其實是個很棒的故事，同樣是在一個星期五晚上發生的。那天晚上，我們都坐在衣索比亞街那間屋子的餐桌前，我們以前很窮，可是我母親總是會在桌上鋪桌布，我父親也總是會喝紅酒。那時候，我們突然聽到尖叫聲，我這輩子從來沒聽過那樣的尖叫聲。」

「啊丟！妳又在嚇小孩了?!」姆瑪氣呼呼地說。

「親愛的莉亞，我也不是故意的，誰叫那天的尖叫聲那麼淒厲呢？我們幾個小孩都從餐桌跑到陽臺，往街上看過去，你們知道我們看到了什麼嗎？有一個信教信得很虔誠的女人——那種很傳統很傳統，有時候會用石頭砸我們的人——穿著長裙、戴著假髮，正在我們家陽臺下生小孩！在戶外生小孩！」

「世界之主啊！」姆瑪驚恐地說。「她怎麼偏要去你們家陽臺下生小孩？」

「因爲啊，莉亞，我們家就像你們家一樣在先知街（HaNevi'im Street）上，要去羅斯柴爾德醫院（Rothschild Hospital）的人通常會經過我們家。那個超級正統派女人開始分娩的時候，本來想搭車去醫院，可是超級正統派猶太人都有點奇怪，那時候快到安息日了，她不想在安息日出門，所以她要走路去醫院，結果就在我們家陽臺下開始生小孩了。」

「我們都站在陽臺上看那個年輕女人，她跟其他超級正統派猶太人一樣，喜歡說意第緒語，她在那邊用意第緒語尖叫：『我的天啊！孩子，夠了！』我們都不知道該怎麼辦才好。」

「我後來跑進屋子裡，拉著我父親的上衣把他拉到陽臺，我到死都不會忘記，那時候我傑出的父親站在陽臺上，看著那個超級正統派的女人生小孩，對她說：『要叫也要用希伯來語叫！』他說完就回屋裡吃晚餐了。」

譯註：

79 大希律王（Herod），羅馬帝國猶太行省的從屬王，猶太歷史上最著名的建設者。

80 提圖斯（Titus），羅馬帝國弗拉維王朝第二任皇帝，他在終結猶太戰爭後摧毀耶路撒冷，因對付敵人的手段殘酷而曾被稱為「第二個尼祿」，但在位時受人愛戴。

81 猶太人在贖罪日須全日禁食。

RECIPE

17

小鬍子花生餅

這種西班牙裔猶太人的花生餅乾，是最簡單的小點心，它不需要太多原料，材料不貴、很有異國風味、所有原料都放在一個碗裡攪拌就好，而且烘烤的時間也不長。烤小鬍子花生餅的時候，不僅能做出令人垂涎三尺的甜點，整個家（甚至是整個社區）都會充滿誘人的甜香。

材料

約900公克去殼、無加鹽的花生（先剝除花生皮）

2大顆蛋、1杯糖

1/2小匙小豆蔻粉

做法

1. 烤箱預熱至180°C。將所有原料放入大碗，攪拌到每一粒花生都包了一層糖與蛋汁，閃閃發亮。
2. 將烤盤紙鋪在平烤盤上，把小團小團的混合食材放在烤盤上（一團約2小匙），每一團周圍都留一些空間。不必把混合食材壓平。
3. 烤到餅乾呈褐色，約25分鐘。
4. 從烤箱取出烤盤，等餅乾完全冷卻後，從烤盤紙上剝下餅乾，用可密封的罐子保存。

【法拉赫皇后的美容院】

「再讓我看到你偷吃那棵植物髒兮兮的葉子，我發誓，我就把你從樓梯丟下去！」姆瑪站在陽臺居高臨下地罵我。我像是隻戴了眼鏡的山羊——或是蝗蟲——喜歡啃仙人掌酸澀的三角形葉子[82]。「我做的燉肉你不吃——那個肉是麗娜買的，天曉得她爲了那塊肉花了多少錢——結果你跑出來啃植物?!」

「可是媽媽問過阿布拉莫夫醫生，醫生說我只要不把刺吃掉就沒關係。」我辯道。「他說我可能身體缺什麼營養，可以吃植物的葉子補回來。」

「偉大的醫生是這樣說的嗎？」姆瑪皺緊眉頭說。「庫迪洛我告訴你，我可憐的哥哥去世後，耶路撒冷就再也沒有有用的醫師了。」

「我對上帝跟《聖經》發誓，他就是這樣說的，他還說小孩最知道自己缺什麼營養，我們也知道要怎麼把營養補回來。他說他看過缺鈣的小孩吃牆壁上的油漆。」

「我的老天，我已經夠頭疼了，他還跟你說這些有的沒的？小孩怎麼可以吃牆上的漆？那我要不要幫醫生煮一點腦袋，給他補補腦？還有，你能不能跟我解釋一下，你那個瘋瘋癲癲的阿姨現在在做什麼？」

姆瑪憂心忡忡地望向陽臺下方，從剛剛到現在，麗娜阿姨一直開著紅色Fiat 500在花園外前進又後退。她往前開十公尺，停車，在座位上站起來，上半身探出車頂（她開了黑色敞篷蓋），又（繼續站著！）倒車十公尺，再停車，一直來來回回重複了好幾次。Fiat車小小的引擎歡快地答答作響，整條街都是引擎聲，淡藍色輕煙不停從排氣管冒出來，和平常一樣爬到樹上的邦尼正忙著為阿姨加油打氣。

「世界之主啊，」姆瑪全身一抖。「你阿姨該不會真的瘋了吧?!麗娜！麗——娜！！！」姆瑪站在陽臺上大喊，與此同時，麗娜阿姨又站著倒車十公尺，停了下來。

「什麼事？」麗娜阿姨氣喘吁吁地問自己母親，看上去似乎很興奮。

「妳到底在搞什麼鬼？」

「母親，我晚點再告訴妳，我現在很忙，沒時間說話！」

「我不要妳『晚點』或是『等下』再告訴我，」姆瑪氣呼呼地抓著欄杆，對阿姨大罵。「妳現在就告訴我，這樣妳等等被妳老公趕出家門，我才知道要怎麼跟憲兵隊解釋！」

「母親妳別這樣靠著欄杆，很危險的！我討厭看到妳做危險的事，妳又不是不知道。」麗娜阿姨邊說邊踩下油門，Fiat又往前開，我們這才發現她壓過了什麼東西。

「啊丟！你有沒有看到？她把路上一個黑色的東西壓扁了！」姆瑪驚呼。「說不定她家那隻噁心的母貓終於被輾死了。」

「她才沒有把母貓輾死！」攀在樹上的邦尼說。

「你是猴子嗎，快給我下來！」姆瑪命令他。「而且你不可以糾正我！」

「雪梨（Sydney）是公貓，」邦尼哀傷地糾正她。「而且牠上個月就被撞死了，我們那時候還把牠埋在花園裡的李樹下啊，妳忘記了嗎？」

「呸，別亂講話，你這樣說我哪敢再吃那棵樹長出來的李子？既然那個東西不是貓，那麗娜輾過的到底是什麼?!麗——娜！！！快把那臺爛車的引擎關掉，現在告訴我妳到底在做什麼！」

「唉，母親，別吵我！」麗娜阿姨哀聲說。「我正在專心做事，妳沒看到嗎？」

「專心做什麼事？還有，妳不准頂嘴！」

「我在把伊塔瑪爾的鞋子壓平。」

「什麼?!」姆瑪又問，可是麗娜阿姨忙著邊倒車輾過鞋子邊避開剛買菜回來的費雪太太，邦尼覺得自己受到了冒犯，像貓頭鷹似地蜷縮在樹上不理姆瑪，我只能盡我所能向姆瑪解釋事情原委。麗娜阿姨的大兒子——大伊塔瑪爾——加入戈蘭尼旅[83]，但他分配到的軍靴太硬了不好穿，麗娜阿姨用汽車輾壓它就是爲了把鞋子壓軟一些，用Fiat是因爲阿維姨丈的美國車太重了。

姆瑪怎麼也不信。「這個馬塔德拉生了三個小流氓，你母親把你跟你哥哥養成了小乞丐，你哥哥整天不上學就往街上跑，以後一定會變成賭徒，你不學法文、不懂《妥拉》，你母親一個星期沒幫你洗頭、一年沒帶你去剪頭髮了——這些還不夠嗎？她們還要在街上開車輾鞋子？世界之主啊，我到底犯了什麼錯，祢爲什麼要派兩個瘋子來當我的女兒？我看到的瘋子還不夠多嗎？」

姆瑪打從心底擔心我們以後沒出息，邦尼長大後成爲賭徒就算了，她還怕我這個沒受過多少教育、滿頭亂髮的孩子以後找不到工作，只能到河邊賣二手書。她爲此十分擔憂，不過她擔心的不是我以後收入微薄，而是耶路撒冷沒有河，也就沒有地方給我賣二手書。「你看，你看看那個瘋女人，開車居然不看前面！」姆瑪氣憤地說。

「那是因爲她在倒車！」我試著展現出自己對世界的認知。

「死小鬼，不准糾正我！」姆瑪生氣地說。「你什麼時候變成開車專家了?!你父親難道沒教過你，車裡有一面鏡子，倒車的時候應該看鏡子嗎？」

「他有教過我，」我說。「可是有一次媽媽倒車的時候看鏡子，突然看到她的口紅糊掉了，然後就——砰！——地撞到達斯卡家的車了！」

「你們都沒救了。我好想死。」姆瑪呻吟道。「你給我聽好了，你不准再吃那棵植物的葉子，不然我就給你好看。你快去洗洗你的髒嘴，順便洗洗頭髮，然後把我的包包拿過來，再打電話告訴你母親，我會給你一點錢，叫她帶你跟你哥哥去買適合人類穿的衣服。你要是跟我說你不想換衣服，我發誓，我會幫你打包行李，把你抓去像野生動物一樣住在吉布茨裡。」

兩天後，我和邦尼穿著破舊的衣服坐在沙邁街（Shammai Street）的美容院裡頭，看著法拉赫皇后幫我們母親弄「瘋狂髮型」——這是我自己取的暱稱，指的是變成高捲式髮型之前的模樣。梳這種髮型的過程很有趣，法拉赫皇后用一隻手

拉住我母親的髮尾，把頭髮拉直，然後把頭髮往頭皮的方向梳，大把大把的頭髮都這樣梳過後，我母親的頭旁邊會多出一大團糾結的頭髮，像是超大團棉花糖。這時，法拉赫皇后會用藝術家的巧手把最上層的頭髮梳到「棉花糖」上，框住「瘋狂髮型」，最後再噴一些殺蟲劑（母親堅稱這是巴黎進口的頭髮定型劑，但我跟邦尼都很清楚那是什麼），讓我母親頂著迷你比薩斜塔走出美容院（因爲最後的造型總是會歪一邊）。

沙邁街那間美容院的美髮師，名字當然不叫法拉赫皇后，她的眞名是米莉安（Miriam）。我母親和麗娜阿姨跟其他人生活在不同的世界，她們的世界更戲劇化、更多采多姿，在她們看來米莉安和法拉赫皇后長得一模一樣，所以美髮師自然成了冒牌法拉赫皇后。麗娜阿姨也把他們家藥局的實習藥師——納比爾（Nabil）——叫成艾羅爾·弗林（Errol Flynn）[84]，而且我母親和麗娜阿姨去她們最愛的服飾店（雅緻巴黎）時，喜歡把滿是花紋的上衣舉在胸前，對著大鏡子比來比去，看看衣服的顏色和她們的臉搭不搭，邊看邊自信滿滿地呢喃：「賈桂琳·甘迺迪（Jacqueline Kennedy）。沒錯，跟賈桂琳·甘迺迪一模一樣。」

等母親做完「瘋狂髮型」，我們就要去買新衣服。我非常興奮，因爲母親答應要帶我們去哈索雷街一間叫「舒瓦茲小批發店（Schwartz the Small Wholesaler）」的店逛逛，我總是爲自己個子小而煩惱，這次打算去見見這位舒瓦茲，看世界上有沒有個子比我還小的人。可惜法拉赫皇后毀了我的計畫，她幫我母親噴殺蟲劑時得知我們等等要去買衣服，她開始在我母親耳邊說個不停，求我們等等去本·耶胡達街一家叫波左（Bozo）的服飾店：「他們的衣服都很好看，而且我小姑子在那間店兼職，她會幫你們打折的。」

我不想放棄「小批發商」舒瓦茲，可是我聽法拉赫皇后這麼一說，就知道我的計畫泡湯了。和舒瓦茲的矮子之家相比，波左聽起來好多了：一來他們有打折，錢這種東西不好賺，還是當省則省。二來，這家店是在本·耶胡達街，我母親和麗娜阿姨一直很喜歡這條以她們家族爲名的街道。三來，這家店離美容院比較近。第四點，也是最重要的一點：波左隔壁就是母親和麗娜阿姨逛街時必去的朝聖處——史托克、雅緻巴黎，還有康服（Comfort）——而且說到底，這次出來逛街名義上是幫小孩買新衣，實際上卻是母親和阿姨的半季購物時間，她們打算買形形色色「剛從巴黎過來」的衣褲套裝、「幾乎不要錢」的高跟涼鞋，還有「我告訴你，我穿這件上衣照鏡子的時候，看到的是《齊瓦哥醫生》（*Doctor Zhivago*）裡的茱莉·克莉絲蒂（Julie Christie），而且是她變醜前的樣子」。

發現這次購物行程將從哈索雷街移到本·耶胡達街，我就覺得悶悶不樂。我和邦尼已經很熟悉逛街的慣例了：我們每次來到本·耶胡達街，母親就會把我們交給某間店裡的銷售員或某間咖啡廳裡的服務生，請那個人盯著我們、賣東西給我們，或者想辦法娛樂我們，她自己則「去

史托克看看他們幫我把裙子改短了沒有，我快去快回」。她往往會在二十分鐘後提著大包小包回來，拍拍我們的頭說：「這些便宜到幾乎不要錢，我不買白不買啊——你們要是敢跟你們父親說，我就宰了你們。」

更糟的是，瑪塞爾美容院（Marcel's Salon）也在本．耶胡達街，我們走過去的話，它就在右側。全耶路撒冷只有瑪塞爾美容院的施姆爾（Shmuel）肯幫我剪頭髮，別家理髮廳的理髮師一看到我頭上亂七八糟的鳥巢，就會一臉抱歉地告訴我父親：「我可能要用梳馬毛的刷子才有辦法幫他理髮。」或是：「如果我有整枝剪，我當然很樂意幫這孩子理髮。」只有施姆爾從不退縮，願意一年爲我剪兩次頭髮，他不是極度尊敬我父親就是經濟狀況太差（可能兩者皆是）。

幫我理髮可不是什麼輕鬆的任務，我母親特別喜歡帶我去瑪塞爾美容院，因爲施姆爾忙著在不把剪刀剪壞的情況下幫我剪頭髮、不把梳子梳壞的情況下幫我梳頭時，剛好也免費當了半個小時的保母。這半個小時剛好夠我母親「趕快去康服看看他們有沒有進我上次在特拉維夫試穿過的鞋，我告訴你，我穿上那雙鞋，簡直變成了莎莎．嘉寶（Zsa Zsa Gabor）」[85]。

我痛恨理髮，雖然施姆爾人很好，會在剪完頭髮以後給小朋友吃酸糖，我還是痛恨理髮。邦尼剪頭髮的時候，只要坐在鋪了彩色塑膠墊的理髮椅上就可以了，可是施姆爾幫我剪頭髮前還得從倉庫拿一種專門給小小孩用的鐵製裝置，橫架在兩邊扶手上，這樣他才不必彎腰工作。等我坐上架高的椅子，施姆爾會用白布把我脖子以下的身體罩住，想辦法和看起來跟矮人幽靈沒兩樣的我聊天，讓我心情好一點。

剪頭髮唯一的好處就是不用戴眼鏡，所以我不必看著鏡子裡的自己，為自己的模樣感到丟臉。儘管如此，我還是從頭到尾都氣呼呼的，沒有一次乖乖聽施姆爾的指示或哀求，還倔強地默默祈禱世界之主讓我快快長大，我就再也不用坐在這個丟臉的鐵架上了。（說到這個，世界之主還眞幽默，我後來眞的再也不需要那個丟臉的鐵架了……但我也再也不需要理髮師了。）

母親從康服回到理髮廳，手裡提著兩個鞋盒（「我幫麗娜也買了一雙。」），我們提著大包小包走上本．耶胡達街，朝波左與法拉赫皇后的小姑子走去。母親打算幫我們把冬天的衣服都買齊，或至少撐到下次去倫敦可以幫我們買一大堆衣服回來穿，但我們發現法拉赫皇后的小姑子很是令人失望。

她一開始就說得清清楚楚，她絕對不打折，而且她的銷售手段幾乎可以說是詐術，我母親一點也不領情。我們找不到邦尼能穿的褲子，銷售員就信誓旦旦地說：「這個尺碼聽起來很小，可是阿塔牌（Ata）的衣服都比別家大，他穿上去一定剛剛好。」一件上衣套在我身上像大布袋，她就說：「這沒什麼大不了的，反正這件衣服洗了就縮水，你們拿回去泡一泡，他穿上去一定剛剛好。」褲子穿在邦尼身上，看起來快要爆開了，她就說：「相信我，他只要穿個一兩天，褲子就會變鬆，到時候就很合身了。」最令母親失望的是，她請銷售員幫忙顧一下我和邦尼，「我趕快去雅緻巴黎拿個東西」，對方卻表示自己很忙，拒絕幫忙看小孩。

我們失望地離開波左，母親只幫我買了一件要價四十里拉、大了兩號的褲子。（「太太，」法拉赫皇后的小姑子說。「我們這裡賣的是童裝，妳兒子應該穿嬰兒裝才對，我們沒有賣這麼小件的衣服。不然妳把這件褲子買回去吧，妳兒子下一季就穿得下了。」）

「唉，如果我們能讓自己過奢侈的生活，」母親看著手裡的好幾個購物袋說。「那該有多好。」我們剛坐內薛計程車回家，母親派邦尼去把四個購物袋藏在麗娜阿姨家，在他出來前這段時間，母親逼我發誓要向姆瑪隱瞞今天的戰果。

「你等下把新褲子拿給她看，跟她說我們只花了四里拉。」

「四十里拉！」我故意惹母親爆青筋。「是四里拉！你等等就跟姆瑪說這件只有四里拉，聽到沒有？你要是說四十，就別怪我不客氣。還有，你不要穿給她看，我要先把褲子拿去給人改過你才能穿。如果姆瑪問我們有沒有去別家店，你什麼都不要告訴她，懂了沒？」

「懂了。」我說。「我也不會跟她說我們去找施姆爾。」

「她自己看得出來，」母親有點緊張地看著手中剩下的六個提袋。「我就是要她看到你的頭髮。」

進了屋裡，施姆爾幫我理的平頭效果超群，姆瑪龍心大悅，聽到我母親花了四里拉買一件大到我不能穿的褲子，她也還算冷靜。「四里拉！」她呻吟著將剩下的燉肉放進冰箱。「你母親以爲自己是羅斯柴爾德家族[86]那種有錢人嗎？四里拉啊！這都夠買下半條本．耶胡達街了！」

「對啊，她眞的買了半條街！」我說完就被邦尼用手肘狠狠撞了肋骨一下，通常遇到這種情況，我都會哭著想辦法讓大人給我一些好處，但這次故事卻朝神奇的方向展開。母親突然走進廚房，她雖然不想讓姆瑪知道她買了一堆衣服鞋子，還是忍不住穿著新買的涼鞋走來。

我們看著她，震驚地不停眨眼，新涼鞋的細皮帶圈住了她的腳踝，又順著小腿交叉纏到膝下。「你們覺得呢？」母親從黃色餐桌走到瓦斯爐再走回來，驕傲地展示她新買的涼鞋。「是不是跟《埃及豔后》（*Cleopatra*）裡的伊莉莎白．泰勒一模一樣？」

「我覺得比較像李察．波頓（Richard Burton）[87]。」父親說。

姆瑪關上冰箱的門，把燉肉鍋放進洗碗槽，我們都以爲她會開始滔滔不絕地訓話，罵到母親頭上的高捲髮垂下來才罷休，沒想到姆瑪露出滿意的神情。「我一直擔心你母親跟世界之主合不來，」她對我說。「她以前嫁給基督徒，現在又嫁給葉門人，這兩種人世界之主都不怎麼喜歡，可是我也沒辦法，誰叫世界之主給了我兩個女兒，小女兒是馬塔德拉，大女兒是異教徒。」

「我現在才發現自己錯了，你母親不是異教徒，反而是虔誠的札迪卡[88]。現在看到你母親把經文護符匣[89]綁在腿上，我終於可以放下心來，就是死也心安了。」

譯註：

82 其實仙人掌的葉子是針的部位，多肉的部位是莖。

83 戈蘭尼旅（Golani unit），以色列國防軍的部隊之一。

84 艾羅爾．弗林（Errol Flynn），1909-1959，澳洲電影男星，同時有導演、編劇及歌手身分，曾主演電影《俠盜羅賓漢》。

85 莎莎．嘉寶（Zsa Zsa Gabor），1917-2016，猶太人，美國電視演員。

86 羅斯柴爾德家族（Rothschild），自十八世紀開始發展的猶太銀行世家，是近代史上最富有的家族之一。

87 李察．波頓（Richard Burton），1925-1984，英國演員，與伊莉莎白．泰勒私人關係密切。

88 札迪卡（Tzadika），意同「札迪克」，指成善正直的女人。

89 經文護符匣（Tefillin），裝著摩西五經的黑色小皮匣，猶太人平日晨禱時綁在上臂與額頭上。

RECIPE

18

姆瑪的皇家燉肉

在我看來，這是全世界最美味的肉食料理，它很有份量、有過節的喜慶、讓人吃得很滿足，而且還有各種神祕的味道。你可以搭配米飯或拌了橄欖油的義大利麵一起吃，還有，別忘了，小孩子通常不是很喜歡這道菜。

材料

約1800公克適合燉煮的牛肉（切丁）
適量橄欖油
3大顆洋蔥（剝皮後切成八塊）
10瓣蒜頭（剝皮後切半）
2根香芹根（削皮後切半）
數根瑞士甜菜白色部分（非必要）
1杯去核的綠色苦橄欖
2大匙醃檸檬
1/4小匙辣紅辣椒粉
1杯雞肉高湯（用雞湯粉）
熱水
適量鹽與現磨黑胡椒

RECIPE

18

姆瑪的皇家燉肉

做法

1. 烹煮前3～4小時將肉從冰箱取出，放在流理臺上，等肉的溫度上升至室溫。
2. 將湯鍋或荷蘭鍋放在瓦斯爐上加熱，倒入足以淹蓋鍋底的油，分5～6批將肉丁煎到每一面都呈褐色（若一次煎太多塊，肉丁可能無法煎成你要的顏色）。將肉移至碗裡，別棄置鍋底的油。煎肉的同時，將橄欖放入小鍋子，用水淹蓋，煮至沸騰，然後過濾（移除苦味）。棄置煮橄欖用的水，將煮過的橄欖放入裝肉丁的碗。
3. 用煎肉的油炒洋蔥，直到洋蔥呈金褐色，然後加入香芹根、蒜頭與瑞士甜菜（如果你要吃瑞士甜菜的話），拌炒1分鐘。
4. 將肉丁與橄欖放入鍋中，加入醃檸檬、辣紅辣椒粉、雞肉高湯，以及幾乎可完全淹蓋牛肉的熱水，接著加入鹽與胡椒，充分攪拌並煮至沸騰。
5. 蓋鍋，將火調小，燉煮90分鐘，直到肉非常軟爛。（你也可以乾脆煮2小時。）

【開口笑的三角酥餅】

星期四早晨，最初的跡象出現了：廚房餐具櫃上多了一個大盤子，盤子上放著一顆完整的人腦。姆瑪說那是做三角酥餅用的麵糰，可是我知道那一定是人腦，它看起來跟百科全書裡的人腦一模一樣，而且姆瑪平常很樂意教我怎麼做「庫貝巴」[90]、怎麼清洗「姆里吉卡」[91]，還有怎麼讓「阿崩迪加」[92]變得鬆軟又不會散掉，做「麵糰」的祕密她卻說什麼也不肯告訴我。

每到星期四早上，姆瑪不像平常一樣早起在廚房忙東忙西，用鍋碗瓢盆的碰撞聲與四個語言的抱怨聲（希伯來語是說給我們聽的，摩洛哥阿拉伯語是說給管家愛伊莎聽的，法語是說給世界之主聽的，最後的拉迪諾語是說給靈魂聽的）喚醒我們，反而會頂著滿頭髮捲待在自己房間，喝加了「路伊札」[93]的水或加了牛奶的土耳其咖啡。我們進她的房間說早安時，她表現得異常和善，也沒有叫我們做家事或打雜，只要我們盡快出門、不要礙到她就好。

這種時候我要是爲了留在家裡裝病，都會被她拆穿。「別裝得病懨懨的，」姆瑪都邊說邊從我嘴裡拔出體溫計，我想偷偷把體溫計插進她的熱茶，都被她抓到了。「你給我乖乖上學去，我今天要做三角酥餅，你要是在家裡跑來跑去我就什麼都做不成了。我以前被本錫安折磨，後來被你母親和她任性的妹妹折磨，我現在可沒有時間讓你折騰了。」

在姆瑪的催促下，我和邦尼心不甘情不願地

出門，我口口聲聲說要病死在外頭。這時候姆瑪也不會拆下頭上的髮捲，她只會用飄著薰衣草香的半透明大頭巾裹住頭，穿上我父親在馬莎百貨（Marks & Spencer）幫她買的鮮綠色浴袍，穿上一件印了義大利觀光景點照片的圍裙，然後像個海盜船長一樣，穿著這套奇裝異服大吼著攻進廚房。

那聲大吼的對象是世界之主，聽到姆瑪駭人的吼叫聲，連祂都會匆匆逃去躲在卡塔蒙社區上方的烏雲裡。大吼的另一個對象是愛伊莎，她這時候通常都坐在黃色餐具櫃和鍋子櫃之間的地板上，做她最愛做的事：偷喝我母親藏在餐具櫃深處的白蘭地，靠白蘭地撐過星期四早上（還有其他好幾天）。母親一點也不在意愛伊莎偷喝她的酒，只要藏酒的地方不被姆瑪發現就好，這是母親僅剩的祕密，她很喜歡把這個祕密藏在心底，也總是倔強地守護這最後的祕密。

總而言之，姆瑪的吼聲效果超群，愛伊莎用平時就掛在腰間的廚房抹布擦擦嘴，離開廚房的同時用摩洛哥希伯來語和希伯來摩洛哥語不停碎碎唸，哀嘆命運爲何讓她來這個家工作。她對姆瑪、對自己、對世界之主說，要不是知道自己不可能拿到法律保障的遣散費，她一定會當場辭職——而她之所以拿不到遣散費，是因爲她從一九五六年來到以色列至今，一直沒去內政部（Interior Ministry）申請身分證。

走向客廳的路上，愛伊莎悲劇般的人生故事令她慷慨激昂，她轉身走回廚房，又喝一口白蘭地讓自己身心變得更堅強，這才走到我們家另一頭，假裝自己在用巴素銅油擦銅器。

姆瑪獨自站在廚房裡，從抽屜拿出擀麵棍，撒了些麵粉在擀麵棍和黃色餐桌上，小心翼翼將麵糰放上餐桌，開始把它擀成薄薄一層。擀完後，她從櫥櫃取出滿是刮痕和裂痕的玻璃杯，那是她從耶路撒冷被圍攻那個年代就一直放在家中的杯子（「只有用這種杯子做的三角酥餅，才能做得完美無瑕。」），用玻璃杯在麵皮上切出大約一千個圓，把圓麵皮疊成三大疊。又到和愛伊莎吵架的時間了，她們要吵的事情千篇一律，又是三角酥餅的餡料。

餡料是個尷尬的議題，每到星期四姆瑪就會做大概一百個三角酥餅，有三種不同的餡料：茄子、菠菜和起司。雖然一百個聽起來很多，能撐到星期六晚上的三角酥餅只有五十個左右，到時

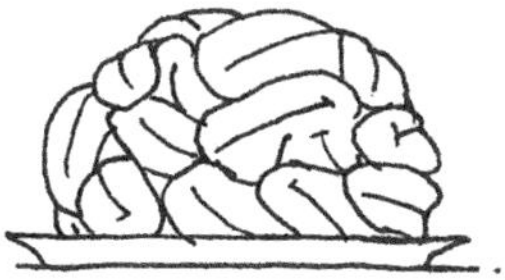

一群愛講拉迪諾語的老朋友——我們都叫他們「地下塞法迪」——會聚到我們家，三角酥餅就是做給他們吃的，如果不夠吃就麻煩了。

因此，製作三角酥餅的工程蒙上了神祕面紗，姆瑪都在星期三深夜，所有人都睡著時準備麵糰，三種餡料也是我們都出門工作或上學時做的，做完就藏在各種神奇的地方。菠菜餡不用冷藏，所以都藏在陽臺一堆馬鈴薯下；茄子太香了，所以都放在密封的罐子裡，藏在餐具櫃最上層的中式瓶壺裡，或是客廳放《大英百科全書》特製書櫃的祕密架層；起司餡一定要冷藏，所以只能用枯萎的香芹蓋著放冰箱，但最後一定會被我們找出來吃掉，最後做出來的起司三角酥餅就相對少一些。

姆瑪每週都得想出更有創意、更大膽的地方藏餡料，有時候就連她自己也會忘記餡料藏在什麼地方，可想而知，她擀了一百片圓麵皮之後，弄丟了三根烤茄子和菲達起司混在一起的餡料，心情一定好不到哪裡去。這種時候，姆瑪就會把愛伊莎叫到廚房罵一頓，彷彿餡料消失都是愛伊莎的錯，然後派她到屋子各個角落找餡料；愛伊莎最討厭幫姆瑪找三角酥餅餡料了。

在廚房抹布堆或放鍋子的櫥櫃裡翻找時，愛伊莎常常哀嘆造化弄人，咒罵那艘將她「從摩洛哥直接載到梅夫約朗街六號」的船，說自己從前在阿特拉斯山脈過的生活有多好，現在卻只能在姆瑪這個暴君手下當奴僕。姆瑪指出，在搭船來到我們家的路上，「社區裡每一棟房子愛伊莎都去過了，每次都工作兩天就被趕出來，現在她來我們家工作，就再也不肯走了」。

「妳看看是不是在洗碗槽下面！」姆瑪令道。「蠢驢，不是那裡，是漂白水後面！去看看廁所的擦鞋櫃，然後看看餐具櫃的餐具後面，就是卓爾平常藏白蘭地的地方——妳常常偷喝她的白蘭地，應該知道我說的是什麼地方吧？」

最後她們好不容易找到餡料，姆瑪就會把自己關在廚房裡，兩個小時後全身帶著現烤三角酥餅香、一頭亂髮與歪掉的頭巾走出來，手上沾了蛋汁，頭上的髮捲鬆脫了，可愛的義大利圍裙沾了起司和碎茄子。當我在這令人驚嘆的時刻放學回家，就會看到疲倦但凱旋歸來的姆瑪帶上廚房的門不讓我進去，對我說：「烏姆利，你回來啦？我剛做了三角酥餅，你去花園裡摘幾朵玫瑰花，再叫那個懶惰的女僕幫我們做路伊札水，我在陽臺等你。」

那是我童年最美好的回憶：我和姆瑪坐在有塑膠邊飾的鋁製摺疊椅上，邊曬太陽邊看風景，兩人之間是一張小桌子，桌上擺著裝了新鮮玫瑰花的希伯侖玻璃瓶，盛了四個蓬鬆、仍帶烤箱餘溫的三角酥餅的盤子，還有兩個裝了滾燙路伊札水的透明杯子。我眺望山丘下的亨利塔·史爾德小學（Henrietta Szold Elementary School），暗自慶幸現在不用上學，但這時候姆瑪會叫我注意愛伊莎，管家剛幫我們把三角酥餅端過來，正從陽臺走回廚房。

「你看僕人跌跌撞撞的樣子，」姆瑪嚴厲地說。「我告訴你，她今天鐵定喝了超過半瓶，還以爲我都不知道。沒關係，她喝得多，就表示你母親喝得少。」

你聽我描述我和姆瑪坐在陽臺上，有沒有覺得其中一個細節特別奇怪？這個奇怪的細節，當然是玫瑰花了，爲什麼陽臺上非要放一瓶玫瑰花不可？我和家人相處了那麼多年，學到了一件事：如果故事的第一幕出現來福槍，到了第三幕一定會傳出槍響，陽臺上的玫瑰確實也扮演了很重要的角色。每個星期四下午，我發現自己背著書包在花園幫姆瑪摘花時，她和愛伊莎都忙著把所有的三角酥餅藏在家中各個角落——那些都是地下塞法迪的資產——只留下姆瑪和我要在陽臺上享用的最後四個。

我專心吃下四個三角酥餅，邊點頭邊聽姆瑪

說：「這四個酥餅是特地留給你的，這是我最後做的四個酥餅，裡頭藏了我的祝福，烏姆利，我是特別留給你吃的。」等她以爲我沒在聽的時候，她就會看著卡塔蒙社區上方的烏雲，默默（有時候還會不小心講出聲音）對世界之主說：「祢聽到沒有？我說這些酥餅裡頭有我的祝福，祢在其他方面給他的都太少了，要記得多給他一點祝福啊！」

姆瑪和世界之主談話時，我忙著計畫晚點去找出她做得最漂亮的三角酥餅，她喜歡把最好的兩盤酥餅藏在自己衣櫃最下層的鞋子上。我常在星期五下午溜進去偷吃兩三個三角酥餅，聞樟腦丸聞到神智恍惚，離開前再重新排列剩下的三角酥餅，祈禱姆瑪不要發現少了幾個。姆瑪從來沒發現，就算有也從來沒表現出來，畢竟她是地下塞法迪的成員，自然會守護我的名譽。

我們只有一次爲三角酥餅起衝突，那時候我七歲，得了嚴重的香港流感（Hong Kong flu），一整個星期都沒辦法上學。姆瑪一想到「這隻小蟲子星期四要待在家裡」，就急得試圖說服我母親帶我去上班、送我去上學、讓我去住院、把我送給別人養——反正就是不要讓我待在家裡——卻徒勞無功。「妳愛怎樣就怎樣吧，」姆瑪怨氣沖天地說。「可是我告訴妳，要是這隻小跳蚤跳進我的廚房，我就親手捏死他。」

那天雅達姑婆突然來訪，姆瑪在客廳陪她聊天聊了一個小時，那之後她開始用醋刷地毯，我

當然無法抗拒誘惑，於是偷偷溜進廚房，用擀麵棍把麵糰弄扁，切出一個個圓，在家中各個藏寶處找到那三種餡料，做了半月形三角酥餅，最後將它們放入烤箱。我想像自己以大廚的身分加入地下塞法迪，在勾拉（Goral）阿伯、拉雪兒（Rachelle）阿姨和埃利亞沙（Eliashar）一家人崇拜的目光下，一步步邁向名利。我正沉浸在美好幻想中，卻被站在廚房門口的姆瑪硬生生喚醒：「啊丟！我的老天，你幹了什麼好事?!」

「三角酥餅！」我得意地笑著說。「我把三角酥餅都烤好了！」

「不會吧！」姆瑪驚呼，但她也知道我說得沒錯，悲慘的證據全擺在黃色餐桌上。姆瑪自己做三角酥餅的時候，成品都長得一模一樣，每一個酥餅都是金黃色、緊閉、蓬鬆的藝術品，可是我做的有些烤焦了、有些和未成家的阿什肯納茲猶太小伙子一樣白，而且每一個都在烘烤過程中打開了。

這是烤三角酥餅的悲劇，如果一開始沒把麵皮邊緣捏得夠緊，它們烤一烤就會爆開，對家庭主婦而言這是再丟臉不過的失敗，世界各地所有的塞法迪猶太人都會因此感到丟臉。「小祖宗啊，你看看你幹了什麼好事?!」姆瑪怒吼。「都跟你說過多少遍了，你不懂的事情就不要亂碰！你看，這些酥餅嘴巴都張得這麼大！」

我很想說這不是我做的，但這樣說根本不會有人信，一百個邪惡的三角酥餅躺在桌上對我開口笑，我想推卸責任也無從推卸。我想逃走卻逃不走，火冒三丈的姆瑪堵在廚房門口，一隻手抓著門柱，另一隻手抓著胸口。「這小子在喝我的血啊！」她怒斥躲在卡塔蒙社區上空的世界之主。「祢把本錫安從我身邊奪走就算了，祢給了我兩個糟糕的女婿就算了，祢到底還要我怎麼樣?!我好想死啊！」

我別無選擇，只能號啕大哭——每次窮途末路，大哭都能救我一命。姆瑪見我落淚，態度立刻軟化下來，她開始安慰我。「唉，好了，庫迪洛，好了好了。」她說。「好了，別再讓我心碎了，三角酥餅一點都不重要，你別哭了，別讓世界之主跟著難過。」

「可是它們都把嘴巴打開了！」我看著桌上那疊醜醜的三角酥餅，哭著說。當時的我，似乎還看到好幾個酥餅對我吐舌頭。

「開口笑又如何？開口笑就開口笑，這種小事才不值得我們傷心。」

「它們都在笑我。」我越哭越起勁，心想：完蛋了，現在不只同學笑我，不只邦尼和羅尼在足球場上的朋友笑我，就連三角酥餅也要嘲笑我。在對三角酥餅的戰爭中，姆瑪已經倒戈到我這一邊，她從袖口抽出一張皺巴巴的衛生紙，擦乾我和她自己的眼淚。姆瑪說：「好了，庫迪洛，沒事了，沒事了。你說它們在笑你？這你就不懂了，你看看這些三角酥餅，你仔細看——它們在笑啊！今天不是我做酥餅，它們知道是你這個小王子創造了它們，你看它們多開心啊！烏姆利，我發誓，它們會笑成這樣，就表示它們真的非常非常高興。」

　　姆瑪邊說邊緊緊抱著她的小矮子王子，我這個幸福的傻孩子不再哭泣，對她、對滿桌子的三角酥餅破涕爲笑。姆瑪知道地下塞法迪還是會在安息日來我們家聚會，接下來兩個晚上她都得熬夜趕工，臨時做出一批緊閉著嘴、一臉正經的三角酥餅，她拍拍我的頭說：「庫迪洛，很好，你很乖，你烤的三角酥餅很好看。好了，都沒事了，別哭了，別哭了。」

　　她用一隻手遮住我的眼睛，將我一邊耳朵按在她的義大利圍裙上，另一邊耳朵用她另一隻手遮住，這時才抬起頭，隔著窗戶望向卡塔蒙社區上方的雲悄聲說：「可是我跟祢還沒完，等我刷完地毯就來找祢算帳。」

譯註：

90 庫貝巴（Kubeba），洋蔥炒肉餃。

91 姆里吉卡（Mulijika），雞胗。

92 阿崩迪加（Albondiga），肉丸。

93 路伊札（Louiza），檸檬馬鞭草的葉片。

RECIPE

19

茄子餡三角酥餅

姆瑪從來沒對我透露茄子餡三角酥餅的做法，也從來沒說出地下塞法迪的其他祕密，這份食譜是我從勒凡娜表姨那裡學來的，味道最接近姆瑪以前烤的酥餅。即使如此，每當我嚐到勒凡娜表姨版本的三角酥餅，我就會想起原始版那醉人的味道，以及菠菜、樟腦丸、鞋子與玫瑰的氣味，眼中泛起懷念與渴望的淚水。

材料

麵糰：

4杯麵粉

14大匙人造奶油

2大匙白醋

1杯全脂優格

1大匙鹽

餡料：

2大根茄子

8盎司碎菲達起司

1顆蛋

適量鹽與黑胡椒

蛋汁：

和2大匙水打勻的蛋黃

適量芝麻

RECIPE

19

茄子餡三角酥餅

做法

1. 一天前備妥麵糰，將所有麵糰原料放入食物攪切機，間歇攪拌直到均勻，將麵糰揉成一大球放在平底盤上，用保鮮膜包裹後放冰箱冷藏一晚。
2. 第二天，從冰箱取出麵糰，靜置使之恢復室溫（否則根本沒辦法擀麵糰）。
3. 同時，在瓦斯爐上或烤箱中烤茄子，直到茄皮變黑，待茄子冷卻後棄置茄皮，用叉子將果肉和菲達起司一起壓碎。（怎麼可以用食物攪切機把果肉打成泥呢！）將茄子起司泥放入碗中，將蛋打入，拌入鹽與胡椒。
4. 烤箱預熱至180°C。將麵糰分成三球，每一球擀成薄皮，然後用杯子切出一片片圓形麵皮。將剩下的邊角揉成球、擀平，再切出更多麵皮，重複到麵糰用盡為止。
5. 取一塊圓麵皮，將滿滿一小匙餡料放在中間，用手指沾水將圓的邊緣抹溼，將麵皮對摺成半月形，邊口捏緊。捏好的半成品放上鋪了烤盤紙的烤盤上，重複到所有麵皮與餡料用盡。（一張烤盤應該不夠用。）
6. 將蛋汁刷在半成品表面，撒上少許芝麻，烤到三角酥餅呈金黃色，約30分鐘。

【天堂愁苦】

「想當年，我是在看過她母親的腿之後，」阿維姨丈說。「才決定和你阿姨結婚的。」那是個星期六上午，我們坐在阿維姨丈和麗娜阿姨家的陽臺，享受那年春季的第一個週末。令人上癮的陽光讓我們說出心中所想（也讓露莉解下了比基尼上衣的肩帶），鄰居院子裡的白楊木冒了新芽，邦尼出生時父親在後院栽種的李樹生機盎然，我出生時父親種下的兩株石榴也沒平常那麼難看，花園裡兩堆石頭周圍長了花朵，那是我們埋葬去世貓咪的地方。我和邦尼都戴著沒有帽緣的漁夫帽，阿維姨丈、麗娜阿姨、露莉、母親和姆瑪鼻子上都塗了白色防曬霜，我們看起來有點像流浪馬戲團，也有點像一家外星人。

「麗娜的腿以前眞的很美，」我母親附和道。「而且她不只有人長得漂亮，她還懂得弄一些有趣的髮型。」

聽起來她好像是在讚美麗娜阿姨，但這句話卻不太像稱讚。我和母親、姆瑪與麗娜阿姨生活了那麼多年，從小就學到在女人面前說話的基本原則，舉例來說，你絕對不可以問起她們的年紀，除非已經有兩個不同的人證實那個女人還不到二十四歲。還有一條和年紀有關的規則：你要時時小心別掉進陷阱。假如你母親說：「我老了。」你不要跟我一樣，傻傻地說：「哪有，妳才中年而已！」你母親聽了絕對不會高興。

所以，阿維姨丈（還有我母親）提到麗娜阿姨和姆瑪的腿時，用過去式和說到「以前」兩個字都是天大的錯誤，甚至到了白目的境界。阿維姨丈被陽光和春天沖昏了頭，他居然繼續說：「你外婆的腿以前眞的很好看，我看過，我最清楚。」

「我倒想知道，我的腿現在怎麼樣了？」原本在打盹的姆瑪醒了過來。「難道現在就不好看了？」

「我不是那個意思……」阿維姨丈試圖平反，但爲時已晚，沒有人能阻止姆瑪了。「你懂什麼？你以爲自己是腿的專家嗎？你要是眞看過我的腿，才知道什麼叫美腿，就算是現在，我老實告訴你，我的腿還是像大理石，像希臘神殿的大理石柱一樣！不然你以爲鄂圖曼人爲什麼叫我『花中之王』？爲什麼我拒絕庫基亞（Kukia）的求婚，他還差點跳河自殺？」

「還好耶路撒冷沒有河可以跳。」我母親跳出來安撫聽眾。

「閉嘴，壞蛋！」姆瑪斥責一聲，她急著繼續吵下去。「妳以前跟那麼多人訂婚——有的眞的想娶妳，有的根本就不想——不代表妳現在可以亂講我那些求婚者的壞話。」

有時候我們家的女性成員爲了爭誰過去（和現在）是家中最美的女人，可以吵上好幾個小時，即使是多年後的今天，還是時常有人向我誇讚她們沉魚落雁的美貌。有的人在路上看到我，就會停下來說：「啊，你是卓拉．本．阿維的兒子嗎？」說完，這些人會一臉懷念地用視線掃過我的臉，最後才失望地低喃：「唉，她在世的時候眞的好美啊！」我記得有個女人見到我，反應特別激烈。「年輕人，能借我一分鐘時間嗎？」她說。

「我可以給妳兩分鐘。」我欣然告訴她。

「我跟你說，」她說。「我以前是你母親的好朋友，我們都是特拉維夫赫茲利亞希伯來高中（Herzliya Hebrew Gymnasium）的學生。那時候你母親、麗娜和本．阿維太太都住在哈沙榮街（HaSharon Street），我就住她們家隔壁，每天早上我都跟卓拉沿著阿倫比街（Allenby Street）和赫茲爾街（Herzl Street）走路去上學——現在學校已經搬去別的地方了，原本的位置變成很醜的塔。等等啊，年輕人，別急著跑走，我還有事情要跟你說。你知道我跟你母親早上走在赫茲爾街上，都會發生什麼事嗎？」

「什麼事？」我問道。

「我這樣說你可能會覺得我說得太誇張，可是你要聽仔細了——我以我的身體健康發誓，我說的千眞萬確。你母親長得太漂亮了，一路上都有人摔下陽臺。你聽懂了嗎？好多人都從陽臺摔下來啊！」

爲了美好的事物，爲了親眼看見美人的容貌，確實有不少人願意做奇怪的事情，不過優蒂特叔母差點被送進軍事監獄的故事，早已超越美的範疇，而是朝極致的瘋狂發展。一九五〇年代初期，阿密叔叔是以色列國防軍在艾拉特區（Eilat District）的司令官，家裡人都喜歡叫他「烏姆拉希拉希的警長」。當年的艾拉特還沒變成現在這座遍地是旅館的城市，它過去算是新拓居

地，只有海灘、寥寥幾個居民、一支軍隊，還有一位警長。

「你一定覺得我每天都過得很無聊，對不對？」阿密叔叔問我。「其實我一點也不無聊，那可是人間天堂，我跟你說，那是天堂！人間天堂啊！我當時就是天堂的司令官。有一天，我聽說南區最美的女軍人要調過來。」

那個軍人名叫耶胡蒂特・勾恩斯登（Yehudit Gornstein），也就是我們今天的優蒂特叔母。「有一天，」優蒂特叔母告訴我。「我被女軍團（Women's Corps）的地方司令官叫去辦公室，這是莫大的榮耀，不過我那時候還是菜鳥，所以司令官要我去她的辦公室，我還是怕怕的。我當時只是個天眞的女孩子，在貝爾謝巴服役，現在貝爾謝巴不算是世界上最時尚的城市，在一九五〇年代初期，它更是沒今天這麼繁榮——該怎麼形容呢？我們晚上還會聽到駱駝因爲太無聊在外面亂叫，而且不只是駱駝，在女軍隊地方司令官——女軍隊的地方司令官啊！——把我叫去她的辦公室之前我也無聊到快死了。」

「我走進司令官的辦公室，害怕得兩條腿一直打顫。她問我是不是眞的想調去艾拉特，我誠實告訴她，我眞的有提出調動申請。她問我爲什麼，我也不曉得要怎麼回答她，總不能說貝爾謝巴不適合我吧？所以我想辦法掰一些跟挑戰啊、新開拓地啊、錫安主義之類的藉口，卻被司令官打斷了，她說：『勾恩斯登，妳聽我說，妳以爲我不知道眞正的原因嗎？妳想去艾拉特，是爲了烏姆拉希拉希的警長，阿密・霍華夫吧？』

「老實說，我想去艾拉特，還眞不是爲了什

麼警長，」優蒂特叔母說。「我壓根就沒聽過這個人。我後來才聽說這個阿密·霍華夫是以色列南部的風雲人物，他每次遇到女人就會調情，從來沒有女人拒絕他，只有我這個傻丫頭不知道這號人物。其實我之所以想去艾拉特，是爲了把皮膚曬得黑一點，所以我害怕地看著司令官，心裡想：『我要怎麼回答她才好？』還好她沒有等我回答就繼續說了。」

「『勾恩斯登，』她說。『我准妳調去艾拉特，可是我警告妳，要是我聽人說妳跟那個霍華夫搞一些有的沒的，我就立刻派人開飛機把妳抓回來審判，然後直接送進監獄，聽到沒有?!妳小心點，艾拉特是個小地方，我在那邊有眼線，我不會讓一個警長把女軍隊變成大笑話。勾恩斯登，要記好我今天的話，別逼我送妳進監獄！』」

「我們互相行禮，她用下巴指向辦公室的門，我就這樣離開了。」

「我當然聽說軍中之花──耶胡蒂特·勾恩斯登──將要調到艾拉特，」阿密叔叔對我說。「遇到這種情況，我已經有一套應對方法了，我會表現得一點都不在意那個人。相信我，這種方法最有效，你不要馬上跑走，也不用馬上衝過去追人家，要讓對方來追你。司令部每個月會有一部軍用公車送新兵過來，我也會去看看有哪些新人，但其實當天沒什麼好看的，因爲以前從貝爾謝巴坐車到艾拉特要非常久，新人到艾拉特的時候已經累到不行又滿身是土，塵土下是美女還是很醜的預備役軍人，你實在看不出來。」

「話雖然這麼說，我還是開著指揮車、戴著內蓋夫野獸大隊（Negev Beasts）的黃色頭巾到場，連手槍都帶上了。我靠著指揮車站在旁邊，等傳說中的勾恩斯登下車，我看到形形色色的生物下車，就是沒看到美女，我正要上指揮車回辦公室的時候，突然覺得艾拉特變得更明亮了——你別忘了，艾拉特本來就是日曬很充足的地方。我看到你叔母下車，看到她眞的像別人說得那樣美，我都忘記呼吸了。你叔母直直朝我走來。」

「『你是阿密．霍華夫嗎？』她問我。我說是。『這是你的車嗎？』她又問。我又說是，我還很慶幸自己有戴頭巾、帶手槍，而且有開指揮車過來，年輕女孩最喜歡我的指揮車了。這時候，你叔母對我說：『那你到公車上，幫我把提箱搬到指揮車上，然後再麻煩你載我去我的宿舍，謝謝。』從那天開始，我成了她的男僕。」

「孩子們，我告訴你們，」母親有一次對我和邦尼說。「很多人都很想知道我爲什麼跟你們父親結婚，你們父親到底哪裡好了，我爲什麼喜歡他？有時候，連我自己也很好奇。這時候我就會告訴他們，也是提醒自己：他有別人都沒有的特質。你們知道他有什麼特質嗎？」

我們看著她，都知道她會邊讚美父親、邊拐彎抹角譏諷他。多年後，我在迪士尼電影裡聽到兔子傑茜卡（Jessica Rabbit）用一模一樣的話「讚美」兔子羅傑（Roger Rabbit），我發誓，我母親早在二十年前就說了這句話。「你們眞的猜不出來嗎？」母親說。「其實很簡單：你們父親皮膚黑，長得又不高，我也沒看過他看書——可是和他在一起，我都笑得很開心。」

優蒂特叔母和她的提箱抵達烏姆拉希拉希之後那一週，阿密叔叔發現傳說中的勾恩斯登沒那麼好攻陷。「她眞的很難搞。我用我的派珀飛機載你父親去艾拉特讀詩，跟她說這是我哥哥，可是她完全沒反應——她父親在耶路撒冷開汽車修理店，她的家世也不遜色。我開著指揮車或是吉普車經過，對她揮頭巾、跟她提起我的派珀飛機、有事沒事就把手槍拿出來秀一秀，她就是沒反應。」

「我承認，我那時候眞的有點心動，」優蒂特叔母告訴我。「特別是看到指揮車，我的心眞的會小鹿亂撞。可是我心裡很清楚，一旦我上了他的指揮車，就等於是進了貝爾謝巴的軍事監獄，所以我一直克制自己。」

在沙漠裡互相折磨了一週後，阿密叔叔決定拿出殺手鐧：帶優蒂特叔母去烏達山谷（Uvda Valley）兜風。（「我身上穿著風衣，在烏姆拉希拉希史上從來沒有女人能抗拒這件風衣的魅力。」）阿密叔叔穿著風衣、戴著頭巾、秀出手槍與指揮車，但優蒂特叔母和我母親、和兔子傑茜卡一樣，喜歡的根本不是這些。

「我是在去烏達山谷的路上，決定要嫁給你叔叔的。」叔母告訴我。「我到現在還記得那一天，那時候太陽剛下山，沙漠的寧靜和城市裡的安靜很不一樣，你叔叔在寧靜的沙漠裡唱起了歌。那時候我心想：一個歌唱得這麼好聽的人，不可能是壞人。那時候，我就決定要嫁給他。」

優蒂特叔母逃過了女軍隊地方司令官與貝爾謝巴的監獄，直接登上結婚禮堂。男女方門當戶對，汽車修理工的女兒——南區軍中最美的一朵花——嫁給帥氣的烏姆拉希拉希警長。他們生了四個孩子：露莉、何米克、科尼和米卡兒，某方面而言，何米克和科尼——我的兩個堂弟——是霍華夫家一則父傳子、母傳女的經典故事的主角。

好吧，其實故事的主角是埃莉薛娃姑姑唯一的兒子，也就是我的茲維卡表哥。我有那麼多堂兄弟姊妹、表兄弟姊妹，但最受人喜愛的無疑是茲維卡，這當然是因爲他很好相處，但也因爲他在洛杉磯出生，從小住在洛杉磯，他父親死後他和埃莉薛娃姑姑搬到以色列住了幾年，後來又搬回美國，所以我們一直很期待他來以色列看我們。

埃莉薛娃姑姑和茲維卡住在以色列時，他們和瑪札爾祖母一起住在卡塔蒙社區，那幾年茲維卡一直很想回美國，有一天這份思念引發了小糾紛。茲維卡很想吃一種美國料理，但是在一九六〇年代晚期的耶路撒冷沒有人找得到這種料理，所以茲維卡難過得哭了。我還記得當時我和邦尼覺得他被寵壞了，心裡有點生氣。「好啊，」我們不屑地想。「這下他們要特地把美國食物帶過來了。」瑪札爾祖母很心疼這個思鄉的小移民，她叫茲維卡描述這道奇怪的美國料理，把每一個細節寫下來，然後發誓要在卡塔蒙做出這道奇特的異國料理。

要做出這道料理，首先要有非常薄的麵餅，把各種食材倒上去，撒上香料，然後把它放進很熱的烤箱裡烤。我們嫌惡地你看看我、我看看你，誰都不曉得美國人吃這麼野蠻的東西，但祖母不管，她想辦法做出這道料理，我們也都學著唸這種食物奇怪的名字：披薩。

過了好幾年，我們都對不同版本的披薩上了癮，埃莉薛娃姑姑和茲維卡搬回美國，我們也都很期待他們夏天來找我們玩。一九七〇年代中期的某個星期六早上，我們聚在阿密叔叔和優蒂特叔母在耶路撒冷的家，埃莉薛娃姑姑和茲維卡要來耶路撒冷看我們了。我們都很興奮，因爲我們很久沒看到這位表哥

了，而且我們聽說何米克和科尼爲茲維卡準備了霍華夫家、耶路撒冷，甚至是全以色列都前所未見的禮物。

埃莉薛娃姑姑和茲維卡到了叔叔家，我們片刻都等不下去了，所有的大人小孩在客廳圍成一圈坐下來，叫何米克和科尼趕快拿出禮物，讓我們開開眼界。喜慶的氣氛令兩個堂弟興奮不已，他們拿出一個盒子，從盒子裡拿出黃色袋子，小心翼翼地打開袋子，拿出……一盒菁英牌（Elite）即溶咖啡。

「就這樣？」我們齊聲問。「即溶咖啡?!」茲維卡平常住在一個有披薩、有墨西哥夾餅、有墨西哥捲餅的地方，怎麼可能沒喝過即溶咖啡！

「快打開啊！」何米克和科尼驕傲地說。「你

看看裡面裝的是什麼！」

茲維卡打開盒蓋，裡頭空空如也。觀眾開始失去耐心，何米克和科尼也一臉擔憂。

「我就說吧，我就說它會跑掉！」科尼小聲說。

「怎麼會這樣，」何米克說。「竟然都跑光了！」

「什麼跑光了？你們在裡頭放了什麼？」優蒂特叔母問。「是蛇嗎？」

何米克和科尼一臉憂傷地看著她、看著我們（主要是看著茲維卡），說出了直到今日還是能讓我們捧腹大笑的祕密。「我們特別用這個盒子，」他們說。「幫茲維卡收集了一整年的臭屁。」

RECIPE

20

祖母的皮塔披薩

我知道，我知道，眞正的披薩是用酵母麵糰和莫札瑞拉起司做的，不過我祖母做的版本也很好吃，而且比起原版義大利披薩和美國的仿製品，我們家很多小孩更愛吃皮塔披薩。

材料

1片皮塔餅
2片黃起司
滿滿4小匙番茄糊或番茄醬
少許乾燥牛至

做法

1. 將皮塔餅橫切成兩片圓形餅皮。
2. 將兩個半片皮塔餅放在烤盤上，內側朝上，每個圓餅表面塗上1小匙番茄糊（或番茄醬），各放1片起司，最後再塗上1小匙番茄糊（或番茄醬）。
3. 撒上乾燥牛至，用烤箱最高溫烘烤或炙烤，直到起司冒泡並呈金黃色。
4. 趁熱上菜。

【尾聲】

姆瑪通常都在星期一去世，她星期六太忙了，早上要休息，下午要招待地下塞法迪的成員，星期天又得讓整個家恢復應有的秩序、開始新的一週，並維持樂觀向上的精神。但是到了星期一，姆瑪生命中的各種雜事不停出現，讓她忙得焦頭爛額（我把這些事情以令人崩潰的順序列出來：幫所有人煮飯、支配管家愛伊莎、和兩個馬塔德拉女兒相處、被兩個女婿折磨，還有管教五個野人外孫），她發現自己星期六早上短暫的一小時休息時光太過遙遠，她也許沒辦法撐到下一個星期六——沒辦法再躺在房間裡，床頭櫃上擺著加了牛奶的土耳其咖啡，把電晶體收音機舉在耳邊播放每週新聞與《帷幕青春》（*Curtain Rises*）廣播劇。

而且姆瑪每星期一都會烤包著瑞士甜菜的布勒瑪（bulema）麵包捲，這在我們家是傳統的星期一食物，它和主要是剩菜的星期天食物不一樣，布勒瑪是西班牙猶太人發明的酷刑，姆瑪不得不辛苦製備酵母麵糰。除此之外，她還得煮瑞士甜菜葉，這種葉子會假裝自己很配合，但其實它再頑固不過了，它的莖都是難咬的纖維，綠色部分可能前一秒看起來還很新鮮，下一秒就乾枯得不得了，就算姆瑪和愛伊莎用七條緬甸蟒蛇的力量全力擠壓，也榨不出汁液。

如果只是這樣就算了，但在我們家，凡是要用到烤箱都得和死亡近距離接觸。我們用的是老舊的瓦斯烤箱，非常難點著，你必須身體靈活、反應敏捷、非常小心，即使以上三點你都做到了，你還是得聽天由命。姆瑪每次都先開瓦斯，然後點燃火柴放進點火的小洞，看著火柴熄滅，然後又點燃一根火柴放進小洞，再看著它熄滅，然後用拉迪諾語咒罵一聲。這時候廚房會充滿瓦斯味，我們開始覺得自己隨時可能去天堂和本錫安外公團圓。姆瑪實在受不了這種折磨，所以我們家星期一充滿了酵母麵糰的香味、瓦斯的臭味，以及姆瑪和愛伊莎的爭吵聲，姆瑪還偶爾會咒罵本錫安外公（「你怎麼那麼早死？」）、責怪世界之主（「祢怎麼從來不來幫幫我？」），還有死掉。

姆瑪去世時總是安排得很戲劇化，彷彿她和斯卡拉大劇院（La Scala）的演出者討教過。首先是精準的時機：每次都是十二點十分，我和邦尼剛從小學和幼稚園下課回到家的時候。舞臺當然也經過姆瑪精心挑選：她不會在我們面前昏厥，要是她毫不優雅地摔在地上就不好了，所以我們到家時她已經躺在床上了，像是《茶花女》（*The Lady of the Camellias*）或躺在鐵軌上的安娜・卡列尼娜（Anna Karenina），頭髮整理得剛剛好、嘴唇塗了口紅、臉頰塗了腮紅，嘴裡唸著千篇一律的「遺言」。

之所以千篇一律，是因爲這段「遺言」總是和瑞士鐘錶一樣精準地重複。其實「遺言」也是對話，因爲姆瑪有時會要求我們回應、承諾、起誓或痛哭，但基本上還是姆瑪單方面的各種交

代，和我們小時候聽過無數次的訓斥差不了太多。

「庫迪洛，很好，你回來了。」姆瑪躺在床上喊我。她床邊的窗戶看得到院門，她靠著一大疊枕頭與被子躺在床上，看起來就很有精神。「你要是晚一分鐘回家，應該就會看到死去兩小時的我了。庫迪洛，你聽好了，」姆瑪接著對我和邦尼說——但她主要是在對我說話，因爲她跟緬甸蟒蛇一樣，懂得挑出最傻、最天眞的小動物。「第一件事，快把你的衣服紮好，我眞受不了你們兩個像納瓦里野人一樣在路上跑來跑去，等我死了別人會怎麼說你們？我倒想聽聽他們的說法。等我不在了，沒辦法阻止你們打扮得像流浪漢了，學校的同學和老師會怎麼說你們？」

「妳爲什麼會不在？」傻呼呼的小矮人問。「妳要去旅行了嗎？」

「庫迪洛，我要去世界之主那旅行了。」姆瑪不是很有信服力地說。「我馬上就要和本錫安重聚了。」

「你們要去阿拉斯加咖啡店嗎？」我滿心期盼地問。「可不可以幫我買巧克力？」

「蠢驢，別插嘴！」姆瑪罵道。「你哥哥沒告訴過你嗎？我死了！」

「妳沒有死，」邦尼正經八百地說。「妳還能說話，代表妳還活著。」

「是誰教你這樣頂嘴的？一派胡言！」姆瑪氣沖沖地說。「我認眞告訴你們，我應該撐不過今天了，再過不久，我就要去世了。」

「妳上星期一也是這樣說的，」邦尼斗膽指出。「上個月也是，可是妳到現在都還沒死掉。」

「死小鬼，閉嘴！」姆瑪怒吼。「我都快斷氣了，你看不出來嗎？你沒有惻隱之心嗎？」

「她要死了！！！」我放聲尖叫──我當然不相信她要死了（畢竟之前幾個星期一我也在場，我親眼看到她交代完遺言後起死回生），但我知道姆瑪期待我們戲劇化的演出，我很樂意效勞，反正又不用錢。

「她才不會死，」邦尼說。「我要去踢足球了。」

「給我站住！」姆瑪說什麼也不放人。「我要唸遺囑給你們聽，你們幫我寫下來。」

「我去幫邦尼拿紙跟鉛筆。」我提議，然後飛也似地從床邊奔向姆瑪的房門，卻在最後一刻被叫住。

「壞小子，給我回來！」姆瑪的命令讓我全身的血液都凝固了。「你以爲我是傻子嗎？你以爲我不知道你是想去偷吃布勒瑪？你哥哥的書包就背在背上，要紙筆直接拿就行了。」

「可是姆瑪，」邦尼抱怨道。「其他人都在球場上等我，可不可以用上星期寫的遺囑就好了？我有把它留起來。」

「唉，世界之主啊！」姆瑪對我們、對世界、對造物主低吼。「這個家究竟是怎麼了，我連好好死去都不行嗎？我就不能像個正常的人類，口述遺囑嗎？」

「那妳口述給我聽。」我自告奮勇。

「庫迪洛，你還不會寫字。」

「我可以把遺囑背起來，」我說。「邦尼可以去踢足球，妳把那個學生的事說給我聽，我等下再把遺囑說給邦尼聽，看看跟上星期的遺囑一不一樣。」

「唉，算了算了。」姆瑪說。「也許就這樣死去也好。庫迪洛，你張開耳朵仔細聽好了，這是我的遺囑。」

「我再過幾個鐘頭就會嚥氣，」姆瑪說。「你要在這個家好好過活，別跟你哥哥吵架，也別惹你母親生氣，聽懂了沒？你要答應我，你以後一定要穿得像個正常人。」

「我答應！」我連連點頭。

「而且要把上衣紮進褲子裡。」

「紮進褲子裡！」

「而且你不可以抽菸。」

「天竺葵樹枝也不行嗎？」

「當然不行！絕對不行！」姆瑪以雷霆萬鈞之勢怒吼。

「當然不行！絕對不行！」我重複道。

「還有，別開除那個女僕，要是連我們都不要她，她就再也找不到工作了。更何況我還在世的時候你母親就沒在打掃屋子，等我死了這個家一定會一團亂，至少留著那個女僕，她會幫忙打掃……不過在我看來，這就跟鞭打死馬一樣，一定沒什麼效果。」

「死馬！」我愉快地說。姆瑪一臉擔憂地說：「庫迪洛，別整天把死亡掛在嘴邊，這樣不好。」

我越聽越迷糊，但姆瑪還沒說完遺言，我知道我們即將說到那個學生了，我最喜歡聽學生的事，所以我沒有爭辯。「等你還完我所有的債款，」姆瑪接著說。「我以上帝之名發誓，我沒有任何債務——但總之，你幫我還完債之後，看看我還剩下多少存款。把一半交給麗娜，另外一半給你母親，叫她們把錢存進銀行，等你們幾個小孩結婚後幫你們買房子，懂嗎？庫迪洛，你要答應我，絕對不可以讓我那兩個瘋女兒把我的錢全部拿去買羊毛衫啊、洋裝啊，什麼有的沒的。」

「可是如果把錢一半給麗娜阿姨，一半給媽媽，」我擔心地問。「那學生怎麼辦？」

「喔，還好你有提醒我。」姆瑪說。「你把錢分給我的兩個女兒之前，先抽出一筆錢——大概一千里拉——以我和本錫安的名義成立獎學金，每年資助『那個學生』。」她握住我的手，接著說：「烏姆利，你仔細聽我說，你一定要確保那個學生很可憐！」

「很可憐！」

「而且很窮！」

「很窮！」

「而且要是塞法迪猶太人。」

「塞法迪猶太人。」我重複道。我知道遺囑已經唸完了，於是我大方又十分滿意地說：「嗯，應該這樣就好了，我去足球場囉。掰掰，我會永遠記得妳的。」

「現在給我回來！」躺在一疊被毯上的姆瑪吼道。「你要跑去哪裡？」

「去果園裡的足球場啊，反正妳已經死了。」

「死了？哈！你要我死?!我就知道！怎麼，以為我不知道你們都不想理我了嗎？我生了小孩，把她們和你們幾個辛辛苦苦養大，結果你們是這樣對我！庫迪洛，我現在就告訴你，我才不會這麼早死——沒錯，我還要撐好幾年呢。你把這件事告訴你哥哥，還有你母親，還有你那個馬塔德拉阿姨。」她說到激動處，手指用力敲床頭櫃，強調她吐出的每一個字：「等你們死了，**我、一、定、會、在、旁、邊、笑、你、們！！！**」

姆瑪說完就起死回生，準備午餐去了。（布勒瑪當然要趁熱吃**啊！**）

姆瑪去世的那一天是星期一，剛好是我母親死去後六週，她是在家裡辭世的。姆瑪一輩子都神智清晰、口齒伶俐，但是在生命的最後六週，她逐漸凋萎了。她去世的那天早上，我正要從我們在阿布托爾社區（Abu Tor）的家出發前往我服役的軍事基地，我出門前去姆瑪房間跟她道別，她卻要我帶她回家。

「姆瑪，妳現在就是在家裡啊，」我對她說。「這裡就是妳的家。」

「這裡不是我的家，」姆瑪告訴我。「庫迪洛，你在這裡，我的床在這裡，我的衣服也都在這裡，可是我的母親呢？愛我的父親、哥哥和姊姊波拉呢？庫迪洛，帶我回家，我要回到我的家。」

也許我當時應該察覺姆瑪走到了人生的盡頭，也許我應該待在她身邊的，可是我當時太過迷惘、太過害怕，不敢面對眼前的現實。我親了她一下，跟她保證我回來路上會幫她買花。姆瑪微笑著摸摸我的頭，我走到她的房門口時，她又叫住我：「庫迪洛，烏姆利，你還在嗎？」

「嗯，姆瑪，我還在。」

「我最近一直想那個學生的事。」

「哪個學生？」

「那個窮學生？」

「那個窮學生怎麼了？」

「庫迪洛，那個學生不一定要是塞法迪猶太人。」

「妳確定嗎？」

「我確定，可是你要答應我，他要是個很可憐很可憐的學生。」

聽姆瑪這麼說，我就知道自己將再次成爲孤兒。

從姆瑪去世到現在過了很多年，我花了不少時間思索她最後的遺言——不是學生的事，而是回家的事。一開始，我不認爲那些話有任何重要性，但是我父親在去世前一年對我說：「小吉利，你知道嗎，我這輩子過得很幸福，我結了兩次婚，兩次都是和我深愛的女人結婚，我也生了小孩，我做了很多事，也在世界上到處旅遊。可是你知道我每天晚上都夢到什麼嗎？我都夢到布卡里姆社區。我每晚在夢裡回到布卡里姆社區，那是個很窮卻又充滿愛的地方，我會夢到父親帶著一串葡萄從市場回到家，他沒錢買兩串葡萄。他把葡萄高高舉起來，七個餓肚子的小孩在他身邊跳上跳下偷葡萄吃，最後他手裡只剩葡萄梗，

可是他笑得很開心──這就是他對我們的愛。」

過了一年又一年，我開始覺得──開始希望──我父親和姆瑪說的是對的，也許在生命尾聲等待我們的不是未來，而是過去。也許，我們最終將回到充滿關愛、溫暖的家，回到第一絲光亮、那真摯的笑容、那只屬於家人的溫暖。

那我呢？我又將回到什麼地方？

也許我會回到提比里亞市哈瑪吉寧街小小的阿布拉菲亞公寓，看到查娃姑姑和阿默斯姑丈家裡的桌子全部排成一長條，鋪了白色桌布，逾越節晚餐的餐桌從客廳延伸到走廊、到陽臺上，因爲公寓太小了，容納不下我們這麼多人。晚餐已經結束了，但沒有人離開座位，因爲大家都知道現在是唱希伯來歌曲的時

間。

每個人都在唱歌，我父親和阿密叔叔抱起我和何米克，隨著節拍把我們一次又一次高高拋到空中又接住，哥薩克人──哈達莎姑姑──也不甘示弱，她用強壯的手臂抱起她兒子阿隆（Alon），也把他拋到空中。我從上往下看著大家棕色、褐色的臉，看著他們閃閃發亮的深色眼睛與帶著笑容的嘴巴，看到他們唱歌、歡笑、隨著節拍敲桌子。我怕眼鏡飛出去摔碎，但我不敢說出來，免得他們當我是膽小鬼。母親說：「默謝，夠了沒？拋那麼高幹嘛？你要是閃到腰，就別怪我不客氣。」父親回答：「當然要拋得越高越好，乾脆拋到天上去。我要讓我父親看到小吉利，讓他知道我做得很好。」

歌聲越來越大，我們開始高唱備受期待的一首歌，這是逾越節晚餐最重要的歌，也是沙洛姆．沙巴茲拉比寫的歌——我們都深信沙洛姆．沙巴茲和我們有血緣關係，但我們可能永遠都無法證明這點。

我流落他鄉

卻心繫對哈達莎[94]的愛

現在大家不再拍手，他們開始用拳頭敲桌子，阿里克姑丈——來自迦密山的葉克獨生子——甚至放下手風琴跳上餐桌。沒錯，他穿著鞋，踩在白色桌布上。從一九五〇年代開始就經常代表國家去世界各地參加舞蹈節的他，在提比里亞市阿布拉菲亞公寓的逾越節晚餐桌上跳葉門步，其他人繼續歡唱沙巴茲拉比美妙的歌曲：

我回憶那高貴的女子，不分晝夜

心與靈沉醉在歌聲之中

所有人看著來自迦密山的葉克獨生子扭動手臂、弓起背脊、放聲大笑，只有我從上往下看見阿里克姑丈誠善的綠色眼睛，看見他眼中的笑意。歌聲伴隨著姑丈的葉門步舞持續下去，直到姑丈心中滿溢激情，他突然停下舞步對自己的哥薩克太太鞠躬，大喊：「哈達莎！哈達莎，我愛死妳了！」

譯註：

94 哈達莎（Hadassah），是《希伯來聖經．以斯帖記》中所載的波斯帝國王后以斯帖，她是猶太人，也幫助了波斯境內的猶太人。

RECIPE

21

瑞士甜菜布勒瑪

布勒瑪是用酵母麵糰做的空心圓麵包捲，每一個麵包捲都包著瑞士甜菜（又稱莙薘菜）、起司還有蛋。不知道爲什麼，「布勒瑪」也指沒有淑女氣質的年輕女性，有點像普斯特瑪，可是比普斯特瑪還要糟糕。

材料

麵糰：

約450公克麵粉、1大匙鹽

1大匙糖、1大匙乾酵母

1/4杯油（還有更多塗在碗上用的油）

1 1/2杯溫水、1顆蛋

餡料：

約450公克瑞士甜菜葉

約140公克碎菲達起司

約140公克刨碎的陳年起司

（如切達起司或羊乳起司）

1顆蛋、適量黑胡椒粉

蛋汁：

和少許水打勻的蛋黃

適量芝麻與黑種草籽（nigella）

RECIPE

21

瑞士甜菜布勒瑪

做法

1. 一開始先製作麵糰，將所有麵糰原料放入有鋼刃的食物攪切機，攪成均勻的麵糰。將麵糰移至撒了麵粉的工作桌，揉3分鐘，（不可以偷懶！）直到麵糰變得柔軟、有彈性，可以偶爾撒一些麵粉，以免麵糰沾黏。
2. 將少許油倒入大碗，並將麵糰放入碗中，使麵糰表面覆滿油。用保鮮膜封住碗口（保鮮膜不必碰到麵糰，平平蓋住碗口就好），在溫暖處靜置約1小時，直到麵糰膨脹成原本體積的兩倍。
3. 取出麵糰繼續揉捏1～2分鐘，再次讓麵糰表面覆滿油，在溫暖處靜置到麵糰體積又膨脹成兩倍。（這次應該會比較快）也可以提前一天準備麵糰，放在冰箱裡進行第二階段發酵。
4. 同時開始製備餡料。棄置瑞士甜菜莖，（只要不是太老的莖，都可以拿去配烤肉、湯，甚至是歐姆蛋烹煮）將甜菜葉綠色的部分大致切碎，用少許沸水燙過，等葉片凋萎即可取出。
5. 用冷水沖洗甜菜葉，全力擠壓後切碎，不要留下任何塊狀葉片。
6. 加入起司、蛋與胡椒，充分攪拌。
7. 將發酵的麵糰分爲兩塊，每一塊搓成長條後切成12等份，最後總共有24球麵糰。
8. 烤箱預熱至180°C。讓水龍頭持續滴水，這樣你才能不時沾溼雙手。取一球麵糰，用溼潤的手將它拉成葡萄柚直徑大的扁平圓形，在中間放上滿滿一大匙瑞士甜菜餡料，將麵糰邊緣閉合後捏緊，「接縫」朝下排在鋪了烤盤紙的烤盤上。記得把麵糰邊緣捏得夠緊，以免餡料漏出來。用上述方法捏完所有的布勒瑪。
9. 塗上蛋汁，撒上芝麻與黑種草籽，烘烤45分鐘，直到布勒瑪表面呈金黃色。

PEOPLE 叢書 434

天堂來的糖果——來自以色列家族的21道佐餐故事

天堂來的糖果：來自以色列家族的 21 道佐餐故事 /
吉爾 . 霍華夫 (Gil Hovav) 著 ; 朱崇旻譯 .
-- 初版 . -- 臺北市 : 時報文化 , 2019.07 面 ; 公分 . --（PEOPLE 叢書 ; 434）

譯自 : Candies from heaven
ISBN 978-957-13-7752-0（平裝）

864.357　　108004156

作者　吉爾・霍華夫（Gil Hovav）｜繪者　諾姆・納達（Noam Nadav）｜翻譯　朱崇旻｜編輯　黃筱涵｜執行編輯　Mag Tung｜企劃　朱妍靜｜美術設計　D-3 Design｜內頁排版　藍天圖物宣字社｜編輯總監　蘇清霖｜董事長　趙政岷｜出版者　時報文化出版企業股份有限公司　10803台北市和平西路三段240號3樓　發行專線—(02)2306-6842　讀者服務專線—0800-231-705・(02)2304-7103　讀者服務傳眞—(02)2304-6858　郵撥—19344724時報文化出版公司 信箱—台北郵政79-99信箱　時報悅讀網—http://www.readingtimes.com.tw｜法律顧問　理律法律事務所　陳長文律師、李念祖律師｜印刷　勁達印刷有限公司｜初版一刷　2019年7月19日｜定價　新台幣360元｜版權所有　翻印必究（缺頁或破損的書，請寄回更換）

時報文化出版公司成立於一九七五年，並於一九九九年股票上櫃公開發行，
於二〇〇八年脫離中時集團非屬旺中，以「尊重智慧與創意的文化事業」爲信念。

ISBN 978-957-13-7752-0
Printed in Taiwan